JOAN WENG
FEINE LEUTE

 aufbau taschenbuch

Joan Weng, geboren 1984 in Stuttgart, studierte Germanistik und Geschichte und promoviert aktuell über das Frauenbild in der Literatur der Weimarer Republik. Für ihre Kurzprosa wurde sie mehrfach ausgezeichnet, u. a. mit dem Hattinger Literaturförderpreis, dem Wiener Werkstattpreis, dem Goldstaubpreis der Autorinnen Vereinigung e. V. sowie zahlreichen Stipendien. Seit 2013 leitet sie die Redaktion von www.zweiundvierziger.de, dem Blog der 42er Autoren. Sie lebt mit ihrer Familie bei Tübingen. »Feine Leute« ist ihr erster Roman.

Carl von Bäumer ist der »schönste Mann der Ufa«, der größte Filmstar der zwanziger Jahre. Champagner, Kokain und ein Penthouse mit Blick aufs Brandenburger Tor, was er will, kriegt er, und aktuell will er nur eines: Kommissar Paul Genzer beeindrucken. Da kommt ihm die Ermordung eines schwerreichen Unternehmers gerade recht, auch wenn es sich dabei anscheinend um eine eindeutige Sache handelt. Aber Kommissar Genzer hegt Zweifel – Zweifel, die sich zu bestätigen scheinen, als weitere Bluttaten folgen.

Stets bedroht durch die Schatten ihrer gemeinsamen Vergangenheit, beginnt das ungleiche Duo nun seine Ermittlungen, die es sowohl in die feinen Salons des Westens als auch in die Baracken des Ostens führen werden, denn Mord ist kein Kavaliersdelikt.

JOAN WENG

FEINE LEUTE

KRIMINALROMAN

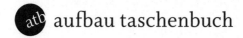 aufbau taschenbuch

ISBN 978-3-7466-3175-2

Aufbau Taschenbuch ist eine Marke
der Aufbau Verlag GmbH & Co. KG

1. Auflage 2016
© Aufbau Verlag GmbH & Co. KG, Berlin 2016
Umschlaggestaltung www.buerosued.de, München
unter Verwendung eines Motivs von © AKG Images
Gesetzt in der Sabon durch Greiner & Reichel, Köln
Druck und Binden CPI books GmbH, Leck, Germany
Printed in Germany

www.aufbau-verlag.de

Für meine Männer

Freitag, 24. April 1925

»*Carl von Bäumer war mein Liebhaber* – exklusive Details über die Premierenaffäre des schönsten Manns der UFA.«

Die Flamme leckt über den Schmollmund, über die halb gesenkten Lider, verschlingt das zerknüllte Filmstargesicht, verschlingt auch den gestrigen Börsenbericht, »Skandal bei Tanztee« und »Das Geheimnis saftiger Streusel«, knabbert schließlich an Bernice Straumanns Briefen, den ungezählten Briefen.

Jetzt brennen sie endlich, doch nur einen kurzen Augenblick, schon werden sie gelöscht, seine Hand schüttelt sie aus, bald nur noch graue Flocken, eingefasst in rotes Glühen, so fallen sie hinter den Rost des Kamins. Da wird sie weiterglimmen, diese billige Liebe auf Büttenpapier. Sie wird vielleicht noch glimmen, wenn Frau Straumann bereits die Witwe Straumann ist, wenn das Blut des Gatten bereits im Teppich zu Flecken trocknet.

Gottlieb Straumann fühlt den Revolverlauf, kühl und rund, an seinem kahlen Schädel. Für Angst ist es zu spät.

Es schlägt sechs Uhr, Zeit läuft.

Der Finger am Abzug zuckt.

Samstag, 2. Mai 1925

Im Leben eines jeden Menschen gibt es Dinge, von denen er glaubt, dass sie sich niemals ändern, Felsen im anbrandenden Meer aus Zeit. Den Besuch bei seiner Schwester hatte Carl immer für einen solchen Brandungsfels gehalten. Mochte die Welt einen Filmstar aus ihm machen, ihn vergöttern oder verdammen, es blieb dabei: jeden ersten Samstag im Monat, stets um siebzehn Uhr.

Und im ersten Moment hatte er auch tatsächlich geglaubt, nichts habe sich verändert. Der Wintergarten war noch derselbe, weiß, weitläufig, mit einem künstlichen, in den angrenzenden Garten führenden Bächlein, ganzer Stolz seines Schwagers. Der Geruch war derselbe geblieben, feuchte Erde, frisch gebrühter Bohnenkaffee, eine leichte Ahnung vom französischen Parfum seiner Schwester. Die Geräusche waren dieselben, die in ihrem Käfig zankenden Aras, das Plätschern des Wassers, Urtes melodisches Geplauder. Selbstverständlich hatten sich die Möbel nicht geändert, die weißen Korbstühle, die blauen Kissen, der verschnörkelte Metalltisch. Unverändert das chinesische Porzellan, blaue Lilien auf weißem Grund, unverändert die Rosen auf dem Tisch, weiß wie gewöhnlich, unverändert das Hausmädchen, nichtssagend in Schürze, Häubchen und schwarzer Bluse. Auch Urte war dieselbe geblieben, plappernd, blond und blass, die Lippen rot, die Nägel perlmuttfarben lackiert. Auch ihr Tea Gown war das altbekannte. Das mitternachtsblaue Crêpe-Georgette-Kleid, die überlangen Schalärmel mit den Blumenstickereien, Carl kannte es schon.

Neu war nur eines: Seine Schwester stahl ihm nicht länger die Zeit. Die verplauderten Stunden waren nicht länger verloren, denn niemand erwartete ihn voll Ungeduld zu Hause.

Es gab niemanden mehr.

Er war der Filmstar Carl von Bäumer, er war der schönste Mann der UFA, er war der Traum aller Backfische, aber niemand erwartete ihn zu Hause.

Das Penthouse am Pariser Platz 13 war nicht länger sein Zuhause.

Er wohnte dort nur, wohnte in diesem üppigen Traum aus Glas, Stahl und modischer Leere, und es kam ihm jetzt oft vor, als hallten seine Schritte in den weitläufigen Fluchten. Früher hatten sie nie gehallt.

»Du solltest auf unsere Frau Mutter hören und auf die Kurische Nehrung fahren. Dich ein wenig erholen, gewissermaßen eine verfrühte Sommerfrische. Die Luftveränderung würde dir so guttun. Ganz blass siehst du aus.« Urtes blauer Blick maß sein Gesicht, kritisch und missvergnügt. Die Nachmittagssonne fiel wohl gnadenlos auf seine Augenringe, auf seine zerbissenen Lippen. »Und außerdem könntest du mehr auf dein Äußeres achten. In Pullunder und Sakko zum Five o'Clock Tea, ich bitte dich! Du weißt, ich liebe diese moderne Neigung zur Lässigkeit nicht sehr!«

»Das muss mir bisher entgangen sein.« Der Pullunder war ein Geschenk von Paul gewesen. Carl lebte aktuell in diesem Pullunder. »Entschuldige, aber könnte ich noch ein Stück Kuchen haben?«

»Hast du nicht zu Mittag gegessen? Wie viel möchtest du denn noch in dich reinstopfen?«

Carl lebte aktuell von Schlagsahne und Kuchen.

»Und deine Nase ist ganz wund. Hast du wieder Heuschnupfen?«

Schlagsahne und Kuchen und Kokain.

»Nein.«

»Ach, Carl.« Sie seufzte gut vernehmbar, rührte in ihrem Tässchen, erklärte: »Wir machen uns alle große Sorgen um dich. Unsere Frau Mutter meinte, sie habe dich letzten Sonntag angerufen und du hättest einen berauschten Eindruck gemacht. Am heiligen Sonntag, um drei Uhr nachmittags. Ich habe ihr aber gesagt, sie müsse sich getäuscht haben. Ich habe behauptet, du hättest bestimmt nur wegen der Leitung so schlecht geklungen …« Einen Moment stockte sie. »Du kannst doch unmöglich sonntagnachmittags schon betrunken gewesen sein?«

Er blickte durch die geöffneten bodentiefen Fenster in den angrenzenden Garten, betrachtete interessiert den akkurat gestutzten Rasen, den ewig blendend weißen Kies des Weges. Irgendwo zirpte etwas, und von jenseits der mannshohen Buchsbaumhecke war das Lachen einer Gruppe von Spaziergängern zu hören. Wenn er nur lange genug schwieg, wenn diese Spaziergänger vielleicht noch begännen, ein Wanderlied oder besser noch eine Seemannsweise zu singen, vielleicht hatte er dann Glück und Schwester Urte kam auf eines ihrer Lieblingsthemen – proletarische Ausflügler in ihrem geliebten Grunewald – zu sprechen?

»Du warst also tatsächlich an einem Sonntag um drei Uhr nachmittags bereits betrunken? Ich fass es nicht, das ist so geschmacklos.« Und mit einem kleinen Schluchzer ließ sie den sorgsam ondulierten Kopf in die Hände sinken.

Er kannte das schon. Dieses Theater.

Die schmalen Schultern unter dem engen Stoff zitterten, Urte wimmerte erbärmlich, schniefte unterdrückt.

»Unsinn, Urti.« Er klopfte die Taschen seines Jacketts nach dem Taschentuch ab, von dem er schon wusste, dass er es nicht haben würde, blickte sich suchend nach dem Dienstmädchen um, sollte das seiner Gnädigen doch zu Hilfe eilen, aber natürlich war es verschwunden. »Urti, nicht weinen. Ich versprech dir, ich war wirklich nicht schon betrunken. Indianerehrenwort, ohne Kreuz.«

Er war es immer noch, aber das sagte er nicht.

Ihre blauen Augen musterten ihn skeptisch, sie taten es durch ihre schmalen Finger, vorbei am 1,4-karätigen Verlobungsring, vorbei am seit Generationen vererbten Ehering der Familie ihres Gatten, und erst als Urte sich von der Wahrheit seiner Lüge überzeugt hatte, ließ sie ihre Hände sinken, schluchzte ein letztes Mal, begann dann, mit einem aus ihrem Ärmel gezauberten Taschentuch etwas an ihren Wimpern herumzutupfen.

Und ganz, als wäre nichts gewesen, fuhr seine Schwester nun fort: »Also, warum möchtest du nicht auf die Kurische Nehrung? Jahrelang war Pillau für dich das Höchste – warum denn jetzt plötzlich nicht mehr?«

Er kaute auf seinem Streuselkuchen herum.

»Gefällt dir das Haus nach dem Umbau nicht? Ist es dir plötzlich zu einsam gelegen? Ist dir allein langweilig? Dann frag eben Herrn Genzer, ob er nicht wieder mitkommen will. Er hat sich dort doch letztes Jahr sehr wohl gefühlt.«

»Herr Genzer hatte gerade Urlaub. Er ist erst vor einer Woche aus München gekommen.« Das war zwar die Wahrheit, allerdings sicher nicht der Grund, der einer gemeinsamen Reise entgegenstand. Aber selbst wenn die Schwester über die Art seiner Beziehung zu Paul, *Herrn Genzer,* Bescheid gewusst und selbst wenn die Schwester Beziehungen solcher Art nicht für *krankhafte Verirrungen* und *bedauer-*

liche Neigungen gehalten hätte, selbst dann hätte er keine Lust gehabt, ihr die Situation auseinanderzusetzen. Nicht Urte, der man mit sechzehn Jahren den wesentlich älteren Baron Otto von Withmansthal vorgestellt hatte, den hochdekorierten Generaladjutanten des kaiserlichen Hauptquartiers und Besitzer des größten Gutes von ganz Ostpreußen, in den sie sich, wie man es von einer anständigen Junkertochter wohl erwarten konnte, auch auf der Stelle verliebte.

Zwei Monate nach dem ersten Walzer folgte die Hochzeit und nach weiteren zehn Monaten, termingerecht an Urtes achtzehntem Geburtstag, der Stammhalter. Zum Kriegsende dann ein Friedrich, nur elf Monate darauf ein Siegfried, dann ein wenigstens sehr entzückendes Mädchen und im Jahre 23, der allgemeinen Inflation gehorchend, die Zwillinge Christian und Johannes. Aber damit war die Orgelpfeifenproduktion noch längst nicht abgeschlossen, für Mitte Oktober durfte man sich auf den nächsten Spross derer von Withmansthal freuen. Urte betete wohl inbrünstig um einen weiteren Jungen, denn der kommende Krieg würde Soldaten brauchen, und die von Withmansthals rühmten sich, eine sehr anständige Familie zu sein, bei der seit dem alten Fritz kein männlicher Nachkomme mehr im Bett gestorben war. Sie fielen ausnahmslos alle, im Feld oder bei der Jagd vom Pferd. Darauf war seine Schwester sehr stolz.

Niemals würde diese Frau, diese Fremde im Nachmittagskleid, ihn verstehen. Was sollte er hier im Salon des schwesterlichen Grunewaldhauses?

Was sollte er in Pillau?

Ohne Paul.

Was sollte er überhaupt irgendwo?

Ohne Paul.

Wenn seine Armbanduhr richtig ging, waren es in sechs Minuten genau einhunderteinundsechzig Stunden, seit er Paul das letzte Mal gesprochen hatte. Den ganzen Samstag hatte er versucht, ihn zu erreichen. Gleich nach dem Aufwachen vom Pariser Platz aus, dann aus seiner Garderobe, bevor und nachdem der Vertragsarzt der UFA seine zerschnittenen Hände gerettet hatte, dann wieder vom Pariser Platz aus, aber immer war nur Pauls Zimmerwirtin am Apparat gewesen. Schon beim ersten Anruf hatte sie ihm geraten, es auf dem Revier zu versuchen, aber Carl wusste genau, dass es Pauls dienstfreier Samstag war. Dennoch hatte er es schließlich, auch auf Drängen der mittlerweile genervten Wirtin, gegen Abend probiert.

Aber natürlich war Paul auch dort nicht. Wie sich später herausstellte, war Paul nämlich am Wannsee planschen und danach noch gemütlich im Biergarten.

Und selbstverständlich nicht allein!

Nein, in Begleitung von Kriminaloberwachtmeister Kapp – allseits bekannt als der hübsche Kapp! – und zwei Tippfräuleins aus dem Falschgelddezernat hatten sie wohl auch noch im Schlepptau. Und als er ihn dann endlich in der Leitung hatte, da hatte Paul nur gemeint: *Ich wüsste nicht, was es zwischen uns noch zu besprechen gäbe.*

Urtes Stimme riss ihn aus seinen Gedanken.

»Das ist aber schade, dass Herr Genzer nicht kann. Ihm täte Urlaub bestimmt auch gut. Ich habe ihn kürzlich gesehen, und er machte einen etwas abgespannten Eindruck.«

»Wo hast du ihn getroffen? Und du sagst, er sah schlecht aus?«

»Otto hat einen Klingenberg gekauft. Einen ganz bunten. Er soll im Salon über die Kaminkonsole. Herr Klingenberg ist aktuell sehr en vogue ...«

Das war ja nicht auszuhalten! Er brauchte jetzt eine Zigarette, ganz egal, was Urte vom Rauchen im Wintergarten und während des Tees hielt.

»Schön, schön. Das interessiert mich alles kein bisschen. Aber ich hab dich was gefragt. Wo zur Hölle hast du Paul gesehen?«

»Mon Dieu, Carl. Was sind denn das für Manieren?« Pikiert kniff seine Schwester ihre rotbemalten Lippen zusammen. »Und wenn du fluchen willst, dann geh dazu bitte auf die Straße. Du weißt, ich dulde es nicht, dass in meinem Haus ...«

»Ja, ja, es tut mir leid. Aber wo hast du Herrn Genzer denn nun gesehen?«

»Bei Herrn Klingenberg, sagte ich doch. Auf der Vernissage vorgestern.«

Viktor Klingenberg.

Viktor Klingenberg, der Maler, der Salonkommunist, der Mann, dem die Schreiber der Gesellschaftsbeilage gern *Glutaugen* sowie *eine rabenschwarze Mähne* nachsagten. Viktor Klingenberg, der Mann, der Paul letztes Jahr unbedingt hatte porträtieren wollen!

»Ich glaube, die beiden verstehen sich ganz gut? Herr Genzer ist doch sonst immer so ein Ernster, und am Anfang wirkte er auch ein bisschen unglücklich, so ein bisschen müde und abgespannt eben. Ich habe noch zu Otto gesagt, dass er gar nicht recht herpasst, aber dann war Herr Klingenberg so reizend zu ihm, hat ihn rumgeführt, ihm alles gezeigt. Herr Klingenberg ist einfach ein herrlicher Gastgeber. Und unerhört charmant obendrein.«

O ja, unerhört charmant war der! Der mit seinen für den Alltagsgebrauch eindeutig zu lang geratenen Beinen und diesem affektierten Bärtchen. Carl hätte eben doch auf die Scheißvernissage gehen sollen, aber er hatte gedacht, da hätte Paul noch Dienst. Aber natürlich, wenn der charmante Viktor und seine langen Beine riefen, dann war Paul keine Mühe zu groß, dann wurde da eben ein bisschen früher Schluss gemacht, dann war das plötzlich möglich!

»Was wollte Herr Klingenberg denn von Herrn Genzer?«

»Er hat ihm wohl ein paar seiner Werke erklärt, und dann haben sie über Herrn Genzers Arbeit geredet. Herr Genzer ermittelt im Mordfall Straumann. Habe ich dir erzählt, dass wir die Straumanns kannten?« Ohne eine Antwort abzuwarten, fuhr sie fort.

»Stell dir doch mal vor, wir waren gewissermaßen Nachbarn von den Straumanns. Ihr Gut ist gar nicht weit von unserem gelegen. Vielleicht vier Stunden mit dem Landauer. Auf mich haben die beiden immer vollkommen normal gewirkt. Also, es gab zwar Gerede, dass es um ihre Ehe nicht zum Besten stand, aber niemals hätte ich gedacht, dass Frau Straumann zu so einer Tat fähig ist.«

»Na ja, sie hat den Mord auch nicht selbst begangen, sie hat ja nur den Verwalter angestiftet, für sie ihren Gatten loszuwerden.« Er zernagte seine Lippe. Paul ermittelt also in dem Fall.

Er hatte Grund zu der Annahme, dass Paul heute Abend wie er ins Wintergarten Varieté gehen würde. Friedel Scheller und Lou Wieauchimmer, beide aktuelle Freundinnen von Pauls Bruder, traten dort diesen Samstag mit einer Tanznummer auf. Es war ein ziemlich großes Ereignis, und bekanntlich trifft man sich bei solchen Ereignissen gern einmal zufällig. So etwas passiert ständig. Und wenn man sich dann so zufällig über den Weg läuft, dann muss man auch ein paar Worte wechseln, alles andere wäre unhöflich. Ein paar freundliche, beiläufige Worte, am besten Worte zu einem neutralen Thema, einem Thema wie der Arbeit.

»Und du kanntest Frau Straumann persönlich?

Jetzt erzähl doch mal, Urti. Was war sie für ein Mensch? War sie tatsächlich so eine geldgierige Femme fatale, wie man jetzt überall liest? Warum hat sie ihren Gatten so sehr gehasst? Mensch, Urte, jetzt erzähl doch endlich!«

Für einen Moment schien sie überrascht von seinem plötzlichen Interesse, aber seine Schwester wäre nicht seine Schwester gewesen, wenn sie sich die Gelegenheit zum Tratschen hätte entgehen lassen. Sofort beugte sie sich über das verschnörkelte Metall des Tischchens und flüsterte: »Also, zunächst: Bernice Straumann war schon Herrn Straumanns zweite Gattin. Seine erste Frau war nur vier Jahre älter als ich, sie haben auch während des Krieges geheiratet. Sie war unglaublich lieb, einer der freundlichsten, warmherzigsten Menschen, denen ich je begegnen durfte. Wirklich, sie war ganz reizend. Es war auch so nett, weil wir beide fast gleichzeitig in andere Umstände kamen, ihr Hans ist nur vier Tage jünger als mein Hildchen, das muss man sich mal vorstellen. Wir haben immer gewitzelt, dass die beiden eines Tages heiraten. Das wäre auch so geschickt, weil nämlich die Withmann bei Straumanns direkt an den Feldern vorbeifließt, die haben dieses Problem mit der Bewässerung nicht … Aber das tut jetzt nichts zur Sache, kurz vor Weihnachten 22, da hat sie jedenfalls die Grippe gekriegt, Frau Straumann meine ich, und es ist auf die Lunge gegangen, und während der Raunächte, da ist sie gestorben.

Wir konnten es alle gar nicht fassen. Herr Straumann und der Herr Doktor haben getan, was sie konnten, aber der Körper war wohl noch zu schwach, wegen der erst kurz vorher stattgefundenen Geburt. Es war furchtbar.« Urte schüttelte den Kopf. Sie tat es sehr vorsichtig, fast zögerlich – vermutlich, da sie sich gestern, wie jeden Freitag, neue Wasserwellen hatte legen lassen. »Herr Straumann war untröstlich, vollkommen am Boden zerstört. Der Herr Pastor riet ihm dann, doch nach Travemünde zu reisen. Es gibt ja wenig Besseres als eine Luftveränderung.«

Für die Gesundung des Staates glaubte seine Schwester fest an die Monarchie, für die Gesundung des Leibes an die Luftveränderung.

»Aber stell dir vor, was dann passierte: In Travemünde lernte er die gleichfalls verwitwete Bernice Wolfsburg kennen, Tochter eines Münchner Buttergroßhändlers, und diese Buttergroßhändlerstochter, die hat er dann geheiratet. Einfach so, er hat nicht einmal das Trauerjahr verstreichen lassen! Er hat sie noch in Travemünde geehelicht, in einer wildfremden Kirche. Dabei hat Herr Straumann sogar einen Halbbruder, der Pastor ist. Der hätte ihn bestimmt getraut, auch in dieser unpassenden Eile. Aber er hatte vollkommen den Verstand verloren.«

»Na ja, wenn man jemanden wirklich liebt, da hat man es manchmal eilig. Da macht man eben manchmal dumme Sachen.«

»Ach, Carl, sprich nicht über Dinge, von denen du nichts verstehst. Es war schlicht geschmacklos. Wir konnten es erst gar nicht recht fassen. Sie war nicht einmal besonders hübsch. So gewöhnlich, mit Brillanten am Frühstückstisch, aber dann Krokodilleder nach fünf Uhr. Und keinerlei Zucht beim Personal. Wenn man bei Straumanns zum Essen eingeladen war, da konnte man davon ausgehen, dass die eine Hälfte kalt und die andere unpünktlich auf den Tisch kamen. Man muss ja dann auch noch immer höflich bleiben, ständig absagen gehört sich auch nicht. Es war wirklich ein Jammer. Uns allen war rasch klar, dass sie den unglücklichen Herrn Straumann nur des Geldes wegen geehelicht hatte. Nur er selbst war vollkommen vernarrt in dieses Persönchen. Nicht, dass sie ihm das gedankt hätte! Letztes Jahr im Frühjahr, da gab es das erste Mal Gerede. Es war auf dem Verlobungsball meiner Freundin Gretchen von Keller, die damals aber noch von Stein hieß, als der mittlere der von-Stein-Söhne, der ansonsten wirklich ein sehr anständiger junger Mensch ist, mit Frau Straumann für mindestens eine Stunde in die Bibliothek verschwand, angeblich um ihr einen seltenen Folianten zu zeigen. Damit fing es an, dann kam der Heinrich Siedler, dann der jüngste der von-Stein-Söhne, und dann stellte Herr Straumann diesen neuen Verwalter ein. Max Bayer, ein Westpreuße und wirklich ein Bild von einem Mann. Blond und breit und mit einem prächtigen Schnurrbart, konnte reiten wie der Teufel. Natürlich entstand unter den Mädchen und Mägden erst einmal eine ungesunde Aufregung, und ich habe noch zu meiner Freundin Gretchen von Keller gesagt: *So ein Mann, der hat im Personal nichts verloren. Das gibt nur Scherereien.* Aber er hielt sich überraschend gut, zumindest dachten wir das, bis dann im Herbst das wahre Ausmaß der Katastrophe bekannt wurde. Es war nämlich während des Erntedankgottesdienstes, als Frau von Stein mir erzählte, ihre Zofe habe ihr erzählt, Frau Straumann selbst würde mit dem Verwalter …« Seine Schwester schnurrte geradezu vor Vergnügen. »Aber das war ja noch nicht alles. Sie ließ sich Pariser Wäsche kommen, das hat mir der Postbote selbst erzählt, und einmal, als Herr Straumann in Berlin im Krankenhaus war, da blieb Bayer die ganze Nacht. Sie haben gemeinsam im Bett gefrühstückt! Der Bayer war ihr schon genauso verfallen wie der unglückliche Herr Straumann. Deshalb hat er es auch gemacht. Ich meine, Herrn Straumann getötet. Ich kann mir nicht erklären, was die Männer an dieser Person finden – sie ist nicht einmal blond!«

»Es war bestimmt das Frühstück im Bett.«

Einmal, ganz am Anfang noch, er hatte gerade an der Schauspielschule angefangen, da hatte Paul ihm warmen Kaba ans Bett gebracht. Er brauchte nur die Augen zu schließen, und schon war der Geschmack wieder da. Nicht nur das zuckrige Kabapulver, am

Rand der Tasse hatte er einen Hauch von bitterer Spülseife geschmeckt, und vermutlich war Paul die Milch etwas angebrannt. Das Porzellan hatte warm in seinen Händen gelegen, und Paul hatte getan, als sei das alles nichts, hatte rauchend am Fenster gestanden, betont lässig, ganz gleichgültig gegenüber diesem blonden Jungen auf dem Bett, und Carl hatte kleine Schlucke genommen. Und bei jedem Schluck hatte er sich wieder geschworen, niemals würde er Paul gehen lassen. Niemals!

Dieses ewig schlecht rasierte Kinn, die Sommersprossen, das schüchterne Grübchen, vor allem das schüchterne Grübchen, diese schwarzen Augen, Schlupflider, blonde Wimpern und unsichtbare Brauen, das im Nacken zu einem M auslaufende Karottenhaar, die Granatsplitternarben an Schultern und Rücken, die Hammer-und-Sichel-Tätowierung auf dem linken Oberarm, die O-Beine, all das sollte ihm gehören!

Und er würde nicht teilen.

Nein, sie teilten nicht!

Warum nur konnte Paul ihm denn nicht vertrauen?

Er hatte ihm doch nie Grund zu Misstrauen gegeben – also gut, letzte Woche Freitag, diese Geschichte mit dem Champagner und diesem Bubikopffräulein im Kunstseidenrock, die war unglücklich gewesen, und überhaupt diese ganze *Premierenaffäre* –, welcher Journalist hatte sich nur dieses bekloppte Wort einfallen lassen? Aber wenn Paul ihn nur hätte ausreden lassen, er hätte es doch erklärt.

Was konnte er tun, um Paul zurückzubekommen? Er musste ihn so dringend wiederhaben.

»Ich bin ganz sicher, es war das Frühstück im Bett. So etwas ist tückisch.«

»Meinst du?« Seine Schwester schien wenig überzeugt, aber die verstand auch von der Liebe jenseits von Pflichterfüllung mal rein gar nichts, stattdessen fing die wieder mit den Straumanns an: »Wir haben uns alle gefragt, ob Herr Straumann tatsächlich so naiv war und nichts merkte oder ob er einfach nichts merken wollte? Ich glaube ja, er war zu schwach, um sich den Konsequenzen zu stellen. Weißt du, Herr Straumann war krebskrank. Er hatte das mütterlicherseits im Blut. Er muss furchtbare Schmerzen ertragen haben. Sie haben ihm Morphium gegeben, aber es half kaum mehr als Kopfwehmittel. Das ist mir manchmal ein Trost, ich meine, dass er auf diesem Weg wenigstens schnell gestorben ist. Weihnachten hätte er bestimmt auch so nicht mehr erlebt. Carl, was grinst du derart unerzogen? Was soll dieses exaltierte Benehmen?«

Carl aber war schon wieder in Gedanken versunken.

Ha, Paul würde verblüfft sein ob seines kriminalistischen Spürsinns – und der Klingenberg und seine lächerlich langen Beine wären abgemeldet! Schließlich spielte er nicht umsonst schon seit zwei unerträglich ähnlichen Filmen den Comte LeJuste, den erfolgreichsten Ermittler von ganz Paris.

Er wusste nun, was er zu tun hatte.

—

Der Mann war wieder da.

Er lehnte am Zaun zu Jelitscheks Garten und tat nichts. Er starrte einfach nur zu ihr hinüber, genau wie er es gestern, genau wie er es vorgestern getan hatte.

Isabella Leiser hörte nicht auf zu singen, aber sie wurde etwas lauter. Obwohl es bereits auf sieben Uhr zuging, sang sie »Danke für diesen guten Morgen«, denn das war das einzige Lied, das sie mochte und das ihr für eine Pastorengattin in der Öffentlichkeit zu singen schicklich erschien.

Mit sicheren, weitausholenden Schritten, ganz als hätte sie den Fremden nicht bemerkt oder als wäre er ihr egal, ging sie zu den Erdbeerbeeten, verschob mit dem Fuß etwas das die Pflänzchen umgebende Stroh, kontrollierte den Reifegrad der Sauerkirschen, die Fortschritte der Johannisbeeren.

Die Pfingstrosen waren schon sehr weit.

Normalerweise wäre sie nun zum Fliederbusch gegangen, hätte sich dort einen Moment auf die Bank gesetzt, die letzte Abendsonne genossen, aber dafür hätte sie dem Fremden den Rücken zukehren müssen.

Der schlafende Hans, den sie halb auf dem Arm, halb auf ihrem geschwollenen Bauch trug, wurde ihr schwer. So ein Dreijähriger hat ein ganz ordentliches Gewicht, vor allem, wenn einem nicht die Zeit gegeben wird, sich langsam an dieses Gewicht zu gewöhnen. Aber er war so ein liebes Kind und trotz all seines Unglücks fröhlich!

Was verstand ein Dreijähriger auch vom Tod?

Und jetzt war er ja bei ihnen, jetzt würde er nicht darunter zu leiden haben, der Sohn eines Mordopfers und der Stiefsohn einer Mörderin zu sein.

Sie würde schon gut auf ihn aufpassen.

Der Mann stand einfach da.

Er trug einen umgearbeiteten Armeemantel und starrte sie an.

Aus der Küche konnte sie Thomas' Schreibmaschine hören, er schrieb die morgige Predigt ins Reine.

Am Anfang hatte sie geglaubt, der Mann würde einfach verschwinden, wenn sie ihn nur nicht beachtete, und die letzten zwei Nächte hatte sie Gott auch voll Inbrunst darum gebeten. Und sie hatte darum gebeten, dass Thomas dem Mann nicht begegnen würde. Davor hatte sie fast am meisten Angst, denn was würde dieser Fremde ihm erzählen?

Warum konnte Jakob sie nicht einfach in Ruhe lassen?

Warum musste er gerade jetzt auftauchen?

Und warum schickte er diesen Fremden?

Noch immer war die Schreibmaschine zu hören.

In der Ferne bellten Hunde, Jelitscheks Kanarie jubilierte vor Einsamkeit und Langeweile, der Kies unter ihren Füßen knirschte.

Sie fröstelte.

Der Mann stierte unbewegt. Wie zu einer Salzsäule erstarrt, stand er da.

Vielleicht war es aber auch ganz harmlos? Sonntags kamen oft unerwartet Geschwister, Eltern oder auch Frauen und ehemalige Bräute von Thomas' Schäfchen, denen kochte sie dann Malzkaffee, bot Rosinenteilchen an, und Thomas sprach mit ihnen, mit dieser wunderbar sanften Stimme. Und manchmal führte sie Thomas noch zur Anstalt, aber das kam eher selten vor. Die Gäste wollten es gar nicht so genau wissen.

Man muss die Toten begraben, hatte neulich einer gesagt, wohl als Begründung, in Zukunft nicht mehr kommen zu müssen, denn ein Verrückter ist ja fast ein Toter.

Thomas mochte das Wort »Verrückte« nicht, auch »Irre« missfiel ihm. Wenn sie über seine Anstaltsschäfchen sprachen, dann nannten sie sie fast immer beim Namen, beim Vornamen, denn so spricht man von guten Freunden.

Jetzt schwieg auch die Schreibmaschine, vermutlich trank Thomas einen tapferen Schluck von der Karlsbader Kaffeegewürzbrühe und klaute sich eins der Abendessenradieschen? So früh im Jahr waren die Radieschen noch abgezählt, er würde es nachher auf die Katze schieben. Ein Herr Pastor, der Radieschen stibitzt, hat man so was schon gehört?

Warmer Kinderspeichel durchweichte den Kragen ihrer Bluse.

Sie würde nicht zulassen, dass Jakob ihr Leben zerstörte.

Ihr war schon klar, warum er gerade jetzt auftauchte!

Aber vielleicht war der Mann ja gar kein Bote Jakobs, vielleicht war er nur der sehr schüchterne Bruder eines von Thomas' Schäfchen?

Entschieden drückte sie Hans fester an sich, sehr aufrecht schritt sie dem fremden Mann entgegen.

Das Messer sah sie zu spät.

—

Ausnahmsweise war Paul ziemlich dankbar, dass das Orchester so unerträglich laut lärmte, dass jede Unterhaltung von vornherein weitgehend unmöglich gemacht wurde. Wenn es etwas gab, das er hasste, dann war es Konversation! Da ertrug er lieber die halbe Nacht ein Klingeln im Ohr. Das hasste er zwar auch, aber es war nicht ganz so schlimm.

Aber dieses nervige Klingeln im Ohr war einer der Gründe, warum er es unter normalen Umständen vermied, das Wintergarten Varieté zu besuchen. Die Tischchen standen ihm außerdem zu eng. Er hatte keine Lust, immer halb auf dem Schenkel irgendeines Fremden zu kleben, ständig in Sorge vor Verbrennungen durch unachtsam gehaltene Zigaretten, und schwofen, schwofen tat er auch nicht gern. Er tat es darüber hinaus – wie ihm Lou, das offensichtlich nicht mehr ganz aktuelle Mädchen seines Bruders, gerade bestätigt hatte – ausnehmend schlecht.

»Janz anders als der Willi!«, hatte sie geseufzt, und während er hinter ihr her zurück zu ihrem Tischchen geschlappt war, hatte er sich gefragt, was die Welt nur an diesem ganzen Amüsemang fand, an diesem ganzen Rumgehopse bis nachts um drei.

»War's nett? Hat er mir Ehre gemacht?« Willi war aufgesprungen, rückte Lou sehr geschäftig und sehr zum Missfallen seiner hochaktuellen Friedel den Stuhl zurecht. Carl hatte einmal gesagt, Willi sähe aus wie ein gealtertes Milchferkel. Und obwohl Paul diese Unterstellung damals heftig zurückgewiesen hatte, wie der Bruder jetzt so im stramm gefüllten Smoking um dieses kleine blonde Fräulein Lou herumtänzelte, eine gewisse Ähnlichkeit ließ sich wirklich nicht leugnen – besonders das rote Borstenhaar.

»Willi, Darling, er war janz furchtbar! Er hat mich die Schuhe verdorben.« Ein strassfunkelnder Finger deutete sehr anklagend auf Paul. Sie war schon im Bühnenkostüm, in einem Maße glitzernd und glänzend; es tat in den Augen weh. »Er hat mir jetreten. Er kann nich mal einen Charleston!«

Empörte Augenpaare richteten sich auf ihn, und er wünschte sich einmal mehr, er wäre einfach zu

Hause geblieben, hätte in der stillen Küche seiner Zimmerwirtin gesessen, sich von ihr Schmalzbrote streichen lassen und zugehört, wie sie von ihrem bei Verdun gefallenen Sohn erzählte. Dort, im Kohl- und Speckgeruch dieser Küche, verlangte wenigstens niemand, dass er seine Beine irgendwie rhythmisch verknotete, herumflirtete und dabei noch so tat, als mache ihm die ganze Chose Spaß.

Es war sowieso vollkommen idiotisch gewesen herzukommen, genauso idiotisch wie sein Besuch der langweiligen Klingenbergvernissage. Da war Carl noch nicht einmal erschienen, und er, Vollidiot, der er war, er hatte extra Dienst getauscht, um nur ja pünktlich zu kommen, nur damit Viktor ihn dann mit Fragen über seine Arbeit langweilte. Carls Schwester war auch auf der Ausstellung gewesen, er hätte eigentlich gern mit ihr gesprochen, gefragt, wie es Carl ginge, nur der lästige Viktor ließ ihn mal wieder keine Sekunde in Ruhe.

Wenigstens war Carl heute erschienen. Ganz der Filmstar, lümmelte er am besten Tisch, umgeben von nackten Frauenschultern, das Maßjackett hatte er schon vor einer Stunde abgelegt, teilte sich gerade mit einer mit Diamantenstirnband eine Opiumzigarette, wartete aber demonstrativ nur darauf, dass das Orchester die Pause beendete und er erneut mit so einem tizianrot gefärbten Bubikopf das Tanzparkett würde stürmen dürfen.

Carl amüsierte sich ganz offensichtlich blendend.

Er hatte Paul bisher nicht einmal bemerkt. Paul Genzer war 1,87 m groß, hatte ein Schwimmerkreuz und besaß feuerrotes Haar, man musste sich sehr gut amüsieren, um ihn komplett zu übersehen.

Es war nicht so, dass Carl ihm in der Öffentlichkeit jemals viel Beachtung hätte zukommen lassen, das wäre zu gefährlich gewesen. Über 600 nach dem Unzuchtparagraphen abgeurteilte Männer gab es allein im Vorjahr, aber früher, früher hatte Carl stets einen winzigen Moment für ein heimliches Lächeln gefunden, war Carl manchmal wie zufällig an ihm vorbeigeschlendert.

Carl hatte gewollt, dass Paul mit zur Premiere von »Comte LeJuste – Geborgen im Mantel der Nacht« kam, natürlich nicht mit ihm auf dem roten Teppich, aber doch wie bei der Premiere letzten Herbst, im Publikum, in Blickweite Carls. Sogar ziemlich gebettelt hatte er, weil Carl Premieren hasste. Wenn Paul nicht zum Geburtstag seines Vaters nach München gefahren wäre, wenn er Carl nicht allein zur Premiere hätte gehen lassen, wäre dann alles anders gekommen?

Oder hätte er nur länger gebraucht, um zu begreifen, dass Carl ihn betrog?

Er hatte es ja noch nicht einmal glauben wollen, als er es schwarz auf weiß gedruckt sah – Donnerstag letzter Woche im Zug war das, auf der Heimreise, und seine Finger hatten feuchte Flecken auf dem Zeitungspapier hinterlassen.

Warum hatte Carl ihn betrogen?

Derselbe Carl, der zu kindischen und in ihrer hilflosen Verzweiflung rührenden Eifersuchtsanfällen neigte? Derselbe Carl, der noch am Donnerstagmorgen, am Morgen nach der Premiere, angerufen und halb gelangweilt, halb amüsiert über den Erfolg des Films berichtet, dann aber mit atemloser Primanerstimme gebeten hatte: *Nimm doch wenigstens zurück das Flugzeug. Da bist du viel früher wieder zu Hause.*

Da hatte er ihn schon betrogen gehabt.

Paul schüttelte den Kopf, was der Ober, der vor ihm stand und gerade nachschenken wollte, falsch verstand und ihn vor seinem leeren Glas hocken ließ.

»Wat hat der eijentlich?« Lous Stimme klang unangenehm schrill, aber vielleicht kam es Paul auch nur so vor, angesichts des Umstandes, dass man nun schon in seinem Beisein laut über ihn sprach. Noch ein paar Stunden, und jemand würde ein Sakko auf ihm ablegen.

»Er hat Liebeskummer. Das ist wegen seinen altmodischen Moralvorstellungen.« Willi machte eine vage Geste. Er war nicht ganz bei der Sache, weil seine Friedel ihm gleichzeitig mit der Zunge an den Ohren rummachte. »Musst ihn eben ein bisschen auf andere Gedanken bringen. Ich weiß doch, Baby, wie gut du das kannst. Auaa! Verdammt, was soll die Scheiße?« Friedel hatte ihn gebissen.

Geschah diesem verfetteten Milchschwein recht.

»Ich glaub, ich muss jetzt heim.« Es war so sinnlos, und außerdem hatte Paul sich gerade überlegt, dass der Inhalt seines Portemonnaies keinen weiteren Gin erlaubte, sonst konnte er seinen Mantel an der Garderobe nicht mehr auslösen.

»Ach, bleib doch noch einen Augenblick. Du musst doch Lous und meine Tanznummer ansehen. Bitte, Paul, bitte!« Friedel riss die schwer getuschten Wimpern in die Höhe und formte den rotbepinselten Mund zu einer Schmollschnute. »Was hast du denn? Komm, mir kannst du's doch erzählen. Ist es die Kleene, die sich gerade so an den Bäumer ranschmeißt? War das dein Mädchen? Die Haare sind gefärbt. Kein Mensch hat von Natur aus so rotes Haar. Schau, deine Haare, die sind naturrot, und das, was von Willis Haaren übrig ist, das auch, aber der ihre, die sind gefärbt.« Sie beugte sich zu ihm, lächelte verführerisch, legte eine etwas feuchte Hand auf seine Wange, drehte sein Gesicht zu sich: »Nicht immer so in ihre Richtung starren, der Bäumer wundert sich, glaub ich, schon. Und jetzt lachen. Du amüsierst dich nämlich blendend. Guck mal, du sitzt mit den beiden heißesten Girls des ganzen Lokals am Tisch, und in nicht ganz dreißig Minuten werden diese hier eine Tanznummer hinlegen, die hat sich gewaschen, das versprech ich dir. Komm, du darfst mir eine Zigarette anmachen.«

»Übertreib's nicht, und lass ihn in Ruhe, Friedel.« Willi ließ sein Zigarettenetui aufschnappen. »Türkisch, wie immer?«

»Nein, ich möchte eine von Pauls.«

»Ich hab nur Bulgaria Stern.« Und etwas unglücklich fügte Paul hinzu: »Ich würde eine von seinen nehmen. Meine schmecken wirklich scheiße.«

Im selben Moment begann das Orchester erneut zu lärmen. Friedel winkte ab, sie hatte sich gegen die Zigarette entschlossen. Sehr entschieden zerrte sie stattdessen an Pauls Schulter, schubste ihn halb von seinem Stuhl, flüsterte: »Das Nächste ist ein Foxtrott, das kannst du doch, oder?«

Er nickte, fügte sich in sein Schicksal. Die Tizianrote, die Friedel so hartnäckig für seine Verflossene halten wollte, hing gerade um Carls Hals, presste so ziemlich alles, was man pressen konnte, an Carls Brust.

»Nun red doch was, Paulken. Das ist ja furchtbar mit dir.« Aber sie sagte es nett und wich auch klaglos seinen Füßen aus. »Erzähl mir was. Du ermittelst in der Straumanngeschichte?«

»Ja.«

Er hatte keine Lust auf eine gebrüllte Unterhaltung, und außerdem: Da gab es nicht viel zu erzählen. Bernice Straumann war schuldig, davon war er überzeugt. Sie hatte natürlich nicht selbst geschossen, was schon allein deshalb nicht ging, weil sie sich zur Tatzeit in Ostpreußen aufhielt, aber sie war es gewesen, die den armen Max Bayer zum Mord an ihrem Gatten angestiftet hatte.

Armer Gottlieb Straumann.

Und armer Max Bayer, der vollkommen die Nerven verloren haben musste – anders jedenfalls konnte Paul sich die Tat nicht erklären. Warum beging man sonst ein so vollkommen dilettantisches Verbrechen? Oh, natürlich kannte Kommissar Paul Genzer mehr als genug ungeschickte Mörder. Sie begingen Morde, die im Affekt, die unter Rauschmitteleinfluss begangen wurden, bei ihnen auf dem Revier gab es sogar ein extra Aktenkürzel dafür: Mlb, das hieß *Mörder liegt bei*. Aber der Straumannmord war anders, Max Bayer war nicht dieser Proletarier, der im Brustton rechtschaffener Empörung einmal zu ihm gesagt hatte: *Herr Kommissar, ick kann wirklich nüscht für. Ick hab se jeden Zahltag verkloppt, dat die jetzt hops is, dat is doch nicht meene Schuld!*

Es ergab alles Sinn und dann wieder gar nicht. Zum Beispiel die Liebesbriefe, die Frau Straumann an den Verwalter geschickt hatte. Es war durchaus sinnvoll, dass dieser sie zu verbrennen versucht hatte. Aber warum nur zur Hälfte, warum in Herrn Straumanns Hotelzimmer statt später in aller Ruhe? Und woher hatte Max Bayer überhaupt gewusst, dass Gottlieb Straumann die Briefe mit nach Berlin genommen hatte? Woher, wo Straumann sie verbarg? Und wie war es dem Verwalter gelungen, die Briefe an sich zu nehmen, ohne dabei Fingerabdrücke an Straumanns Koffer, an Straumanns Sekretär zu hinterlassen, wo sie doch sonst überall im Hotelzimmer waren, wo er sich nicht einmal die Mühe gemacht hatte, sie von der Waffe zu wischen? Und da war schon das nächste Sorgenkind: Die Waffe! Warum eine Duellpistole? Und warum hatte Max Bayer sie aufgehoben? Jeder vernünftige Mörder warf seine Waffe in die Spree. Er hätte doch alle Gelegenheit dazu gehabt, den ganzen Freitagabend über hätte er das Ding loswerden können, statt sich daran abzuschleppen.

Wenigstens war sie klein und leicht, Bayer hatte nicht schwer getragen. Ein ungewöhnliches Stück, ziselierter Lauf und Perlmuttgriff. So ein Perlmuttgriff ist für die Spurensicherung was ganz Feines.

Warum verdammt eine Duellpistole?

Wenn er nur mit Carl über den Fall sprechen könnte! Nicht dass an Carl ein Kriminologe oder so verlorengegangen wäre, das nun ganz gewiss nicht. Aber Carl konnte gut zuhören, er saß dann sehr still auf der Lehne ihres Plüschsofas, schlang die Arme um die Beine und legte die Stirn in konzentrierte Linien. Das hatte immer furchtbar niedlich ausgesehen, wie ein Primaner bei einer komplizierten Rechenaufgabe. Und manchmal hatte Carl mit seiner etwas verqueren Weltsicht auch wirklich gute Ideen, das durfte man nicht vergessen.

Im Übrigen hing dieses Flittchen noch immer an Carl, strich ihm an den blonden Haaren herum. Da wünschte er ihr aber viel Vergnügen – seit Carl nämlich das Gesicht von Hörmann-Haarpomade war, nahm der immer viel zu viel von dem Zeug, da konnte man hinterher allein mit dem, was man an den Händen hatte, Tapete kleben.

»Paulken? Kann es sein, dass du stumm bist und nur vergessen hast, es jemandem zu sagen?«

Er zuckte die Schultern, führte sie an ihren Tisch zurück. Dort saß Willi sehr aufrecht, in sehr demonstrativer Entfernung von einem etwas angesäuert dreinblickenden Fräulein Lou, nippte mit Konfirmandenmiene an einem Whiskey on the rocks.

»Los, Lou. Wir müssen. Und Paulken? Paulken, du tanzt wunderbar. Ganz individualistisch. Also, wenn ich nicht vergeben wäre, dann könnte ich für nichts garantieren.« Friedel konnte es wohl trotzdem nicht, ihm keine Möglichkeit zur Flucht lassend, hatte sie sich schon zu ihm hochgestreckt, ihm einen Kuss auf den Mund gepresst, war mit einem »Sorry, Großer, dein Bruder ist einfach zu sexy« und Lou an der Hand hinter der Bühne verschwunden.

»Siehst du?« Willi blickte triumphierend. »Siehst du! Darum, aus genau diesem Grund fängt der schlaue Mann mit solchen leichtblütigen Geschöpfen nichts Dauerhaftes an. Habe ich dir von Anfang an gesagt.«

»Carl ist nicht leichtblütig.« Paul wusste selbst um die Schwäche seiner Behauptung. »Und selbst wenn Carl vielleicht manchmal etwas nervös oder flatterhaft erscheint, er ist eben erst zweiundzwanzig. Und ich finde, das gibt ihm etwas Charmantes.«

Eigentlich wusste er überhaupt keinen vernünftigen Grund, Carl zu verteidigen, aber Willi brauchte sich auch nicht so aufzuspielen.

»Ich sag ja nur, ich sag ja nur.« Selbstgefällig ließ Willi die Eiswürfel in seinem Glas klackern. »Wenn man sich für so was Charmantes entscheidet, dann darf man sich eben auch nicht wundern, wenn man mal jemanden im Schlafzimmer findet, der da nicht hingehört. Aber du, mein Brüderchen ...« Ein speckiger Finger wackelte belehrend in der Luft. »Du, mein Brüderchen, bist dafür einfach nicht gemacht. Ich übrigens auch nicht. Darum habe ich meine Gusta geheiratet und keines dieser Girls.«

»Und ich dachte immer, du hättest deine Gusta geheiratet, weil Konrad unterwegs war.« Von Willi musste er sich nun wirklich keine Beziehungsratschläge geben lassen. »Oder weil ihr Vater schwarz schlachtet, was damals im vierten Kriegswinter auch seinen Reiz hatte.«

»Meine Gusta besitzt eben viele Vorzüge.« Vor Stolz schien das feiste Gesicht seines Bruders regelrecht zu glänzen, und entschieden knallte er sein geleertes Glas auf das Tischchen, erklärte: »Da drüben ist Muskel-Adolf, da muss ich guten Tag sagen. Du bleibst aber brav sitzen, weil wir haben auch Geschäftliches zu besprechen, und da störst du prinzipientreuer Vertreter der Polizei nur. By the way, er ist schlecht auf dich zu sprechen wegen der Arthur-Grönland-Verhaftung. Arthur und er kannten sich noch aus der Schule.«

»Das bricht einem ja das Herz. Richte ihm doch bitte aus, wenn ihm die Sehnsucht zu groß wird, darf er sich jederzeit vertrauensvoll an mich wenden. In Tegel ist immer ein Plätzchen für ihn frei. Und sag ihm, Baby Bert fährt auch bald ein. Da bin ich dran.«

»Du bist wohl lebensmüde? Wenn Baby Bert mit dir fertig ist, kannst du dir deinen Schwanz an den Eiern um den Hals hängen.« Willi machte eine obszöne Geste, lachte im Gehen rau über die Schulter. »Aber so wie du dich aufführst, brauchst du deine edelsten Teile eh so schnell nicht wieder. Ich glaub übrigens, dein blondes Gift hat Ersatz gefunden. Vielleicht kümmerst du dich erst mal darum?«

Tatsächlich.

Carl war plötzlich nicht mehr auf dem Tanzparkett!

Paul konnte ihn nirgends sehen, gerade eben hatte diese Schlampe noch an ihm gehangen, und jetzt, jetzt war er weg. Die Tizianrote war auch nirgends zu sehen. Sie mussten gegangen sein.

Sie waren zusammen gegangen.

Carl war mit dieser Schlampe gegangen.

Carl würde mit dieser billigen mageren Schlampe in ihrem albernen Paillettenkleid, mit ihrer lächerlichen kunstseidenen Wäsche und ihren Laufmaschenstrümpfen auf dem Plüschsofa schlafen. Demselben Plüschsofa, für dessen Kauf Paul Genzer sechs Monate gespart hatte, dem Plüschsofa, das ihre erste gemeinsame Anschaffung gewesen war. Überall auf dem roten Plüsch würde diese widerliche Schlampe ihre rotgefärbten Haare verlieren und ...

»Paul, träumst du?«

Das war Carl.

»Suchst du jemanden, Paul?«

Er stand einfach vor ihm.

Stand vor ihm, lächelte zu ihm hinauf und sah dabei schrecklich jung und hübsch aus, und hätte Paul nicht gewusst, was er eben wusste, er hätte ihm auf der Stelle alles verziehen.

Ja, hatte Carl nicht am Samstagabend angerufen, ganz furchtbar zerknirscht und unglücklich?

»Du bist wirklich der einzige Mensch, der sich bei dieser Lautstärke wegträumt. Ach, Paul, ich habe gehofft, dich zu treffen. Bist du schon lange hier? Ich habe dich gar nicht bemerkt.«

Paul nickte.

Das hatte er gemerkt.

Carl hielt die Zigarette zwischen den sehr weißen Zähnen, brüllte: »Schon aufgeregt wegen Friedels Auftritt?«

Paul schüttelte den Kopf.

Er hätte gern gesehen, wie es Carls Händen ging, doch Carl verbarg sie in den Taschen.

Paul hatte ein mieses Gewissen wegen dieser Hände, er hätte sich mehr darum kümmern müssen, nicht nur Carls Manager und den Vertragsarzt der UFA anrufen, aber er war so wütend gewesen, so gottverdammt wütend.

Zugegeben, Paul neigte vielleicht zum Jähzorn, zu Wutanfällen und zertretenem Mobiliar – trotzdem, diesmal hatte er wirklich allen Grund gehabt. Schon als er Donnerstagabend nach dem Streit zu sich nach Hause gefahren war, schon da hatte er so was kommen sehen, aber Carl war schließlich kein Kind mehr, das man nicht unbeaufsichtigt lassen durfte, weil es sich sonst in Schwierigkeiten brachte!

Als er in Carls Alter war, da hatte er schon den verdammten Krieg hinter sich!

Carl machte einen Schritt auf Paul zu, erklärte: »Ich wollte dir die ganze Zeit etwas sagen, aber du weigerst dich ja, mit mir zu telephonieren.«

»Ich weigere mich nicht, mit dir zu telephonieren.« Paul schüttelte entschieden den Kopf. So formuliert, klang das ausgesprochen albern. »Ich bin nur nicht viel zu Hause.«

»Wer ist heute noch zu Hause?« Carl lachte, das Thema war damit für ihn offensichtlich beendet. »Ich habe heute jedenfalls im Stau gestanden, und da habe ich kurz über den Straumannmord nachgedacht. Warum sollte die Straumann ihren Gatten eigentlich wegen des Geldes umbringen lassen, wenn der eh bald stirbt? Das ist unlogisch. Hast du dich das schon mal gefragt?«

Wo verdammt hatte es heute in Berlin Stau gegeben?

»Nein, der Gedanke ist mir neu.« Er war so ein Vollidiot, jetzt log er auch noch, nur damit Carl sich besser fühlte und einen Moment länger mit ihm sprach. »Das ist sicher ein sehr interessanter Aspekt. Ich wusste gar nicht, dass du den Fall verfolgst?«

»Ich war mit Herrn Straumann befreundet, es betrifft mich also persönlich.« Carl kam noch einen Schritt näher, streckte sich zu ihm empor. Er konnte jetzt Carls verdammten Atem spüren, bei jedem Wort strich es warm an seinem Hals, an seinem Ohr vorbei. »Oder besser, er war ein Freund meiner Familie. Urte und er waren Nachbarn. In Ostpreußen, nicht in Berlin.«

Paul nickte.

Carl machte es überhaupt nichts aus, so eng neben ihm zu stehen. Er konnte sich einbilden, Carls herbes Rasierwasser zu riechen, und Carl machte das alles gar nichts aus. Carl ging aus und amüsierte sich, Carl flirtete mit tizianrotgefärbten Schlampen, und ganz sicher schlief Carl nachts wie ein Stein. Vermutlich wie ein Stein in den Armen dieser Schlampe! Er schleppte sich todmüde nach dem Dienst noch zu irgendwelchen Ausstellungen, auf die Carl dann gar nicht kam, er langweilte sich den halben Abend und ertrug das Geschwätz seines Bruders, nur um ein paar Worte mit Carl zu wechseln, und Carl war das alles egal!

»Carl, mal was anderes: Wäre es für dich in Ordnung, wenn ich morgen meine restlichen Sachen bei dir abhole?« Er wollte einfach nur einen Schlussstrich ziehen. Er wollte seine restlichen Sachen und nie wieder ein Wort mit Carl wechseln müssen. Er wollte Carl nicht mehr sehen, ihn nicht mehr hören, und er wollte sich bis zur absoluten Besinnungslosigkeit betrinken. Und dieses Unterfangen würde er noch heute in Angriff nehmen. »Ich hab bis um neunzehn Uhr Dienst, aber dürfte ich danach kurz am Pariser Platz vorbeikommen? Weißt du, mir gehen die Hemden aus, meine Wirtin wäscht doch nur jede zweite Woche.«

»Aber natürlich.«

Carl war ja so grässlich zivilisiert, schien dies für einen logischen Gedanken zu halten, lächelte schon wieder dieses unpersönliche Filmstarlächeln. Es war zum Schreien. Man wollte ihn packen und schütteln.

»Komm einfach, wann es dir passt. Ich könnte es ja auch beim Rezeptionisten hinterlegen, aber neulich ist was verschwunden.«

»Oh, wirklich? Wann denn? Wann ist was verschwunden?«, unterbrach er Carl. Er hätte sich dafür ohrfeigen mögen. Noch offensichtlicher konnte er kaum drum betteln, einen Moment länger mit ihm sprechen zu dürfen. »Das solltest du auf jeden Fall melden.«

»Nein, nicht mir – der aus 2a ist irgendwas weggekommen. Vielleicht hat sie es längst angezeigt. Ich frag mal nach und sag dir morgen Bescheid. Das heißt, ich weiß gar nicht, ob ich abends zu Hause bin, aber …« Carl schien zu überlegen, sehr nachdenklich biss er sich auf der Lippe herum: »Ich versuch's mir einzurichten, versprechen kann ich eben nichts. Na, ich muss weiter. Da drüben ist Traudi vom Theater am Schiffbauerdamm. Wenn ich zu Hause bin, treffen wir uns ja morgen vielleicht. Salut.«

Und mit diesen Worten verschwand Carl einfach im Gedränge, gerade in dem Moment, in dem sich der Vorhang hob und Friedels Schenkel blendend weiß im Scheinwerferlicht aufleuchteten.

Sonntag, 3. Mai 1925

Sonntagsgewusel auf dem Alex: Frauen mit großen Hüten, von oben hellen, buntgesprenkelten Schallplatten gleichend, Männer im Hemd, die oberen zwei Knöpfe geöffnet – das konnte Paul nicht sehen, das wusste er. Wenn die Frauen an der Seite der aufgeknöpften Männer noch Fräuleins waren, dann trug man ihnen galant den Strohkorb, die Tasche voll mit Schwimmzeug und Stullen für den Wannsee, mit Streuselkuchen und Bier, gern referierten die brusthaarzeigenden Männer dabei wortreich über Kultur, Wetter, Politik.

Waren die Frauen keine Fräuleins mehr, dann mussten sie die Körbe und meist noch das Kleinste selber schleppen, dann knäulten die Männer mit anderen Männern zusammen, prahlten mit Gehalt, gewonnenen Sportwetten oder schimpften auf den verlorenen Krieg. Viele Kinder gab es sonntags auf dem Alexanderplatz.

Paul presste beide Hände gegen die Scheibe seines Bürofensters. Seine Finger waren voller Sommersprossen, schlampige, ineinander verlaufende Sommersprossen, wie bei einem Dalmatiner, der nicht taugt.

Wie es wohl Carls Händen ging?

Samstag am Telephon hatte Carl nur gesagt, sie hätten die Scherben alle rausbekommen, und der Vertragsarzt hätte gemeint, solang er nicht kratze, würden kaum Narben bleiben – der von Curt Courant angedachten Großaufnahme mit den Fingern am Revolvergriff stand also nichts im Wege. Das musste höllisch weh getan haben, aber Carl war hart im Nehmen – auch als sie ihm im Herbst vier Backenzähne, zwei je Kiefer, gezogen hatten, um diese inzwischen so berühmte Wangenlinie zu erzielen, Carl hatte sich nicht beklagt, hatte ausgesehen wie ein Winterhamster, aber kein Ton der Klage.

Was Carl wohl jetzt gerade machte?

Ob er überhaupt schon wach war?

Carl schlief schrecklich gern lang, aber wenn Paul früher Sonntagsdienst gehabt hatte, war Carl oft vor ihm aufgestanden, hatte einmal sogar versucht, selbst Mokka zu brühen, sich in der Regel jedoch darauf beschränkt, deswegen beim nahe gelegenen Adlon anzurufen. Für den Bäumer war man dort gern bereit, eine Isolierkanne samt einigen Brötchen hinüberzuschicken, und wenn Paul dann aus der Dusche kam, roch es immer schon sehr sonntäglich nach frischem Brot. Und wenn das Wetter zu schlecht oder kalt für ein Frühstück auf dem Dachbalkon war, dann hatten sie eben auf dem gelben Spannteppich des Salons gepicknickt. Carl schwor, das Gelb gleiche dem der reifen Kornfelder seiner

Heimat, morgens, im ersten Licht eines drückend heißen Sommertages, es wäre also fast, als äßen sie im Freien.

Das war immer schön gewesen, das Kaffeetrinken mit Carl.

Wo bloß dieses Tippfräulein mit dem Kaffee blieb?

Er war verdammt müde, musste sich aber konzentrieren. Morgen bei der Frühbesprechung würde der Kriminalpolizeirat, der dicke Gennat, Ergebnisse sehen wollen, und der Kommissar setzte sich wieder an den Schreibtisch, verschob die Akte »Bierkutschermord« ein paar Zentimeter, zündete sich keine Zigarette an, er besaß nur noch zehn, und Gehalt gab es erst wieder Freitag. Das Rauchen hatten sie sich seit Herbst so angewöhnt, früher hatten sie nur abends geraucht, wenn es ganz knapp zuging, die Bulgaria Stern auch mal geteilt, immer abwechselnd gezogen, aber das gewöhnte man sich beim Leben mit einem Filmstar so an, dass es immer Zigaretten gibt. Und Geld, immer gibt es Geld oder zumindest Kredit – der Bäumer rechnet nicht von Lohntag zu Lohntag.

Paul gähnte, ihm tat auch der Kopf ziemlich weh. Nach Friedels Auftritt hatte Willi ihn noch hinter die Bühne gezwungen, auf den Erfolg anstoßen, und er war ganz dankbar gewesen, dass man es ihm so ersparte, in seinem Bett zu liegen und an Carl zu denken. Aber anderseits hatte ihm dieses Gesaufe mit Willi auch die Möglichkeit genommen, das Gespräch mit Carl noch mal ganz genau zu durchdenken, und irgendwann, als er schon nur noch mit Unterstützung der Schulter seines Bruders aufrecht sitzen konnte, da hatte Friedel ihm erklärt, dass er ihr wirklich top gefalle und er sich wegen ihrer Sache mit seinem Bruder keine Gedanken machen müsse, Willi sei da modern denkend und liberal eingestellt.

»Ihr Kaffee, Herr Kriminalkommissar Genzer!«

Was man hier eben so Kaffee nannte – ein Viertel Zichorie, ein Viertel Gerste, der Rest war Karlsbader Kaffeegewürz, in das sich manchmal ein einsames Böhnchen verirrte.

»Kann ick sonst noch wat für Sie tun, Herr Kriminalkommissar Genzer?«

Dieses Tippfräulein, diese Greta, war neu, der Ersatz für seine Gilgi. Die Gilgi, die hatte geheiratet, die tippte jetzt Rechnungen im Sporttrikotagengeschäft ihres Gatten. Dieses Tippfräulein Greta trug eine pinke Schluppenbluse und viel Wimperntusche, lehnte sich beim Kaffeeeinschenken so weit über seinen Schreibtisch, dass er nun wusste, ihr Unterhemdchen hatte Spitzenbesatz. Die war bestimmt auch modern denkend und liberal eingestellt. Die gingen ihm alle auf die Nerven.

»Sie sind an dem Bierkutscherschlächter dran?«

Er nickte, allerdings nur vorsichtig. Wenn er den Kopf zu schnell bewegte, wurde ihm übel.

»Und an dem Straumannfall sind Se auch, wat?«

»Ich war es. Der Fall ist geschlossen.« Er hoffte,

sie möge verschwinden. Er ertrug Menschen gerade ziemlich schlecht. Vielleicht wäre es tatsächlich das Beste, auf Willis Vorschlag einzugehen und den Bruder seine Sachen bei Carl abholen zu lassen. Warum sollte er sich mehr quälen als nötig?

»Wissen Se, dass ick mal mit 'nem jungen Mann aus war, dem Jeorgie Flamm, den hat der alte Straumann vollkommen ruiniert. Herr Straumann is nich der Ehrenmann, für den ihn alle halten.«

Und weil irgendjemand den verdammten Sessel nicht wiedergebracht hatte, setzte sie sich kurzerhand neben Pauls Arm auf die Kante des Schreibtisches, streckte die seidenbestrumpften Beine ziemlich sinnlos von sich, lächelte ihm auffordernd über die Schulter zu.

Das hatte er zu seinem Glück noch gebraucht. Erst Friedel und jetzt die! Wenn die weiter mit dem Fuß so rumfuchtelte, würde sie ihm noch mit dem Absatz ein Loch in die Gardine reißen.

»Dat war vorletztet Jahr, also dat der Straumann die Familie Flamm ins Unglück jestürzt hat. Der Kurt, also der Bruder vom Jeorgie, der is seitdem furchtbar unter die Räder jekommen, so mit Drogen und allem? Ick finde, der Kurt, der hätte ein top Mordmotiv.«

»Fräulein Greta, wir haben den Täter bereits gefasst. Es sind bisher vielleicht nicht alle Details geklärt, aber der Schuldige sitzt in Tegel und wartet nur noch auf seine Verhandlung. Wir haben die Tatwaffe mit seinen Fingerabdrücken, er hat den Toten als Letzter gesehen, und er hat ein Motiv. Lassen Sie jetzt bitte die Gardine in Frieden.«

»Also, wenn Sie's nich interessiert, dann jeh ick ins Archiv.«

Der Lippenstiftmund verzog sich schmollend, sie stand auf, beugte sich dann plötzlich über seinen sehr vollen Papierkorb, fischte die zerknüllte Autogrammkarte heraus, die Carl ihm mal zum Spaß geschenkt hatte und die letzte Woche Pauls Wut zum Opfer gefallen war.

Willi um die Hemden zu schicken, wäre wahrscheinlich wirklich das Intelligenteste, bevor er wieder anfing, Mobiliar zu demolieren. Er hatte auch gar keine Lust, Carl zu sehen. Er wollte Carl einfach nie mehr sehen. Und Carl lag ja auch nichts daran, ihn zu sehen, von wegen *Wenn ich zu Hause bin, sehen wir uns vielleicht.*

Aber wenn er Carl doch sehen sollte, dann hatte er eine nette Neuigkeit für ihn! Die Gemeinheit war ihm gestern ganz plötzlich eingefallen. Ein letzter, finaler Streich, der Carl ein für alle Mal zeigte, wie gleichgültig er und seine Existenz für Paul Genzer waren.

»Sie sind wohl keen Bewunderer von Comte LeJuste? Ick hab den Neuen zwar noch nich jesehen, aber den Ersten fand ick jetzt och nich so top. Der Bäumer is eben keen so toller Schauspieler. Ick mein, der sieht putzig aus und hat diesen Mund, aber ...«

»Fräulein Greta«, er holte tief Luft, senkte die Akte »Bierkutschermord« noch einmal auf den Schreibtisch. Es gab Grenzen für alles. »Fräulein Greta, ich bezweifle ernsthaft, dass Sie sich in diesem Punkt ein Urteil erlauben dürfen. Herr von Bäumer ist ein ganz hervorragender Schauspieler. Ein ausgebildeter obendrein. Er ist der beste Schauspieler, den die UFA unter Vertrag hat. Ein Künstler. Und ein verdammtes Ausnahmetalent! Und nun lassen Sie mich bitte arbeiten. Guten Tag!«

—

Als die Nutte mit Wucht gegen die Sperrholzwand der angrenzenden Nachbarwohnung knallte, wachte Kurt Flamm endgültig auf. Das Geplärr war mal wieder unbeschreiblich, und in stillem Protest hielt er die Augen geschlossen, sagte sich leise van Hoddis' »Weltende« vor: »Dem Bürger fliegt vom spitzen Kopf der Hut, in allen Lüften hallt es wie Geschrei ...«

Und noch einmal, so richtig mit Schwung. Es staubte Putz.

Irgendwann würde die Wand nachgeben, und Kurt hätte die Sauerei, samt plärrender Nutte auf der Matratze. Dass dieser Idiot nicht begriff, dass die Kleine derart verbeult noch viel weniger verdienen würde! Er hatte es ihm doch schon mehrfach erklärt! Wer sollte denn über so ein Leukoplastgesicht drüberrutschen wollen, dem musste man ja noch was zahlen. Aber der Idiot verstand es einfach nicht!

Zillemilieu, so hatte Georgie solche Verhältnisse genannt. Georgie hatte da rausgewollt. Ganz furchtbar hatte Georgie da rausgewollt, und nun war Georgie tot.

Sein kleiner Bruder Georgie!

Der Geruch von kochendem Kohl drang durch den Türspalt, die von hinten links ernährten sich anscheinend von nichts anderem.

Kurt wurde schlecht. Er kannte das schon, das würde vorbeigehen, sobald seine süße Geliebte, sein kleiner Sonnenschein ihm durch die Adern pochte.

Die Landluft gestern hatte ihm so gutgetan.

Warum nur war er auf dem Land gewesen?

Langsam, ganz vorsichtig öffnete er das rechte Auge.

Was war das auf seinen Händen?

Er öffnete auch das linke.

Was war das auf seinen Händen?

Er war nun ganz wach.

Was war das auf seinen Händen?

Rost?

Kirschmarmelade!

Natürlich, Georgie hatte ihm Marmelade vorbeigebracht.

Georgie, sein lieber, lieber kleiner Bruder.

Aber der kleine Tollpatsch hatte gekleckert, da

war überall Marmelade, auch auf Kurts Hemd, auch auf Kurts Mantel.

Auch das Messer, aber besonders Kurts Hände, ganz voll Marmelade. So viel Marmelade, er würde nie mehr hungern müssen.

Und Kurt Flamm lachte vor Glück, er lachte und lachte und lachte und hörte erst auf zu lachen, als die Nachbarn schon mit wütenden Fäusten gegen die Tür hämmerten.

—

Es war vermutlich eines der großen Geheimnisse der zwanziger Jahre, vergleichbar mit dem Rätsel um das Verschwinden des Zaren oder dem Fluch des Pharaos, nur noch besser gehütet: Carl von Bäumer, der Filmstar, der Herzensbrecher, der Liebling aller Frauen, der verstand bedauerlich wenig von diesem Geschlecht. Offen gestanden, er verstand überhaupt nichts davon. Natürlich wusste er mit ihnen zu schäkern, ein hingeworfenes Kompliment hier, ein gehauchter Handkuss dort, aber verstehen tat er von Frauen rein gar nichts.

Er war auf ein streng protestantisches Jungeninternat gegangen, dort hatte es keine weiblichen Wesen gegeben, nicht einmal unter dem Küchenpersonal. Dann, mit gerade fünfzehn, hatte er sich während der Sommerferien stürmisch in Michail von Orls verliebt, breitgebauter Held der Schlacht von

Tannenberg, Großgroßneffe des Zaren, Großneffe des Kaisers und ganz nebenbei jahrelanger Freund von Carls älterem Bruder. Michail hatte seinen Fronturlaub auf Carls elterlichem Gut verbracht, und der alte Freiherr von Bäumer in all seiner weltfremden Naivität eines vergangenen Jahrhunderts war gleichermaßen gerührt wie überrascht gewesen ob des *väterlichen Interesses*, das dieser hochdekorierte Offizier seinem Jüngsten entgegenbrachte. Während der Ferien hatte Carl ihn später in seiner Berliner Wohnung besuchen dürfen, und wenn Krieg und Kognak es zuließen, hatte Michail ihn dann ins Museum, in die Oper, ins Theater ausgeführt. Dafür hatte er Carl wunderbare Anzüge, Hemden, Wäsche, Schuhe gekauft, selbst herrlich anzusehen in seiner Paradeuniform, bei jedem Schritt aufregend klirrend, aber meist mussten sie zu Hause bleiben. Draußen gab es zu viel, das Michail nicht ertrug: den Anblick einer Fleischerauslage, das Geräusch der anpfeifenden Elektrischen, den Geruch von bratendem Fleisch. Dagegen half nur Kognak, und manchmal Carl. Das mit dem Kognak war auf Dauer etwas ernüchternd gewesen, aber dann war ja zum Glück Paul gekommen, und so hatte es in Carls Leben einfach nie Frauen gegeben. Frauen reizten ihn weder, noch interessierten sie ihn, aber dennoch, dennoch musste er Bernice Straumann eine gewisse von ihr ausgehende Faszination zugestehen. Sie war sicher keine Femme fatale, wie man sie in einem seiner Filme besetzt hätte, dafür war sie schlicht zu dick. Dabei trug sie Trauer, aber auch Schwarz kann eben nicht zaubern, und Brüste waren schlicht nicht en vogue. Carl brauchte die Witwe Straumann gar nicht stehen sehen, um zu wissen, auch von hinten würde ihr Kleid kaum glatt hinabfallen. Aber dennoch, sie hatte etwas.

»Ich freue mich, Sie persönlich kennenzulernen.« Sie besaß eine braune Stimme, eine Vorlesestimme. Überhaupt war alles an ihr braun. Das Haselnusshaar, gegen die Mode im Nacken zum Knoten geschlagen, die Wimpern der Walnussaugen, gegen die Mode weder getuscht noch dauergefärbt noch sonstwie betont, der dunkle Teint, selbst die ungeschminkten Lippen, alles erdig braun, bernsteinfarben wie die Kurische Nehrung selbst. »Ich war seit bestimmt vier, fünf Jahren nicht mehr hier.«

»Dann wird es Zeit.« Er lächelte sein Filmstarlächeln, rückte ihr den Stuhl zurecht, erklärte: »Nachdem Sie am Telephon meinten, Sie könnten mich nicht ohne Gerede im Hotel empfangen und zu mir wollten Sie auch nicht kommen, dachte ich, während der Modenschau des KaDeWe, da bemerkt uns keiner. Außerdem muss ich um fünf zu einem wichtigen Termin, und deshalb passte mir die frühe Uhrzeit gut.«

Was wäre, wenn Paul heute früher Feierabend machte, plötzlich schon um sechs am Pariser Platz auftauchte und er ihn wohlmöglich verpasste? Da war es doch klüger, für alle Eventualitäten gewappnet zu sein, und so erschien es Carl ratsam, ab halb sechs die Wohnung einfach nicht mehr zu verlassen. Vorsicht war immer noch besser als Nachsicht!

»Wenn man Sie nur so von der Leinwand kennt, man stellt Sie sich ganz anders vor.« Ihr Blick maß ungeniert sein Gesicht, seine Haare, seinen Pullunder, sprang schließlich zwischen der noch immer bandagierten Rechten und seiner schon halb verheilten Linken hin und her. »Irgendwie erwachsener. Wie alt sind Sie eigentlich? Sie sind doch noch keine fünfundzwanzig?«

Der Filmstar Carl von Bäumer ließ sein Zigarettenetui klackend aufspringen, bot der Witwe keine an, und nachdem er einen tiefen Zug genommen hatte, sagte er: »Kommen wir einfach zur Sache, okay? Sie haben Ihren Gatten umbringen lassen, richtig?«

»Falsch, aber das habe ich auch schon den Herren von der Polizei gesagt. Warum wollen Sie mich überhaupt sprechen, wenn Sie auch von meiner Schuld ausgehen? Meine Anwälte meinen, dass für mich keinerlei rechtliche Gefahr besteht – der Verdacht auf Anstiftung zu einem Schwerverbrechen ist vor Gericht nicht haltbar. Und mein Ruf ist sowieso ruiniert, dafür hat die Presse gesorgt.«

»Was die Presse angeht, fühle ich mit Ihnen. Was glauben Sie, wie viele Leben schon durch dumme Schlagzeilen vollkommen ruiniert wurden?« Sein eigenes zum Beispiel. Hätte dieser dumme Antisemit von einem Redakteur nicht so einen Hass auf den guten Herrn Morgenstern oder wäre Carls Manager eben kein Herr Morgenstern, sondern ein Herr Schulz, die ganze *Premierenaffäre* hätte es nie gegeben. Und wenn es diese Schlagzeile nicht gegeben hätte, hätte es am Donnerstagabend auch keinen Streit mit Paul gegeben, die Geschichte mit dem Bubikopffräulein wäre gleichfalls nie passiert, Carls Hände unverletzt, alles in bester Ordnung, das Leben eine einzige Lust. »Ich sag mir immer, das Beste ist, es einfach zu ignorieren.«

»Aber die anderen ignorieren es nicht.«

Da hatte sie leider recht, und einen Moment starrten sie beide stumm auf das sich für die Vorführung bereitmachende Orchester, beobachteten, wie sich die Tischchen füllten. Größtenteils Touristinnen mit geschwollenen Fesseln und Gatten, die lieber noch etwas die Friedrichskirche besichtigt hätten, auch viele kess hergerichtete Tipp- und Telephonfräulein, manche ungeniert die Notizblöckchen, die gespitzten Bleistifte vor sich ausgebreitet, bereit, später die gezeigten Luxusmodelle an der heimischen Nähmaschine zu kopieren. Und junge Männer, allein und wildäugig an ihren Tischchen, gern in weißen Gamaschen und mit prächtiger Blume im Knopfloch, das waren dann wohl die Aktuellen der Mannequins.

»Entschuldigen Sie bitte, wenn ich grob war.« Carl schob ihr sein Zigarettenetui über den Marmor entgegen. »Ich habe gerade etwas schlechte Nerven. Aber ich würde Ihnen wirklich gern helfen. Es gefällt mir einfach nicht, wie sich die Presse auf Sie gestürzt hat, und ich will ganz ehrlich mit Ihnen sein.« Er holte tief Luft. Das hatte er auf der Schauspielschule gelernt, vor Bekenntnissen immer tief Luft holen, das erhöht die Glaubhaftigkeit des Gesagten ganz ungemein. »Ich habe auch ein persönliches Interesse an der Lösung des Falls. Bitte, das, was ich Ihnen nun sage, muss absolut unter uns bleiben. Herrn Kriminalkommissar Genzer kennen Sie natürlich?«

Sie nickte, verzog dabei etwas den Mund.

»Na ja, Sie müssen wissen, ich bin verliebt, ganz grauenhaft verliebt. Ich höre schon Schlager auf dem Grammophon, und wenn dort jemand Liebe auf Getriebe reimt, dann denke ich: *Hach!* Ich kann nachts nicht mehr schlafen, und aus lauter Sehnsucht habe ich schon zwei Kilo zugenommen, mein Manager wird mich deswegen hassen. Sehen Sie, wie es um mich steht?«

Zum ersten Mal lächelte sie. »Das freut mich für Sie.« Es war ein breites, sehr frohes Lachen. »Aber da kann ich Ihnen nur raten, gehen Sie ins Schlafzimmer und kurieren Sie sich ordentlich aus. Am besten, Sie heiraten. Es gibt nichts, das sämtliche Anzeichen von Liebeskrankheit so schnell vertreibt wie eine Ehe.«

»Das möchte ich ja.« Carl riss die blauen Augen auf. »Nur sehen Sie, mein Mädchen, das ist noch keine einundzwanzig. Sie kann nicht so einfach heiraten. Wir brauchen die Einwilligung ihres Vormundes.«

»Ja und? Sie sind doch wohlhabend, erfolgreich und nett anzusehen, meinen Segen haben Sie.«

»Danke, aber ich brauche Herrn Kriminalkommissar Genzers Segen, nicht Ihren.« Er sagte das mit kindischem Trotz. »Es ist nämlich seine kleine Schwester. Und Herr Kriminalkommissar Genzer kann Schauspielern nichts abgewinnen, und strenge Moralvorstellungen hat er obendrein. Seit der Schlagzeile über diese erfundene Premierenaffäre darf sie nicht einmal mehr mit mir sprechen.«

»So hätte ich ihn auch eingeschätzt.« Bernice Straumann nickte entschieden. »Voller Verachtung für alles, was nicht in sein kleines Weltbild passt.«

Carl spürte einen Anflug von schlechtem Gewissen, aber schließlich heiligte der Zweck schon immer die Mittel, und darum erklärte er: »Genau so ist es. Aber wenn ich diesen Fall lösen könnte und ihm so bewiese, dass ich auch ein guter Kriminologe wäre, dann würde er Achtung vor mir gewinnen. Sie müssen wissen, ich war leider nicht im Krieg, dafür war ich noch zu jung, sonst hätte ich mir beim Trödler ein Eisernes Kreuz gekauft, vor so was hat er auch Respekt.«

»Ich verstehe. Diese Deutschnationalen sind alle gleich.« Wieder lachte sie, und Carls schlechtes Gewissen begann recht schmerzhaft von innen gegen seinen Rippenbogen zu pressen. »Und wie sieht sie aus, Ihre Kleine?«

»Hübsch, was denken denn Sie! Sie hat rote Locken und schwarze Augen, und wenn sie lächelt, dann hat sie ein Grübchen, aber nur ein ganz leichtes, weil sie nämlich nicht besonders viel lächelt.«

»Wie ihr Bruder mit Perücke, was?« Vor Vergnügen gluckste die Witwe wie ein Backfisch. »Wie heißt sie denn?«

Daran hatte er nicht gedacht!

Pauls Schwester brauchte natürlich auch einen Namen! Er hatte komplett vergessen, sich einen Namen auszudenken!

»Willi. Also, ich meine, sie wird Willi gerufen.«

Grässlich, jetzt war er in eine Wilhelmine verliebt, das war ja regelrecht peinlich!

Das Orchester begann, leise etwas Klassisches zu spielen. Carl hielt es für Chopin, aber es konnte genauso gut Beethoven oder Mozart oder eben einer von denen sein. Paul hätte es gewusst, Paul hörte auch Opernplatten, und dann musste man still sein und andächtig lauschen, obwohl einem schon nach ein paar Minuten das Hirn vor Langeweile zu den Ohren rausquellen wollte. Und die waren auch immer so lang, diese Opern.

»Und für eine rotlockige Willi wollen Sie nun Privatschnüffler spielen? Da haben Sie später auch was Nettes, das Sie auf der Goldenen Hochzeit erzählen können.« Plötzlich wurde sie wieder ernst. »Also ich weiß nicht, Sie haben doch keinerlei Ermittlererfahrung, also mal abgesehen von Ihren Filmen...«

»Ich habe sämtliche Sherlock Holmes und Edgar Wallace gelesen. Und ich betreibe Method Acting.« Letzteres stimmte nicht, aber irgendwie behaupteten das neuerdings alle, obwohl keiner recht wusste, was es war. Auf jeden Fall amerikanisch und damit top.

»Ah so...« Die Witwe zog nachdenklich an ihrer Zigarettenspitze aus Elfenbein, lauschte einen Moment dem Orchester. »Wenn ich Ihnen einen Tipp geben dürfte – also, ich weiß, das ist kein feiner Rat und meines schlechten Rufs würdig, aber wenn Ihre Kleine in anderen Umständen wäre, ich bin sicher, Herr Genzer wäre ganz schnell bereit, einer Hochzeit zuzustimmen.«

Carl riss die Augen auf, diesmal tatsächlich verblüfft.

»Nein! Das geht nicht!« Er konnte sich ja viel vorstellen, aber dass eine kleine Schwester Pauls sich vor der Ehe hingab, dafür reichte seine Phantasie dann doch nicht aus. Paul hatte sich da ja schon angestellt. Carl wollte sich damals ernsthaft Sorgen machen, dass Paul vielleicht irgendeine Kriegsverletzung oder was Ansteckendes hatte, aber dann war der einfach so kolossal moralisch und tugendhaft gewesen. Ganz als würde es irgendeinen rechtlichen Unterschied machen, plante der tatsächlich, die anderthalb Jahre bis zu Carls einundzwanzigsten Geburtstag zu warten, und als Carl ihn dann doch vorher dazu kriegte, war sich Paul hinterher wochenlang mies vorgekommen, dass er den armen, unschuldigen Carl verführt und so weiter hatte. »Also nein, das geht wirklich nicht.«

»Dass es heute noch derart anständige Mädchen gibt.« Vor Überraschung vergaß die Witwe sogar, das Erscheinen des ersten Mannequins mit Klatschen zu kommentieren. »Da haben Sie sich ja was ganz Exotisches ausgesucht. Aber in Ihrer Branche ... Sie haben vermutlich mit Frauen schon so ziemlich jede Unzucht durch.«

Carl bemühte sich um ein wissendes Gesicht, blickte, wie er es als Comte LeJuste immer dann tat, wenn sich irgendwelche Fräulein im Negligé ihm an den Hals warfen, so halb überlegen, halb amüsiert.

»Und weil die Kleine Sie nicht ranlässt, wollen Sie nun heiraten? Das ist ja ein ganz schlaues kleines Biest.« Wieder lachte sie, breit und anerkennend. »Ich hatte leider nie so viel Verstand, wenn mir einer gefiel, dann hat's bei mir ausgesetzt. Ich bin leider schrecklich romantisch. Aber Sie sehen ja, wo das hinführt ...«

»Helfen Sie mir jetzt, oder nicht?«

»Aber natürlich helfe ich Ihnen. Und wenn ich damit nur einen Menschen davon überzeuge, dass ich nicht so grundschlecht bin, wie die Zeitungen mich gern sähen. Wer soll denn das tragen?«

Letzteres bezog sich auf das Modell *Abendlicht*

über Venedig, einen pastellgrünen Abendmantel aus Velourchiffon, den ein brünettes Mannequin soeben eingefroren grienend präsentierte. Die Schalärmel waren so riesenhaft ausgefallen, sie schleiften fast über den Boden.

»Wie sollen wir es machen? Soll ich Ihnen einfach von ganz vorn meine Geschichte erzählen? Und wenn ich dann fertig bin, können Sie sich noch immer überlegen, ob Sie Ihre Kleine nicht einfach mal auf ein Glas Champagner mehr ausführen. Ich habe mir sagen lassen, Champagner soll da Wunder wirken.«

Sie zwinkerte ihm zu, schlug die Beine übereinander und begann zu erzählen: »Also, Sie müssen wissen, mein erster Mann, der Ferry, der war Kampfpilot. Kein so Fliegerass wie Göring oder der Freiherr von Richthofen, aber doch ein ziemlicher Jäger. Fünfzehn Abschüsse bis 1918. Aber vor allem war er bildhübsch. Und er hatte ordentlich Kommant, wenn der was wollte, also dann konnte man nur zusehen, dass man ihm nicht in die Quere kam. Und aufschneiden konnte der, da durfte man getrost die Hälfte vergessen, aber er hat gut erzählt. Gott, war ich verliebt in den. Am 5. März 15 haben wir geheiratet, und am 16. März 18 ist er dann über Frankreich verschollen. Da war ich dann plötzlich Witwe, sechsundzwanzig und Witwe, ich hätte mich am liebsten umgebracht. Aber für so was war ich zu feige, ich hab auch immer gern gelebt, so Kleinigkeiten, mal ein Konfektstück, mal eine hübsche Melodie in einem Café oder ein Fremder, der mir auf der Straße nachpfeift, so etwas eben, das hat mir viel geholfen. Und irgendwann gewöhnt man sich auch an den Schmerz. Und dann habe ich ja Gottlieb, also Herrn Straumann, kennengelernt. Der hat mir auf Anhieb gefallen. Dem hat man angemerkt, dass er auch schon seinen Teil an Leid erlebt hat. Das war keiner dieser breiten, haarigen Möbelpacker, die mir sonst so gefallen.« Eine mädchenhafte Röte in ihren Wangen begleitete dieses Geständnis, und bevor sie fortfuhr, erlaubte sie sich zur Stärkung einen Schluck aus ihrer Champagnerschale. »Ich mochte seine stille Art und wie gebildet er war, also das hat mir schwer imponiert. Und ich glaube, er mochte an mir, dass ich ihn ein bisschen zwang rauszugehen, unter Menschen zu kommen. Als er mir den Antrag machte, da habe ich geweint vor Glück, ich war glücklich wie ein Backfisch. Er hat mir so gut gefallen, besonders seine Hände. Was ist eigentlich mit Ihren Händen passiert?«

»Ich weiß es nicht genau.« Carl zuckte die Schultern. »Ich glaube, ich habe letzten Donnerstag betrunken in Scherben gegriffen. Dazu kommt eine Brandwunde, die ich mir nicht erklären kann.«

»Das klingt nach einem lustigen Abend.«

»Nein.« Er schüttelte den Kopf, betrachtete höchst interessiert die soeben gezeigte Modellkombination *Nach dem Theater*, ein schwarzer Capemantel, dessen überbreiter Hermelinkragen farblich sehr geschickt zu dem darunter hervorblitzenden Abendkleid aus Silberlamé passte. Carl hoffte, sie möge nicht weiterfragen, und tatsächlich fuhr sie einfach fort: »Ich dachte mir, mit uns beiden, das könnte passen. Er Witwer, ich Witwe. Zwei verwundete Tiere, der Lahme und der Blinde. Und am Anfang war es auch sehr schön, aber man sollte eben niemals eine Urlaubsromanze heiraten.« Ein kleines Zittern hatte sich in ihre Stimme geschlichen, ganz leicht nur. »Wie haben Sie eigentlich Ihre Kleine kennengelernt?«

»Beim christlichen Pfingstschwofen vor drei Jahren.« Vor Überraschung fiel ihm nur die Wahrheit ein. »Ich war damals gerade mit dem Abitur durch und das erste Mal blau, aber so richtig, weil mein Vater mir an dem Tag endgültig verboten hatte, ans Theater zu gehen. Wir von Bäumers sind nämlich seit Generationen im diplomatischen Dienst. Und irgendwie ist die ganze Veranstaltung dann etwas außer Kontrolle geraten, und die Polizei ist angerückt, wegen Alkoholausschank an unter Einundzwanzigjährige, und ich hab jemandem auf die Schuhe gekotzt, und, na ja, so fing's an.«

Er hatte diesen rothaarigen Polizisten angefleht, ihn in diesem Zustand nicht bei seinen Eltern abzuliefern, er hatte gewusst, sein Vater würde ihn sonst totschlagen, und Paul hatte genickt und genickt und gefragt, wo der Herr Vater Carl denn vermute, und so gut es sein schwerbenebelter Kopf zugelassen hatte, hatte er Paul erklärt, dass er eigentlich bei einem Freund seines älteren Bruders hätte sein sollen, dem Baron Michail von Orls, aber da wollte er noch weniger hin, der hatte ihm nämlich eine Nilkreuzfahrt zum Abitur geschenkt, und er war doch kein Spielzeug, und dann hatte er sich wieder übergeben müssen, und Paul hatte gesagt *Schon gut, ist doch schon gut,* und Paul hatte ihn sich über die Schulter geworfen und bei seiner Zimmerwirtin auf der Küchenbank schlafen lassen. Und am nächsten Morgen als Michail ihn dann abholte, hatte Paul dem erklärt, dass Carl nichts dafür könnte, weil irgendwelche Verbrecher heimlich Schnaps in die Fruchtbowle geschüttet hätten. Michail hatte Paul sehr gönnerhaft gedankt, auch weil er die Presse nicht über diesen *Ausrutscher* des jüngsten Sohns ihres Ernährungsministers informiert hatte, wollte ihm Geld geben, was Paul aber empört ablehnte. Das hatte Carl gefallen, und bei sich hatte er gedacht, dass man vor so einem Menschen vielleicht Achtung haben konnte. Jedenfalls mehr als vor den Eltern und vor diesem versoffenen, weinerlichen Idioten, der ihm auch noch Vorwürfe gemacht hatte, von wegen halb tot vor Sorge und die ganze Nacht um die Ohren geschlagen. Carl war schließlich ein freier Mensch, er konnte tun und lassen, was er wollte.

Und er wusste ziemlich genau, was und vor allem wen er wollte.

»Und deine Kleine hat sich trotzdem in dich verliebt? Obwohl du dich auf ihre Schuhe übergeben hast? Es geht doch nichts über einen verheerenden ersten Eindruck. Da kann man hinterher nur noch gewinnen. Vielleicht ist das das Problem mit Urlaubsbekanntschaften? Die Erwartungen sind zu hoch? Sie überstehen nicht den Alltag? Und in Ostpreußen, Gott, ist es da öde! In München ist eben immer was los. Da geht man ins Theater, ins Kintopp oder wenigstens in den Biergarten, aber in diesem grässlichen Withmansthal, da ist vielleicht viermal im Jahr ein Ball, und sonst hockt man auf diesen muffigen Gütern. Und Gottlieb war auch nie da, der war dauernd geschäftlich in Königsberg, hat mich aber nicht mitgenommen, weil ich mich da angeblich nur gelangweilt hätte. Und beim Haushaltsbuch, da wurde alles nachgerechnet, aber aufs Gramm und den Pfennig. Grauenhaft, und wenn's nicht gestimmt hat, da gab's dann tagelange Diskussionen, wo der Fehler lag. Nach drei Wochen wäre ich am liebsten einfach wieder gegangen. Ich hätte mich ja scheiden lassen können, aber dazu fehlte mir dann doch der Mut. Eine geschiedene Frau, Gott, das ist fast so schlimm, wie wenn alle glauben, man habe den Liebhaber beauftragt, den Gatten umzubringen. Da ist man gesellschaftlich tot, da ist man plötzlich unsichtbar.«

»Und dann haben Sie ihn stattdessen betrogen?«

Sie hob nur entschuldigend die Schultern.

Carl nickte vage. Er hatte es gestern wieder gedacht, da, als er mit dieser rotgefärbten Schlampe rumpoussiert hatte, er konnte das nicht. Er konnte Paul nicht betrügen. Da war ein Gedächtnis in seinen Händen, etwas in seinen Fingern, etwas, das fremde Schultern nach Pauls Narben absuchte, in fremden Haaren Pauls Wirbel vermisste.

Unterdessen sprach sie fort: »Das mit dem kleinen von Stein, das hat sich so ergeben – da hatte ich wenigstens etwas zu tun. Und wenn man erst einmal damit angefangen hat und damit durchgekommen ist, Gott, dann macht man eben weiter. Irgendwann kam dann Max Bayer zu uns aufs Gut. Der hat mir gefallen, so richtig gefallen. Haben Sie ihn schon kennengelernt?«

»Nein, um ehrlich zu sein, Sie sind die Erste, mit der ich spreche. Ich war mir gar nicht sicher, ob das mit dem Ermitteln tatsächlich der richtige Weg ist, aber gestern habe ich Herrn Genzer auf einer Abendgesellschaft getroffen, und da zeigte er sich sehr beeindruckt von einem kleinen kriminalistischen Gedanken, den ich gehabt habe. Und, na ja, da habe ich gedacht...«

Sie lachte. »Ihr jungen Männer kommt auf die seltsamsten Ideen, wenn es darum geht, ein Fräulein ins Schlafzimmer zu kriegen. Zu meiner Zeit reichten da ein paar Blümchen und ein schlechtes Gedicht.«

Carl starrte stumm auf das soeben gezeigte Reisekostüm aus dem Hause Zorlig & Mattoni, bemühte sich, Interesse für den schmalen braunen Crêperock zu heucheln, fragte dann nach einigem Nachdenken: »Warum waren Ihre Liebesbriefe an Herrn Bayer eigentlich bei Ihrem Gatten im Hotelzimmer?«

»Das hat mich Herr Kommissar Genzer auch schon gefragt, aber ich muss Ihnen die gleiche Antwort geben wie ihm: Ich habe nicht den blassesten Schimmer. Die Briefe waren immer in meiner Wäschetruhe – lächerlich wie eine verliebte Lyzee, ich weiß. Max oder Gottlieb, einer von beiden muss sie heraus- und mit nach Berlin genommen haben. Aber ich kann mir keinen Reim daraus machen. Vermutlich hat Gottlieb sie gefunden und mitgenommen? Ich würde es ihm zutrauen, er hatte manchmal etwas Selbstzerfleischendes. Er hat uns damals in flagranti ertappt, damals, als er etwas früher als geplant aus Berlin gekommen ist. Das war unheimlich, es hat ihn vollkommen kaltgelassen. Nicht geschrien, nicht getobt. Er wollte Max nicht mal entlassen. Das ist doch nicht normal.«

»Na, was ist da schon ein normales Verhalten? Ich kenne jemanden, der hat in ähnlicher Situation einen Wandschrank eingetreten. War ziemlich ungeschickt, weil danach ist er nicht mehr an seine Hemden gekommen, und die hätte er gern mitgenommen.«

»Gott, die Hemden, die kann der auch gleich dalassen, die schleppt er eh in ein paar Tagen wieder an. Glauben Sie mir, solange noch Schränke eingetreten werden, besteht kein Grund zur Sorge.«

»Meinen Sie?« Seine Stimme klang lächerlich hoffnungsvoll.

»Das war aber nicht Ihr Mädchen, oder? Ihre Kleine hat einen Wandschrank eingetreten? Also, das nenn ich Temperament.« Wieder lachte sie dieses warme Lachen. »Ich glaube, ich könnte sie mögen, trotz ihres garstigen Bruders. Aber zurück zum Thema: Gottliebs Verhalten, das war mir unheimlich. Dabei ging es ihm wohl schon schlecht damit, danach halfen seine Schmerzmittel plötzlich fast nicht mehr. Das war schlimm für mich zu sehen. Ich selbst bin kerngesund. Das liegt sicher daran, dass ich als Kind so viel Butter gegessen habe. Butter ist gesund. Und wenn ich merke, ich krieg eine Erkältung oder einen Kater, dann nehme ich Aspirin, immer gleich zwei, drei auf einmal.«

»Ich schwöre auch auf Aspirin. Ich nehme die gegen alles. Aber man darf sie nicht in Wodka auflösen, da kommt man auf blöde Ideen, wirklich, nicht in Wodka auflösen.«

Sie lachte, legte plötzlich ihre Hand auf seinen Arm, eine warme und trockene Hand.

Eine sehr tröstliche Hand.

»Ich sage Ihnen jetzt was, was man nie einem anderen Menschen sagen sollte: Manchmal, da war ich richtig froh, ich meine, dass Gottlieb nicht mehr ewig hatte. Ich dachte, jetzt komm ich doch noch ohne Scheidung und gesellschaftliches Abseits aus der dummen Geschichte. Um das Geld war's mir nicht – egal was die Zeitungen jetzt behaupten. Geld hatte ich ja selbst genug, das soll ruhig der Hans, der Kleine aus Gottliebs erster Ehe, kriegen. Das ist ein nettes Kind, so ein ruhiges, haben sie mir aber jetzt natürlich weggenommen, ist jetzt bei Gottliebs frommem Halbbruder. Dem seine Frau war da sehr hinterher, dass der Kleine ja nicht unter meinem Ruf leidet. Aber vermutlich tatsächlich besser, wer will schon die ›Klytämnestra von Berlin‹ zur Stiefmama?«

»Ach, machen Sie sich wegen dieser Scheißüberschrift keinen Kopf. Kommende Woche stürzen die sich auf den Nächsten.«

»Nein, ich bin kein Filmstar, von dem man eben Premierenaffären erwartet. Mein Ruf ist ruiniert. Es gibt Lokale, da werde ich nicht bedient, alte Freunde grüßen mich nicht mehr. Selbst meine Schneiderin lässt sich verleugnen.« Sie seufzte, weniger melancholisch als ergeben. »Aber wenn Sie um fünf zu Hause sein wollen, dann müssen Sie langsam los, oder?«

Carl warf einen Blick auf seine Uhr, nickte. »Ich hätte gern noch länger mit Ihnen gesprochen. Rufen Sie mich doch einfach an?« Er reichte ihr seine Karte. »Die untere ist meine Privatnummer. Wenn Ihnen noch etwas einfällt oder Sie einfach reden möchten.«

Sie steckte die Karte ein, lächelte ein letztes Mal. »Auf Wiedersehen, Herr von Bäumer.«

Und während er langsam den Vorführraum verließ, ja, während der gesamten Fahrt nach Hause, wurde er das Gefühl nicht los, dass noch eine wichtige Frage ausstand.

—

Diese unglückseligen Briefe!

Alfons Buchholz saß in seinem prächtigen Wintergarten und ließ den Gedichtband achtlos neben dem Korbstuhl auf die Fliesen fallen.

Er hatte Sorgen.

Das war für einen Privatbankier in diesen Zeiten keine Seltenheit, aber seine Sorgen waren nicht finanzieller Natur.

Er seufzte.

Die Perserkatze auf seinem Schoß schnurrte wohlig, ließ ihren weißen Bauch von der Sonne kitzeln.

Diese unglückseligen Briefe.

Es gab absolut gar nichts, das er hätte tun können.

Wenn er gewusst hätte, wo sie sich befanden, er hätte sie stehlen lassen. Er hätte schon dafür gesorgt, dass die Diebe keine Gelegenheit bekamen, über den Inhalt zu schwatzen.

Aber er wusste es nicht.

Es musste noch genau drei Briefe geben, das hieß, wenn sich Gottlieb an die Abmachung gehalten hatte und keine Abschrift von den vier existierte, die er ihm hatte abkaufen dürfen.

Die Dinger konnten überall sein!

Gottlieb war es auch zuzutrauen, dass er sie verbrannt hatte. Das sähe dem alten Ekel ähnlich, das wäre so sein Sinn für Humor gewesen.

Aber womöglich lagen sie einfach offen in Gottliebs Sekretär, für jeden zugänglich, der unglückselige Inhalt für jeden zu lesen!

Gottlieb hatte ja nicht damit gerechnet, dass diese Reise seine letzte sein würde.

So ein schneller, schmerzloser Tod. Wenn es nach Alfons gegangen wäre, hätte Gottlieb ruhig langsam krepieren können.

Wenn er nur an diese Briefe heranknäme, wenn er sie und ihren Inhalt wenigstens gut versteckt wüsste.

Alfons Buchholz hob die Katze zu sich empor, lange verbarg er sein Gesicht in dem Fell, und als er das Tier schließlich sinken ließ, klebten feine weiße Haare an seinen feuchten Wangen.

—

20:43 Uhr und noch immer kein Paul.

Carl stand an dem großen, die ganze Wand einnehmenden Fenster im Salon, starrte hinunter auf den Pariser Platz. Paul würde die Elektrische genommen haben, die hielt um 19:20, 19:35, 19:50, 20:05, 20:20, 20:35 …

Wo blieb er nur?

Was, wenn er gar nicht kam?

Wenn er womöglich Willi schickte?

Und Carl war so gut präpariert. Gestern Nacht

noch, gleich nach dem Gespräch mit Paul, war er nach Hause gestürmt und hatte angefangen zu recherchieren. Bedauerlicherweise hatte er dabei zwei Stück Baumkuchen mit Schlagsahne und eine Bonboniere voll Nougat gefuttert, aber nun kannte er wenigstens jedes Detail, das über den Straumannmord je in einer Berliner Zeitung gedruckt worden war. Vom Rätsel des verschobenen Sessels bis zur ungewöhnlichen Tatwaffe, er wusste alles!

Ha, Paul würde schon sehen!

Jeden noch so kleinen Artikel hatte er studiert. Leider stürzte sich die Presse vor allem auf die Persönlichkeit der »Klytämnestra von Berlin«, damit füllte man die Gesellschaftsbeilage, aber die eigentliche Tat, die war den meisten Zeitungen ziemlich egal.

Vermutlich lag das daran, dass der »Bierkutscherschlächter« aktuell das Interesse der mordlüsternen Leserschaft fesselte. Ein ertrunkener Bierkutscher ohne Kopf ist schon spektakulärer als ein erschossener Junker.

Vielleicht hätte er sich besser den Fall aussuchen sollen, um Paul zu beeindrucken?

Über den Bierkutschermord hatte Paul gesagt, das sei eine *vertrackte Sache*. Da war Paul mächtig stolz, dass man gerade ihn damit betraut hatte. Vielleicht wäre der Fall besser gewesen?

»Toujours l'amour, Toujours l'amourourourourour«, jetzt hing auch noch Jack Jackson auf dem Scheißgrammophon!

Es war zum Wahnsinnigwerden!

Womöglich hatte Paul komplett vergessen, dass er angekündigt hatte, heute die Hemden zu holen?

Paul vergaß privat ständig Dinge – angefangen bei der Abholung seiner Sakkos in der Reinigung und endend bei Carls zweiundzwanzigstem Geburtstag, wobei er den nicht vergessen, sondern sich nur im Tag vertan hatte. Was streng genommen nicht Pauls Schuld gewesen war, da hatte er wegen eines Doppelmords in Pankow drei Tage nicht nach Hause kommen können und irgendwann eben einen Tag verloren.

Ganz bestimmt hatte Paul es vergessen!

Gestern, als Carl mit Paul gesprochen hatte, da war der beim vierten Gin gewesen. Carl wäre gern schon früher zu ihm gegangen, aber es war ja die ganze Zeit einer um Paul rumgesprungen, allen voran Willi. Carl mochte Pauls Bruder nicht besonders, was daran lag, dass dieser ihn gern zur Begrüßung in die Wange kniff und dabei Dinge sagte wie *Paul, du bist ein Glückspilz. Jedes Mal, wenn ich den Kleinen sehe, ist er noch niedlicher!* Oder dieses Jahr zu Ostern! Da waren sie alle zusammen mit Willis Kindern am Wannsee Eier suchen gewesen, und irgendwann hatte Willi sich Carl geschnappt und ihm erklärt, Paul sähe schlecht aus, Carl soll ihm doch mal einen schönen Eintopf kochen.

Vor Willi hatte er jedenfalls nicht mit Paul reden wollen. Und die vier Gins waren ihm auch als gutes

Zeichen erschienen, weil Paul trank sonst eigentlich nicht. Also sonntags eben seine zwei Fingerbreit Gin oder, wenn im Radio Boxen kam, eine Flasche Bier, manchmal vielleicht auch zwei, aber für mehr war Paul viel zu vernünftig. Und zu sparsam. Das mochte Carl an ihm, nach Michails Sauferei war das sehr angenehm.

Vier Gin, vier maßlos überteuerte Gin im Wintergarten Varieté, also das war eindeutig ein Zeichen, dass es Paul gar nicht so kolossal top ging, wie er tat.

Aber vielleicht hatte auch einfach Willi gezahlt, und es wäre Verschwendung gewesen, sich nicht zu betrinken? Oder Paul war im Kopf ganz woanders gewesen? Bei Victor Klingenberg zum Beispiel. Das war Paul ohnehin gern. Einmal war er hinterher einfach kommentarlos aufgestanden, war ans Telephon gegangen, hatte irgendeine Verhaftung angeordnet, und als er zwanzig Minuten später zurück ins Bett kam, hatte er Carl einen leidenschaftlichen Kuss gegeben und gesagt *Wir brauchen eine neue Glühbirne im Flur.* Wenn Paul es nicht eh vergessen hatte, dann wegen des vierten Gins!

Am liebsten hätte Carl aufgewimmert, wie er es als Macbeth so eindrucksvoll und zur großen Überraschung des Publikums getan hatte, aber im wahren Leben wirkte so etwas lächerlich.

Vielleicht wollte Paul, wenn er denn kam, etwas trinken?

»Heinrich? Heinrich!«, Carl brüllte ziemlich, die

Verbindung im Haustelephon war erstens schlecht, und zweitens hatte Heinrich ihn heute mit der Bemerkung geärgert, Herr von Bäumers Kleiderschrank berge auch noch andere schöne Pullunder, man müsse nicht immer denselben tragen. »Heinrich, sind die Sandwiches fertig?«

»Gewiss doch, Herr von Bäumer. Sie befinden sich auf dem Anrichtewagen im Salon. Direkt neben Ihnen.«

»Gut. Bringen Sie mir noch Gin, Eis und Soda. Dann dürfen Sie gehen.«

»Wie Sie wünschen, Herr von Bäumer.« Es knackte und knirschte in der Leitung. »Soll ich den Champagnerkühler ins Schlafzimmer bringen lassen?«

»Warum?« Dieser grässliche Kerl wurde auch immer impertinenter. »Was verleitet Sie zu der Annahme, dass ich einen Champagnerkühler im Schlafzimmer brauchen könnte?«

Stille.

»Nun, Herr von Bäumer, ich dachte nur, da Sie ja doch offensichtlich romantischen Besuch erwarten, und in der Zeitung stand ...«

Carl spürte, wie ihm die Wut heiß ins Gesicht schoss.

»Ich will nichts über diese Premierenaffäre hören. Ist das klar?«

»Ja natürlich, Herr von Bäumer. Entschuldigen Sie vielmals, Herr von Bäumer. Aber letzte Woche Freitag, da sollte ich doch ...«

»Aber heute sollen Sie gar nichts! Vielen Dank!« Herrisch knallte Carl den Hörer auf die Gabel, hängte den Sprecher gleichfalls sehr entschieden zurück. Dieser dumme Heinrich! Sie hätten ihn damals gleich entlassen sollen, damals, als der so dreist fragte, warum Herr von Bäumer in absolut jedem Zimmer Vaseline brauchte! Neugieriges Personal war das Letzte! Sein Privatleben ging niemanden etwas an.

Außer vielleicht Paul.

Es ist mir egal, wer von uns beiden schuld ist. Ich ertrage das Ganze jedenfalls keinen Augenblick länger! Ich kann einfach nicht mehr! Verstehst du?

Das war zeitgleich mit dem Eintreten der Schranktür gewesen.

Ich kann nicht mehr!

So eine eingetretene Schranktür untermauert den eigenen Standpunkt ganz ungemein.

Und ich will auch nicht mehr!

Wenn Paul nun tatsächlich nicht mehr wollte?

Auf der Straße hielt ein Horch mit quietschenden Reifen! Natürlich, Paul würde sich Willis Wagen geliehen haben. Oder Willi hatte ihn gefahren? Oder ... es war einfach Willi. Der Scheißwagen stand so blöd, er konnte nicht sehen, wer ausstieg.

Die Klingel schellte, Heinrichs Schritte im Flur.

Und wenn es wirklich Willi war?

—

Emil Braunzer schob seinen Hut verwegen in den Nacken, und während er die Tür zum Café Dallas aufstieß, setzte er dieses Lächeln auf, so eine Mischung aus hochmütiger Selbstsicherheit und kleinem Bub, der weiß, er hat was ausgefressen. Es war ziemlich genau das Lächeln, das der Bäumer aktuell auf diesem Anzeigeplakat für Onyx-Kragen zeigte: *Auch bei der Mörderjagd sitzt mein Kragen immer richtig. Danke, Onyx halbsteife Herrenkragen.*

Der Werbeslogan war von Emil, aber er stand da eigentlich drüber, denn man muss schließlich leben, und einhundertdreißig Mark für dreizehn Worte, das sollte verachten, wer wollte.

Emil grinste noch etwas selbstgefälliger, nickte den Mädchen zu, die an der Bar berieten, ob bei einem Gulasch das Fleisch vorher angebraten werden sollte. Und wie war das mit dem Bohnenkraut? Wann gab es den besten Geschmack?

Sie waren noch nicht hergerichtet, waren noch keine Sündengöttinnen, trugen noch löchrige Bademäntel oder zerbeulte Jumper. Im staubig gelben Frühabendlicht schienen ihre Gesichter nackt, mit Schatten unter den Augen oder Sommersprossen auf den Wangen. Die Blonde, die Lilli hieß und die Emil schon mehr als einmal für fünf Mark besessen hatte, strickte an einem winzigen blauen Fleck, winkte ihm fröhlich. »Und, Großer? Glück beim Wetten jehabt?«

Er nickte, warf ihr einen Fünfer hin.

»Jetzt gleich? Hast mich noch zehn Minuten? Ick muss nämlich Maschen zählen, und wenn ick jetzt ufspring, dann muss ick nachher wieder von vorne anfangen. Is doch für meenen Jötz zur Taufe.«

Emil lachte, nahm ihr die Zigarette aus dem Mund, rief im Weitergehen: »Zehn Minuten und keine Sekunde länger!«

Einen Moment stellte Emil sich zu Baby Bert und den anderen von Muskel-Adolfs Schlägern an den Tisch, die tranken lauwarmes Bier und aßen Bratkartoffeln mit Rotkraut, gingen gelangweilt den Dienstplan für die kommende Woche durch. Wie üblich wuselte Baby Berts zahme Ratte zwischen den Tellern herum, naschte Speckwürfel, ließ sich von Emil aber auch heute nicht streicheln. »Nehmen Se's bitte nich persönlich, Herr Braunzer. Is en bisschen eijen, meen Winnetou. Nich mal meen Bruder darf ihn anfassen.« Baby Berts plattes Gesicht mit der vollkommen zertrümmerten Nase verzog sich entschuldigend, man tauschte noch ein paar Scherzworte, malte sich bildreich aus, was Baby Bert mit diesem rothaarigen Musterbullen anstellen würde, wenn er nur Gelegenheit dazu bekäme, dann stromerte Emil weiter, bis er wie zufällig vor Kurt Flamms Tischchen stehenblieb. Der sah selbst für seine Verhältnisse ziemlich verlottert aus, irgendjemand musste ihm ordentlich eine eingeschenkt haben, quer über die rechte Wange zogen sich vier parallele Kratzer, aber zu eng beieinander für die Finger einer Frau oder gar eines Mannes. Am Ende hatte der alte Stiefeldreck sich mit einem Kind angelegt und verloren?

Flamm ignorierte ihn, ignorierte auch Emils Begrüßung, der Blick der in Blutwasser schwimmenden Augen ging vollkommen durch Emil hindurch.

Der war echt ein mahnendes Beispiel, das kam davon, wenn man mit dem Morphium nicht umgehen konnte. Überlegen klatschte Braunzer seinen Zehner auf das siffige Tischchen, beobachtete angeekelt, wie plötzlich Leben in die käseweißen Finger kam. Spinnenfinger mit rostbraunem Dreck unter den Nägeln.

»Was zum Wachwerden oder was für süße Träume?«

»Träume hab ich so genug.«

Der übergroße Kopf auf dem Hühnerhals nickte einige Male bedächtig, während Flamm umständlich und wegen seiner flatternden Hände auch sehr ungeschickt die mit Fahrradklemmen am Bein fixierte Hose aufrollte und eine winzige Phiole hervorzauberte.

Emil nahm sie, jedoch nicht ohne das Glas demonstrativ mit einem leidlich sauberen Taschentüchlein abzuwischen, sicher ist sicher.

Ach, wie gern hätte er noch vor Flamm geprahlt, dass er heute Abend ins Dantes Inferno ging, ins Dantes Inferno, wo all die Edelschicksen von Berlin zu finden waren, aber die blicklosen Augen hatten ihn schon wieder verloren, und so tippte Emil sich auf die Armbanduhr, und Lilli legte ihr Strickzeug weg.

—

Hätte man Paul Genzer gefragt, warum er sich entschieden hatte, zur Polizei zu gehen, dann hätte er einem erklärt, dass er im Dezember 18 aus dem Krieg gekommen war, mit nichts als der Uniform, die er auf dem Leib trug. Er hatte es bis zum Leutnant gebracht, er war ein Vomag gewesen, ein Volksoffizier mit Arbeitergesicht, aber nun besaß er nicht einmal mehr einen Mantel. Willi, der mit seiner genialen Idee, den siegreichen amerikanischen Soldaten blutiges Verbandsmaterial als Erinnerungsstücke zu verkaufen, schon zu Geld gekommen war, musste ihn aufnehmen, und so hatte er Weihnachten 18 in der Wohnung seines Bruders gesessen, das kleine Mädchen seines Bruders auf dem Schoß, ein winziges Bündelchen, noch keine vier Wochen alt und nach ihm, dem Patenonkel, Paulinchen getauft. Sein Bruder hatte gerade Milch mit Wasser zum Verschieben gestreckt, und da hatte Paul gedacht, dass es in dieser ekelhaften Welt genau zwei Möglichkeiten für ihn gab. Entweder er nahm seine Mauser und erschoss sich auf der Stelle, oder er tat etwas, damit diese Welt vielleicht ein kleines bisschen weniger ekelhaft wurde. Und so trat er der Sozialdemokratischen Partei bei, stach sich Hammer und Sichel mit blauer Tinte unter die Haut, und als der dicke Kriminalpolizeirat Gennat ihn schließlich fragte, warum er Polizist werden wollte, da sagte er: *Ich möchte Menschen beschützen, die zu schwach sind, sich selbst zu schützen.* Der dicke Gennat hatte melancholisch den Kopf geschüttelt und erwidert: *Ich wünsche Ihnen viel Kraft. Und eine gute Ehefrau, damit Se's zu Hause wenigstens schön haben.*

Er war gerade dreiundzwanzig Jahre alt gewesen, er hatte um seine Veranlagung gewusst und geglaubt, er brauche keine gute Ehefrau. Er würde das schon allein schaffen.

Aber es war zu viel für einen allein, er war verdammt froh, als Carl kam. Und jetzt warf er das alles weg, nur weil er laut Willi *veraltete Moralvorstellungen* hatte?

Der Flur im Haus am Pariser Platzes roch noch genau wie immer – er roch nach Bohnerwachs, dem ewig frischen Rosengebinde in der Bodenvase neben dem Telephontischchen, er roch nach Zuhause. Nur der Geruch nach Carls Rasierwasser, nach Carls Pomade fehlte, genau wie der kurze Moment der Wärme von Carls Brust. Manchmal war Paul auf der obersten Treppenstufe ein wenig stehengeblieben, hatte den Augenblick künstlich gedehnt, dann jeden durch den dicken Teppich gedämpften Schritt genossen, sich die Freude in Carls Gesicht ausgemalt, Carl hatte sich jeden Abend aufs Neue gefreut, war ihm jeden Abend aufs Neue begeistert um den Hals gefallen. Das alles würde es jetzt nicht mehr geben.

Paul nahm Abschied. Er stand in diesem Salon und trug schwer an dieser Pappkiste, die seine restlichen Hemden, seine restlichen Bücher enthielt. Er sagte den Dingen Lebewohl: den wie immer nicht in ihre Hülle geschobenen Schallplatten, dem kleinen, haarfeinen Sprung im blauen Porzellan des Grammophontrichters, den sich auf dem Boden aufstapelnden Büchern und Zeitschriften, den halb gelesenen Zeitungen, den Kekskrümeln auf dem Plüsch des Sofas, den …

»Und du möchtest wirklich gleich weiter? Du möchtest wirklich nicht mit mir essen?«

Paul nickte: »Ich bin mit Herrn Klingenberg im Haus Vaterland zum Nachtmahl verabredet.« Obwohl er gern die Wirkung dieser Gemeinheit beobachtet hätte, hielt Paul den Blick gesenkt. Es machte ihm keinen Spaß mehr, Carl zu ärgern. Er wollte Carl nicht ansehen. Er brauchte ihn auch gar nicht anzusehen, er hatte es tausendmal getan. Er kannte jede seiner Sommersprossen, die Siggi, Carls Maskenbildner, so verfluchte, er wusste, wie sich die blonden Brauen anfühlten, er wusste, dass die Haut über der so berühmten und so schrecklich künstlichen Wangenlinie anders schmeckte als die Haut im Nacken. Er liebte auch diesen Pullunder, es war sein erstes Geschenk an Carl gewesen, damals zum zwanzigsten Geburtstag.

»Schade. Es ist aber nicht wegen unserer Trennung, oder? Ich meine, dass du nicht mit mir essen willst.«

»Nein, wie kommst du darauf!« Nein, natürlich machte es ihm überhaupt nichts aus, war doch verdammt noch mal das Normalste, was es gab. Man lebt doch ständig mit jemandem fast drei Jahre zusammen, schwört sich ewige Treue und was nicht noch für einen Unsinn, und dann wagt man es, ein paar Tage zu seinen Eltern zu fahren, und der andere nutzt die Gelegenheit für irgendwelche Premierenaffären. »Du kennst mich doch, ich bin bei so was modern denkend und liberal eingestellt.«

Jetzt blickte Carl ihn an, als habe er sich verhört, nickte dann allerdings und zündete sich eine Zigarette an. Die Hände verheilten gut. Carl besaß wirklich schöne Hände, die waren ihm damals als Erstes aufgefallen. Wirklich die Hände, nicht diese seltsamen Augen, Augen so blau, als habe man Carl mit Tinte gestillt.

Und erst später die Haare und dann natürlich der Mund! Solche Münder hatten normale Menschen einfach nicht. Carls Mund war aber auch der Grund gewesen, dass Paul einsah, dass dieser Junge zu hübsch für ihn war – von allem anderen mal ganz abgesehen, Sohn ihres Ernährungsministers, Stammbaum bis zu Karl dem Großen, Bedrohung durch den Unzuchtparagraphen, solche Kleinigkeiten eben.

Das hatte er sich immer wieder versucht klarzumachen, bei jedem Schritt aufs Revier ein *Vergiss es* und vor dem Einschlafen *Unzuchtparagraph,* einatmen, *Unzuchtparagraph,* ausatmen. Das hatte geholfen, und als Carl ihn ein paar Tage nach dem Pfingstschwofen dann im Büro besuchte, sehr zerknirscht und mit einer Flasche Wein, die offensichtlich sein Herr Vater bezahlt und ausgesucht hatte, da war Paul selbst ganz überrascht, wie distanziert freundlich er sein konnte. Aber Carl war so nett gewesen, so überhaupt nicht versnobt und am Ende auch ein bisschen enttäuscht, weil Paul keine Zeit für ihn hatte, und nur deshalb, nur weil er es nicht leiden konnte, wenn er jemanden enttäuschte, nur deshalb hatte Paul ihn damals gefragt, ob er vielleicht etwas mit ihm essen wollte.

Er war schlicht ein Vollidiot. Aber noch mal ließ er sich nicht einwickeln. »Ich muss jetzt wirklich weg. Tut mir leid.«

»Das ist aber schade, dass du es so eilig hast. Ich habe nämlich heute Frau Straumann getroffen. Und mir sind inzwischen mindestens fünf Unstimmigkeiten beim Straumannmord aufgefallen.«

»Fünf gleich.« Paul bemühte sich um einen distanziert freundlichen, überlegenen Gesichtsausdruck. »Das ist ja top.«

»Soll ich dich vielleicht ins Haus Vaterland fahren, dann können wir unterwegs reden?«

»Nein, ich bin mit Willis Wagen da.« Er schüttelte

ablehnend den Kopf. Auf was für fünf Unstimmigkeiten konnte Carl nur gekommen sein?

»Na, dann nimm doch einfach du mich mit.« Carl strahlte. Die Idee schien ihn restlos zu begeistern. »Ich hab nämlich auch noch nicht zu Abend gegessen und Herrn Klingenberg schon ewig nicht mehr gesehen. Du weißt doch, wie ich für seine Bilder schwärme.«

Das war Paul neu. Eigentlich hatte er sich nur mit Viktor verabredet, um Carl damit zu ärgern, Carl mit seiner tizianrotgefärbten Schlampe. Eigentlich konnte Carl Viktor nicht leiden, letztes Jahr hatte der nämlich mal vorgeschlagen, Paul zu porträtieren, er besäße so etwas *urwüchsig Viriles,* das sich auf Leinwand bestimmt gut machen würde. Und als Paul das Carl in aller Unschuld erzählte, bekam der einen seiner epischen Eifersuchtsanfälle, betrank sich noch zum Frühstück und verbrachte den Rest des Tages damit, diesen Zustand aufrechtzuerhalten. »Carl, ich weiß nicht, ob das so eine ...«

Aber Carl hörte ihn schon gar nicht mehr, er war schon halb aus dem Salon in Richtung Ankleidezimmer gestürmt. »Ich zieh nur rasch ein Sakko über.«

—

Viktor Klingenberg hielt sich selbst nicht nur für einen der begabtesten Maler der gegenwärtigen Generation, er bildete sich auch einiges auf seine spirituelle Grundhaltung ein. Er hegte innige Gefühle der Verbundenheit zu jedermann und war überzeugt, dass die Wurzel allen menschlichen Leides in dem Gefühl des Getrenntseins zu finden war. Brüder und Schwestern waren sie, nackt geboren und geeint durch das Vergehen ihres Seins, durch die Schwäche ihres Leibes. Alle eins, ein tiefes Band der Liebe zwischen ihnen, warm und fließend, ein ewiger Fluss der Liebe und der Dankbarkeit ...

Es half nichts!

Er konnte Carl von Bäumer einfach nicht ausstehen. Wenn sie alle Geschwister waren, dann war Carl von Bäumer sein kleiner verzogener Bruder und hatte mehr als eine erzieherische Ohrfeige verdient. Er wusste wirklich nicht, was Paul an diesem Bengel fand – und er hoffte sehr, dass es nicht das war, was er vermutete. Wenn diesem verwöhnten Gör mit diesen albernen Schlafpüppchenaugen und diesem vollkommenen Mangel an Talent gelungen war, woran er seit nunmehr fünf Jahren scheiterte, also das würde Viktor nicht ertragen. »Herr von Bäumer, was für eine herrliche Überraschung. Herr Genzer hat gar nicht erwähnt, dass Sie auch mitkommen würden. Wie ich mich freue, Sie zu sehen.«

»Die Freude ist ganz meinerseits.« Er strahlte ihn mit seinen gebleichten Filmstarzähnen an. »Ich hoffe nur, ich störe nicht. Es war einfach ein spontaner Gedanke. Paul und ich plauderten so nett, und ich war noch nie hier. Außerdem haben wir uns ja bestimmt schon ewig nicht mehr gesehen.«

Aus gutem Grund!

Paul hatte so eine Art, dieses Kind anzusehen, als läge es in seiner Verantwortung, diesem Bengel die Wunder dieser Welt zu zeigen. War es Viktors Problem, wenn die Göre es bisher versäumt hatte, den Wild West Saloon im Haus Vaterland zu besuchen?

»Da haben Sie wirklich etwas verpasst. Sie werden sehen, es ist ganz, wie man sich den Wilden Westen vorstellt. Spucknäpfe, Einschusslöcher in der Decke, einfach alles.« Viktor hielt ihnen die Saloontür auf. Warme, rauchgeschwängerte Luft schlug ihnen entgegen. Er atmete tief ein, holte zum ersten Schlag aus. »Aber Sie waren in letzter Zeit bestimmt auch sehr beschäftigt. Diese ganze Promotion für Ihren neuen Film und dann natürlich Ihre reizende kleine Gefährtin. Vermutlich ist so eine Affäre doch recht kräftezehrend.«

Das flackernde Gaslicht war zu schlecht, um gut zu sehen, trotzdem hätte Viktor schwören können, dass sich das schmale Gesicht rot verfärbte. Paul sagte etwas, allerdings gingen sie gerade am den Cancan in den Raum lärmenden Orchester vorbei zu ihrem Tisch, und so hörte Viktor es nicht richtig.

»Ich habe diese Dame nicht gekannt. Das war eine reine Zeitungsente.« Und seinen Stuhl zurechtrückend, lächelte der Bengel sehr vergnügt. Viktor verstand nicht, warum ihm die Richtung des Gesprächs so zu gefallen schien. »Mein Management hat schon Schritte eingeleitet. Mittwoch erscheint die Gegendarstellung. Ich gebe morgen früh ein Interview, in dem ich die Angelegenheit klarstelle. Paul, was bestellt man denn hier?«

»Herr Genzer und ich haben letzte Woche den Wild-Bill-Teller gegessen, Angus Steak mit Pommes, sehr zu empfehlen. Oder den Hamburger Old Man River, den hatten wir auch schon, nicht wahr?«

»Nein, ich glaube, da irren Sie sich.« Paul schüttelte den Kopf. »Den müssen Sie mit jemand anderem gegessen haben. Wir waren bisher nur einmal zusammen hier. Letzte Woche nach Ihrer Vernissage. Es war übrigens schade, dass du nicht kommen konntest, Carl. Warum eigentlich nicht?«

»Mir ging's nicht so gut. Kannst dir ja denken warum.«

Paul konnte sich das wohl denken, aber für Viktor war es zu persönlich, der würde es eben nie erfahren. Interessierte ihn auch kein bisschen. Nachfragen würde er ganz bestimmt nicht.

»Er nimmt den Wild-Bill-Teller, medium. Ich nehme den Pony-Express-Teller, das Fleisch bitte blutig. Ich nehme ein Budweiser, und er nimmt eine Coca Cola. Wirst sehen, das schmeckt dir.« Mit welch einer Selbstverständlichkeit er für dieses Blag bestellte! Er wusste sogar, wie der sein Fleisch am liebsten mochte – derselbe Paul Genzer, der es in den fünf Jahren, die Viktor ihn jetzt kannte, nicht einmal geschafft hatte, sich an seinen Geburtstag zu erinnern.

Viktor war gehörig der Appetit vergangen.

»Wie kommen Sie denn mit dem Straumannfall voran?«

»Genau, das wollte ich dir doch erzählen.« Nippte an seinem beschlagenen Colaglas, strahlte Paul an, als wäre der der auferstandene Messias oder sonst was Tolles. Viktors innere Ruhe wich langsam einer reichlich unspirituellen Panik. Wenn Paul mit diesem Kind in die Kiste ging, dann würde er sich aufhängen.

»Also, was für Unstimmigkeiten willst du denn bemerkt haben?«

Und jetzt meint der auch noch, sich in Pauls berufliche Angelegenheiten einmischen zu können.

»Na ja, ich erkenne Max Bayers Motiv nicht! Natürlich, er hatte ein Verhältnis mit Herrn Straumanns Gattin, aber der war ja beileibe kein Othello. Er hat den Verwalter nicht einmal entlassen. Und die große Leidenschaft, die zum Beispiel das 8-Uhr-Abendblatt sehen will, die macht keinen Sinn. Warum aus Leidenschaft einen Mann töten, der erstens sowieso bald stirbt und zweitens der leidenschaftlichen Affäre in keiner Weise hindernd im Weg steht? Aber nehmen wir einen Moment an, Max Bayer sei tatsächlich ein zur Gänze von finsteren Trieben zerfressenes Individuum, zu keinem klaren Gedanken mehr fähig, warum begeht er den Mord dann in Berlin?

Also Unstimmigkeit zwei: Warum nicht auf dem Gut der Straumanns? Dafür spräche doch, dass er dort verstärkt unter dem verderblichen Einfluss dieser *Klytämnestra* stand. Außerdem hätte Straumann ja vom Pferd fallen können, das hätte keinen weiter interessiert. Reitunfälle sind für Junker ein natürlicher Tod. Dann kommen wir zum Ablauf der Tat als solche und zu den Unstimmigkeiten Nummer drei und vier.« Klang wie ein fleißiger Tertianer vor seinem Lieblingslehrer! »Dem Artikel in der Vossischen, der mir der seriöseste schien, habe ich entnommen, dass Max Bayer und Gottlieb Straumann in Straumanns Hotelzimmer auf die Anschaffung einer neuen Landmaschine anstießen. Der Erwerb dieser Landmaschine war auch der eigentliche Grund für ihre Reise in unsere schöne Hauptstadt. Sie trinken also gemeinsam ein Glas Sekt, plaudern etwas, dann steht Max Bayer plötzlich auf, stellt sich hinter Gottlieb Straumanns Sessel, wofür er sich zwischen eine Unzahl von Schachteln drücken muss, Straumanns Berlin-Einkäufe. Straumann wundert sich darüber nicht, plaudert wohl munter weiter, während Max Bayer den Revolver von oben gegen Straumanns Schädel hält und abdrückt. Er schießt nur ein einziges Mal, Straumann ist sofort tot. Die abgefeuerte Waffe, eine Duellpistole, die steckt der Verwalter in seine Aktentasche, wo er sie bis zum Eintreffen des pflichtbewussten Kommissars Genzer vergisst. Er macht sich auch nicht die Mühe, das Stück abzuwischen. Seine Fingerabdrücke sind auf dem Perlmutt des Griffs gestochen scharf, das freut die Spurensicherung. Aber so weit sind wir noch nicht, noch ist Max Bayer am Tatort und hat gerade vermutlich seinen ersten Mord begangen. Lässig schlendert er jetzt zum Kamin von Straumanns Suite, nimmt eine Zeitung vom Vortag und entzündet mit ihr einen Packen Liebesbriefe, den er entweder eigens zum Zweck des Verbrennens mitgebracht oder aus Straumanns Gepäck geholt hat, wobei sich dann die Frage stellt, woher er wusste, wo sie sich befanden und wie es ihm darüber hinaus gelungen ist, sie an sich zu nehmen, ohne Fingerabdrücke zu hinterlassen. Beim Verbrennen stellt er sich so dumm an, dass die Hälfte der Briefe hinter den Rost fällt und so weitgehend unbeschadet von deinen Leuten gefunden werden kann. Aber damit nicht genug, aus vollkommen unersichtlichen Gründen verrückt er nun den Sessel samt Leiche, so dass das Möbel die Badezimmertür blockiert, und dann geht er, wobei er noch mit einem Stubenmädchen auf dem Gang Scherzworte tauscht und mit dem Liftboy übers Wetter schwatzt. Den Rest des Abends verbringt er, wie man das von so einem entsittlichten, vollkommen dunklen Leidenschaften verfallenen Mann ja auch erwarten kann, indem er durch Berlin flaniert, wo er mit ein paar Frauen schäkert, dann aber gegen Mitternacht in sein eigenes Hotelzimmer zurückgeht. Allein und immer noch den Revolver in der Aktentasche. Ich glaube, das sind sogar mehr als fünf Unstimmigkeiten.«

Viktor hatte nicht mitgezählt. Er wollte gar nicht wissen, wie viele es waren.

Er ertrug diesen kleinen Streber nicht länger.

Er ertrug nicht, wie anerkennend Paul das Blag nun ansah, er ertrug nicht, mit welcher Selbstverständlichkeit Paul Pommes vom Teller dieses Biests nahm, er ertrug nicht, welche Gewohnheit in Carls Griff nach Pauls Bierflasche lag.

Viktor stand auf, entschuldigte sich für einen Moment.

Er konnte nicht mehr.

Er brauchte ein wenig Morphium zur Beruhigung seiner Nerven. Er war Künstler, er war sensibel! Er wollte nicht glauben, dass diesem Kind auch in diesem Punkt gelungen sein sollte, woran er all die Jahre gescheitert war.

Er ertrug das einfach nicht länger, und mit schwacher Stimme bat er nach seiner Rückkehr an den Tisch: »Herr Genzer, könnten Sie mich bitte nach Hause bringen. Mir ist nicht gut. Ich glaube, ich habe etwas nicht vertragen.«

Montag, 4. Mai 1925

Ernst Melnakowitsch fiel schwer der Kopf auf die Brust, er zuckte auf. Er studierte wochentags Chemie, das hier, das im Hotel Rupinskis, das machte er nur am Wochenende und eben nachts, weil das Stipendiengeld der Christlichen Fürsorge vielleicht vor dem Krieg mal zum Leben gereicht hätte. Sein Onkel hatte ihm die Stelle verschafft, stud. Chem. Liftboy, musste man dem miesen Sozialisten auch noch dankbar für sein.

Die elektrische Drehtür setzte sich in Bewegung, spuckte Zimmer 132 nebst derangierter Begleitung in die plüschig goldene Stille der nächtlichen Empfangshalle.

Wo die nur den Kerl aufgegabelt hatte? Na, wählerisch durfte die Straumann jetzt nicht mehr sein, die hatte ihren Ruf weg. Trug nicht mal Trauer, und der Gatte noch keine Woche tot, aber sie beim Tanzen. Widerlich so was, schämte sich nicht mal, grüßte den Portier, als wenn nichts wäre! Der warf Ernst einen Blick zu, der dachte bestimmt das Gleiche.

»Erster Stock, gnädige Frau?«

Zu dem Flittchen musste man auch noch freundlich sein. Und was die beide für Pupillen hatten! Der

Kerl, der war keine zwanzig, die hätte dem seine Mutter sein können.

Ob die Jüdin war?

»Herzlichsten Dank, Frau Straumann! Sehr großzügig, gnädige Frau. Ich wünsche den Herrschaften noch einen angenehmen Abend.«

Er lächelte besonders devot, steckte den Fünfer in die Innentasche seiner goldbetressten Uniform, davon würde er mit seiner Verlobten, der Tochter seines Professors, bei Zuntz Erdbeerkuchen essen und hinterher ins Kino. Wenn es sich nicht vermeiden ließ, auch noch mal in den neuen Bäumer, was die Weiber alle an dem fanden, das war ihm ein Rätsel. Der sah doch immer aus, als habe ihm eben einer sein Eis weggenommen. Außerdem hatte Ernst einen Kommilitonen, der für die UFA Kulissen schob, und der hatte ihm verraten, was der Bäumer für ein moralisch verkommenes Subjekt war.

Seit Jahren schon unterhielt der Bäumer ein Verhältnis mit einer verheirateten Frau! Keiner wusste genau, wer es war, aber einige behaupteten, es handle sich um die Gattin eines schwerreichen Fabrikanten für Gummikavaliere, und wieder andere glaubten, es sei keine Geringere als Frau Morgenstern persönlich, die Angetraute seines Managers. Noch so eine Jüdin.

Dabei waren die von Bäumers bester deutscher Adel, die gingen fast zurück bis zu Karl dem Großen. Und dann so ein Subjekt.

Ernst schüttelte sich. Mit verheirateten Frauen, das war schlicht eine Schweinerei, also vor allem von den Frauen. Wenn das seine Frau gewesen wäre, der hätte er was erzählt.

Ein Lichtchen leuchtete auf. Schon wieder erster Stock? Das waren doch keine zehn Minuten gewesen! Hatten bestimmt was vergessen? Kein Wunder, so zugekokst wie die beiden waren! Und er verdarb sich die Hände an der elenden Aufzugkurbel.

Oder sollten die noch mal wegwollen?

Aber wohin, war doch nach drei und alle Clubs, alle Bars zu.

Nein, da stand nur der Derangierte, sah ganz verwirrt aus und zitterte. Regelrecht unheimlich blass, dass der ihm bloß nicht in seinem Lift zusammenbrach. Draußen auf der Straße, wenn er denn unbedingt wollte.

Hatte sie es sich wohl anders überlegt? Was schwitzte der denn so? So warm war es doch nun wirklich nicht!

»Einen schönen Abend noch, gnädiger Herr!«

Gab natürlich kein Trinkgeld, grüßte auch nicht.

Das Flittchen war ganz bestimmt eine Jüdin!

—

»Achtzig Mark und keenen Pfennig drüber!« Stielauge Kunzi schüttelte entschieden den Kopf und ließ den Ring desinteressiert zwischen die Orden auf den speckigen Ladentisch fallen. Der Schmuck besaß mindestens den vierfachen Wert, aber Stielauge war ein vorsichtiger Mann, außerdem einer, den man um fünf Uhr früh aus dem Bett geklingelt hatte.

Lektion eins für jeden Pfandleiher: *Dinge, die vor zehn Uhr morgens und nach zehn Uhr abends angeboten werden, sind in der Regel schmutzig und haben deshalb die höchste Gewinnspanne.*

»Aber allein der Stein ist hundert wert!« Die Stimme des kleinen Emil Braunzer hatte einen verzweifelten Ton angenommen. Überhaupt sah der Bengel mitleiderregend aus, der konnte nicht einen Augenblick geschlafen haben, der war noch im Abendanzug. Stielauge wollte gar nicht wissen, wo der Bengel den Ring herhatte.

Er schüttelte stumm den Kopf.

Er wollte auch gar nicht wissen, in was für einen Schlamassel sich der kleine Ganove geritten hatte. Er sagte es ja immer wieder, das war die Schuld der vermaledeiten Franzosen und ihres Versailler Vertrages. Ihnen den Wehrdienst verbieten! Einem jeden Deutschen liegt die Liebe zum Waffendienst im Blut, ein junger deutscher Mann braucht den Exerzierplatz wie ein Fisch das Wasser, und hält man ihn davon fern, dann brauchte man sich auch nicht zu wundern, wenn die Bengel anfingen, auf der Straße Bambule zu machen. Trotzdem, das alles war nicht Stielauge Kunzis Schuld, und deshalb erklärte er fest: »Achtzig Mark und keenen Pfennig drüber!«

Er würde den Opalsolitär rausbrechen und neu fassen lassen, das Ringgold, das konnte man einschmelzen, er kannte da einen sehr anständigen Juwelier. Andererseits gab es neuerdings polizeiliche Prämien für *sachdienliche Hinweise, die zur Aufklärung einer Straftat und Ergreifung des Täters führten …*

»Na komm, mach keen langet Jesicht! Achtzig Mark is 'ne Stange Jeld, tippt so 'n Fräuleinchen den janzen Monat für. Kommst morjen wieder, dann kriegst den Sejen. Globst doch nich, dat ick hier solche Summen liejen hab!«

Empört ließ er die Hängebacken flattern, und als der kleine Braunzer schließlich mit seiner Quittung abzog, da beschloss Stielauge Kunzi, dass er ein Mann mit Familiensinn war.

Gerade die beiden Buben seiner verstorbenen Schwester, die hatte er bestimmt seit vier Jahren nicht mehr gesehen, und gerade den Pix hatte er doch immer so gemocht! Alle hatten sie gespottet, als der Pix beschloss, zur Polizei zu gehen, aber er hatte immer gesagt: *Man weeß nie, wofür et noch jut is.*

—

Carl von Bäumer, der Filmstar, der schönste Mann der UFA, saß lässig über einem sehr sauber geleerten Kuchenteller und lächelte unter schwergesenkten Lidern auf den Journalisten ihm gegenüber herab. »Sonst noch Fragen, Herr Roth?«

Das Café Schwanickes war zu dieser frühen Stunde noch fast vollkommen leer. Sie waren der einzige besetzte Tisch. Die Porzellanaugen des Journalisten huschten über das makellose Filmstargesicht, ein Gesicht, dem man nicht ansah, dass sein Besitzer eine unruhige, an Kummer reiche Nacht hinter sich hatte. Dabei war zunächst alles so gut gelaufen, er hatte wirklich geglaubt, Paul würde ihm verzeihen können. Im Wagen, auf der Fahrt ins Haus Vaterland hatte Paul sogar Pix, den Polizeiphotographen, nachgemacht, der wandelte neuerdings auf Freiersfüßen und war wohl ziemlich hinter diesem Tippfräulein Greta her, und beim Essen war auch alles in Ordnung gewesen. Paul hatte sich ganz offensichtlich gefreut, dass er sich so viele Gedanken zum Mordfall Straumann gemacht hatte. Und als der dämliche Viktor dann endlich mal austreten musste, da hatte Paul ihm tatsächlich versprochen, ihn mit den Ermittlungen auf dem Laufenden zu halten, wo Carl doch als enger Freund der Straumanns persönlich betroffen war, aber dann war der Klingenberg zurückgekommen und hatte den sterbenden Schwan markiert. Das war nicht auszuhalten gewesen, und Paul natürlich sofort voll drauf angesprungen – hätte man dem ja auch einfach eine Taxe rufen und in Ruhe fertig essen können, aber nein! Carl musste die Taxe nehmen, weil man Viktor nicht allein lassen konnte, und warten, bis die Rechnung gezahlt war, konnte der Todkranke vom Dienst auch nicht.

Trotzdem war Carl ganz freundlich geblieben, hatte sogar Besorgnis für diesen ekelhaften Simulanten geheuchelt, und dann hatte er Paul gebeten, sich, wenn er zu Hause sei, doch schnell telephonisch zu melden, natürlich nur, damit Carl sich nicht die ganze Nacht Sorgen um Viktor machte. Dabei hätte, wenn es nach Carl gegangen wäre, der blöde Simulant ruhig was Ernstes haben können – besonders jetzt, da Urte eine seiner Scheußlichkeiten gekauft hatte, tote Künstler steigen bekanntlich im Wert. Bis dahin war wirklich alles gutgegangen, Paul hatte ihm zum Abschied sogar durch die Haare gestrubbelt, aber dann hatte er die ganze Nacht neben dem Fernsprecher gehockt, Konfekt gefuttert, und das Scheißteil hatte und hatte sich nicht gemuckst. Er, Carl von Bäumer, er, der schönste Mann der UFA, hockte neben dem Telephon wie ein sitzengelassener Backfisch. Um vier hatte er dann mal ein verschlafenes Fräulein vom Amt gebeten zu überprüfen, ob nicht der Anschluss vielleicht kaputt war, aber nein, der Anschluss funktionierte einwandfrei. Da hatte er dann bei Paul angerufen, und Pauls Zimmerwirtin war sehr gereizt gewesen, hatte blöd gefragt, ob er eine Ahnung hätte, wie viel Uhr es sei, hatte sich aber dann doch beknien lassen, Herrn Genzer zu wecken, nur, um dann nach kurzem Verschwinden zu erklären, Herr Genzer sei noch nicht zu Hause. Das käme allerdings öfters vor, Herr Genzer habe nämlich ein Verhältnis. Und Carl hatte einfach nur schreien wollen, dass er das verdammte Verhältnis sei und Paul nirgendwo sonst zu schlafen habe! Schon gar nicht bei Viktor Klingenberg.

»Wann erscheint das Interview denn? Sagen Sie, Herr Roth, wann erscheint das Interview?«

»Mittwoch, wie mit Ihrem Management besprochen.« Der Journalist der FAZ blickte etwas konsterniert, schlürfte genüsslich seinen dritten Kognak. Joseph Roth war im Grunde kein Fachmann für Stars, meist schrieb er über Soziales oder über Auslandsreisen, aber die UFA und das Team hinter dem Bäumer waren sich ungewohnt einig gewesen, für das große Interview, für die Gegendarstellung musste jemand Besonderes das Gespräch führen. Man hatte ziemlich viel Zeit mit dem Versuch verloren, Siegfried Kracauer zu gewinnen, aber der saß unabkömmlich in Frankfurt, und telephonisch wollte man das Ganze nicht machen. Also der Roth, der geizte auch wenigstens nicht mit den Adjektiven und hatte im Vorjahr zwei nicht ganz üble Romane auf den Markt gebracht, außerdem, und das gab den Ausschlag, war er mit Nick Wassermann, dem Verfasser der Comte-LeJuste-Romanvorlagen befreundet, was dem Gespräch die Note einer kleinen intimen Beichte unter Freunden gab, zumindest nach Meinung des Herrn Morgenstern. Und bei Schwanickes musste das Ganze stattfinden, ein Frühstücksinterview bei Schwanickes, sehr familiär und ungezwungen. Man wollte keine schreiende

Überschrift à la »*Ich war die Geliebte Carl von Bäumers!*«, da stand der Bäumer drüber. Man wollte einen gediegenen, zurückhaltenden Artikel, einen dezenten, kleinen Artikel, der einschlug wie eine Granate. Und natürlich wollte man die Schlagzeile.

»Sicher erst Mittwoch? Aber dafür auch ganz vorne drauf, Seite 1?« Wenn es nur dann nicht schon zu spät war!

Der runde Kopf nickte auf und ab, und Herr Morgenstern, der der Unterhaltung bisher schweigend beigewohnt hatte, erklärte in gereiztem Ton: »Bub, wie oft denn noch: Mittwoch kommt die neue Rasierwasser-Reklame mit deinem Gesicht, das ist der ideale Zeitpunkt!«

Für den schon! Der war ja seit hundert Jahren glücklich verheiratet.

»Und am Mittwoch macht der Bäumer dann auf jeden Fall die Schlagzeile der FAZ! Es wird doch auch die Schlagzeile?«

»Wie vertraglich vereinbart, es wird die Schlagzeile.«

Ein Ober trat an ihren Tisch: »Herr von Bäumer? Ein Herr Genzer hat soeben per Fernsprecher eine Nachricht für Sie ausrichten lassen. Er sagte, er schicke Ihnen einen Wagen. Des Weiteren meinte er, Sie sollten sich überlegen, ob Sie – ich zitiere wörtlich – bereit seien, eine Leiche zu sehen.«

—

Willi Genzer las Zeitung und aß Leberwurstbrot mit Schnittlauch zum Frühstück. Die Leberwurst war von seinem Schwiegervater und am Staat vorbei hergestellt worden, weshalb sie Willi ganz besonders vorzüglich schmeckte. Und wie das Morgenlicht so durch die frisch geputzte Scheibe auf die flammend roten Zöpfe seines Paulinchens fiel, einen Moment das Schmuckband von Konrads Schülermütze zum Glänzen brachte, langsam über die prächtigen, doch züchtig im geblümten Hausmantel verborgenen Brüste seiner Gusta zog, da legte Willi die Zeitung neben den Teller und erkannte: Er musste sich selbst glücklich nennen.

»Konrad?«, fragte Willi. Eine Welle des Übermuts hatte ihn gepackt. »Nimm den Topf vom Herd, dass deine Mutter sitzen bleiben kann, und dann sag mir: Was ist acht mal sieben?«

»Sechsundfünfzig«, erwiderte der Stolz seines Vaters ohne Zögern, fügte dann jedoch ein kaum hörbares »Natürlich« hinzu. Und füllte die warme Milch so nachlässig in Wölfchens Flasche, dass die Hälfte danebenlief. Der kannte keinen Hunger, der hatte einen Vater, der täglich dafür sorgte, dass genug Milch zum Verschütten im Haus war.

Hätte Willi nicht so gute Laune gehabt, er hätte dem Bengel eins mit der Zeitung hintenübergegeben. Der Bub neigte zu Aufmüpfigkeit, zu Widerworten und frechen Blicken. Da halfen alle Prügel nicht, der Bub hatte manchmal etwas Grüblerisches, das Willi unangenehm an seinen eigenen Bruder erinnerte. Paul wurde auch nicht glücklich, war nicht gut, wenn man in dieser Welt zu viel nachdachte. Satt fressen, genug zu saufen und weiches Fleisch, wenn einem der Sinn danach stand, der Krieg hatte Willi gezeigt, worauf es im Leben ankam. Nimm dir heute, was du kriegen kannst, morgen bist du vielleicht schon Würmerfutter.

Nur Paul verstand das nicht, machte sich den Kopf schwer mit moralischen Grundsätzen und Vorstellungen aus Vorkriegstagen. Vorletzte Woche Freitag, nur als Beispiel, da war Paul plötzlich abends hier aufgekreuzt – war für Gusta sehr peinlich gewesen, die hatte ihrer Tochter nämlich bunte Haarbänder gekauft, und jetzt reichten die Ölsardinen nicht zur Bewirtung von Gästen zum Nachtmahl. Hatte sie eben wie die Kinder Milchbrot mit Butter futtern müssen, war ja kaum Willis Schuld, wenn sie ihr Geld derart zum Fenster rauswarf, dass freitags nicht mehr ausreichend auf die Teller kam. Wegen der im Wohnzimmer zwischengelagerten Kisten, deren Inhalt Paul nichts anging, war Willi der spontane Besuch allerdings auch nicht wirklich recht gewesen, doch er hatte gleich gemerkt, mit Paul war was los, den interessierten die Kisten gerade nicht.

Das war das Schlimme an Paul, der war zu weich für diese Dreckswelt. Willi hatte Gusta für Paul das Bett vom Konrad herrichten lassen und dann die ganze Sippe auf die Straße zum Frischluftschnuppern beordert, war schließlich jetzt lange hell. Und kaum war die Tür ins Schloss gefallen, da hatte der Bruder gefragt, ob Willi von der Premierenaffäre gelesen habe. Hatte Willi natürlich, gedacht hatte er sich allerdings nichts bei der Meldung, weil die bekanntlich dauernd was erfanden und Carl doch so an Paul klettete. Und dann hatte Paul sehr wirr zu erzählen begonnen, sie hätten gestritten, weil Paul nicht mit zur Premiere gegangen wäre, weil er doch wegen Vaters Geburtstag in München war, und Willi hatte sich daraufhin erst mal einen Schnaps einschenken müssen. Das Thema hatten sie ungefähr tausendmal besprochen, da machte Paul dran rum, seit klargeworden war, Premiere und Vaters Geburtstag überschnitten sich, und Willi hatte da von Anfang an eindeutig Position bezogen: Geburtstag war am Geburtstag, und da fuhr man am Geburtstag hin und nicht irgendwann anders, weil's dem Herrn Bruder seiner Bettgeschichte da zufällig besser passte. Und er, Willi, würde nicht an Pauls Stelle fahren, er war letztes Jahr gewesen, er fuhr erst 26 wieder. Willi hätte wohl gekonnt, aber er sah gar nicht ein, dass dieses blonde Biest immer seinen Kopf durchdrückte. Und geschickt machte dieses Frettchen das, nie wütend, immer nur traurig, und manchmal – Willi konnte sich schon denken, in welchen Situationen – bettelte es wohl, und Paul kam beinah um vor schlechtem Gewissen. Dabei war das doch wirklich eine ganz platte Masche. Gefahren war Paul schließlich trotzdem, und Willi hatte sich noch gedacht, der Idiot, der kauft bestimmt halb München leer, nur damit er was zum Mitbringen hat, aber es war dann anders gekommen, weil Paul auf der Heimfahrt die Zeitungsmeldung von der Premierenaffäre lesen musste und wohl einen ziemlichen Wutanfall bekam. Paul konnte schrecklich toben, das hatte Willi selbst schon erlebt. Da war dann auch kein Durchkommen mehr, da hielt man am besten die Luft an, dass man nicht zu laut atmete. Willi fand das ganze Getue ja ziemlich lächerlich, denn der Kleine leugnete alles, und obwohl Willi dem ziemlich viel zutraute, in diesem Fall glaubte er ihm. Der betete doch den Boden an, auf dem Paul wandelte. Und selbst wenn es da zu was gekommen war, dann war der Kleine eben betrunken gewesen, passierte schon mal, und dass der das nicht gewohnheitsmäßig tat, war auch klar. Aber für Paul war der Punkt so heikel, vermutlich wegen der Schlampe von Mutter, die sie sich bedauerlicherweise teilten. Bestimmt hatte es Paul da sehr leidgetan, nicht auf Willis Rat gehört und dieses Biest vor seiner Abreise noch so versorgt zu haben, dass es bis nächsten Monat nicht auf dumme Gedanken kam.

Und am Freitag war Paul dann nach Hause gekommen – wenn Paul nach Hause sagte, meinte er den Pariser Platz 13 –, und da war er im Treppenhaus gerade einem völlig verstörten Bubikopffräulein in die Arme gelaufen. Halbnackt und tropfnass war dieses Fräulein, das hatte Carl ganz offensichtlich mit

Champagner übergossen. An der Stelle hatte Willi wirklich lachen müssen, aber er hatte es ziemlich gut als Husten getarnt, die beiden waren solche Kindsköpfe, als ob es sonst keine Probleme gäbe, und Carl selbst fuhr dann wohl auf dem Boden im Wohnzimmer rum, vollkommen auf Kokain und was nicht noch alles, und dann wurde Pauls Erzählung vollends krude, was vermutlich auch Willis Schuld war, denn als er das Ausmaß des Problems erkannt hatte, war es ihm ratsam erschienen, statt des teuren Biers Selbstgebrannten in seinen Bruder zu schütten, und Paul trank ja normalerweise nichts oder nicht viel, weshalb er zu diesem Zeitpunkt seiner Erzählung schon immer wieder einschlief.

Details hatten Willi auch nicht übermäßig interessiert. Er wusste bereits, was sein Bruder jetzt brauchte, und im Geiste war er all die Frauen durchgegangen, mit denen er in letzter Zeit rumpoussiert hatte, ob da nicht eine dabei wäre, Paul etwas von seinem Kummer abzulenken. Es gab ja so wenige Frauen, die man guten Gewissens weiterempfehlen konnte. Aber schließlich, nachdem er Paul ins Bett gebracht hatte und Gusta beim Geschirrspülen auf ihn einschimpfte, allerdings nur leise, weil die Kinder schliefen und sein Bruder auch nichts mitbekommen sollte, da war ihm plötzlich Lou Silbermann eingefallen. Die hatte er zwar zugunsten ihrer Freundin Friedel sausen lassen – er konnte nichts dafür, er mochte einfach Brüste, groß, schwer und weich! –, aber Brüste hatte Carl nun auch keine zu bieten gehabt, und deshalb nahm Willi an, dass dieser Mangel Paul nicht weiter stören würde. Die Idee war geradezu genial. Lou machte Sachen, da kam man nach Jahren noch ins Schwärmen, und aus Freude über seinen guten Gedanken hatte er Gusta sogar beim Abtrocknen geholfen.

Er sollte sich heute wirklich bei Paul erkundigen, ob es da schon Fortschritte gab. Und dann war auch noch dieses andere Problem, das er mit seinem Bruder besprechen musste, seinem Bruder, dem Kriminalkommissar.

—

Eine Ecksuite, Weiß und Gold und Marmor.

Auf der glänzenden weißen Seide des Chaiselongues weiß-schwarz der Chinchillapelz, zwei Gläser, noch halbvoll mit schalen Champagnerresten, wacklig auf dem Stoff balancierend ein einsamer Seidenstrumpf, schlaff über der Kante. So wie Carl stand, konnte er nur die blasse Hand sehen, auch sie hing schlaff über die Sessellehne. Gestern hatte sie noch warm auf seinem Arm gelegen.

»Sie müssen das doch verstehen, Herr Kommissar Genzer«, beteuerte der Hotelmanager soeben, wobei er sich abwechselnd über das stark pomadisierte Haar fuhr und seine eleganten Finger wrang. »Das Rupinskis kann sich eine solche Erwähnung in der

Presse nicht erlauben! Das Adlon musste vor ein paar Jahren, nach dieser dummen Geschichte mit dem ermordeten Geldbriefträger, das ganze Zimmer von Grund auf renovieren, anders ließ es sich nicht mehr vermieten. Das könnten wir uns bei der gegenwärtigen Wirtschaftslage nicht leisten, das müssen Sie doch verstehen.«

Paul nickte.

Paul sah furchtbar müde aus. Er hatte Augenringe und diese Art, entnervt an seiner Zigarette zu ziehen, so als wäre es seinem Körper einfach nicht möglich, ausreichend Nikotin zu bekommen. Wenn es Carl noch etwas angegangen wäre, er hätte die Köchin gebeten, Rinderbouillon zum Nachtmahl herzurichten. Rinderbouillon kräftigte. Und zum Nachtisch Grießbrei mit Himbeersoße, das war Pauls Leib- und Magenspeise. Und nach dem Essen hätte Carl darauf bestanden, dass Paul sich wenigstens für eine Stunde hinlegte, mal nicht arbeitete. Wenn Paul an einem Fall war – also eigentlich immer –, dann vergaß er oft zu schlafen, da musste man sehr auf ihn aufpassen. Während der heißen Phase der Haarmannmorde, wenn Paul drei Stunden pro Nacht im Bett verbracht hatte, war das viel gewesen, und hinterher, als sie an der Ostsee waren, hatte er natürlich die Grippe bekommen, und bei Paul war das immer gleich so gefährlich, weil er doch bei den Franzosen das Gas abgekriegt hatte und nur noch eine halbe Lunge besaß. Noch mal würde Carl so einen

Arbeitsmarathon nicht zulassen, das hatte er sich damals geschworen. Aber jetzt ging es ihn ja nichts mehr an, sollte doch Viktor sich damit amüsieren.

Paul nickte, legte den Kopf leicht schief: »Ich werde sehen, was ich tun kann. Bitte, wenn Sie unsere Ermittlungen unterstützen wollen, und diese Absicht habe ich Ihren wortreichen Ausführungen entnommen, dann schicken Sie für mich nach dieser Zofe, diesem Lenchen Schneider. Bevor ich nicht mit ihr gesprochen habe, kann ich Ihnen gegenüber keinerlei Aussage hinsichtlich einer Erwähnung beziehungsweise Nichterwähnung des Tatorts machen.«

»Aber Sie müssen das doch verstehen!«, wiederholte der Geschäftsführer in gesteigerter Lautstärke. »Wir haben doch mit dieser Dame persönlich rein gar nichts zu tun, das ist eine reine Geschäftsbeziehung. Und ich wollte ihr doch auch das Zimmer überhaupt nicht geben! Was glauben Sie, was ich diesen Rezeptionisten deswegen gescholten habe? Der Ruf eines Hotels, das ist der Ruf seiner Gäste. Immer wieder predige ich ihnen das, aber es geht zum einen Ohr rein und zum anderen wieder heraus. Und schon hatte diese Klytämnestra, diese Gattenmörderin, ein Zimmer in unserem Haus. Und nachdem die Reservierung einmal bestätigt war, da gab es kein Zurück mehr – das sähe ja dann aus, als passierten Fehler bei der Buchung.«

Paul gab Kriminalassistent Dörflein unauffällig ein Zeichen, aber der junge Mann reagierte nicht.

Vom Dörflein hielt Paul eh nicht viel, manchmal, wenn Paul gute Laune hatte, machte er den nach. Dörflein stammte aus dem Sächsischen, das hörte man sehr deutlich.

»Dörflein, sind Sie auch geistig anwesend? Ich bitte Sie jetzt schon zum zweiten Mal, mir dieses Lenchen Schneider zu holen. Wäre Ihnen das freundlicherweise möglich, oder muss ich selbst gehen?«

Der junge Mann nickte, schien tatsächlich einen Moment über eine Erwiderung nachzudenken, schlug dann die Hacken zusammen, schlappte missmutig hinter dem Geschäftsführer her, seinem Vorgesetzten diese Zofe aufzutreiben.

»Der Bengel wird von Tag zu Tag schlaffer! Was ist denn das für eine Art zu grüßen?«, beschwerte Paul sich, nachdem die beiden den Raum verlassen hatten.

»Wenn die Franzaken 's nächste Mal kommen, dann fressen se den als Ordöwre«, kommentierte Polizeiphotograph Pix selbstgefällig, während er seine Kameraausrüstung zusammenpackte. Carl betrachtete Pix sehr neugierig, über den wusste er so ziemlich alles, was es zu wissen gab.

»Pix, das ist Herr von Bäumer. Der Filmstar – du weißt schon? Ich habe ihm erlaubt, heute unseren Ermittlungen beizuwohnen. Als Vorbereitung für seinen nächsten Film.«

Pix' Froschaugen musterten ihn, und ohne zu lächeln, reichte er Carl die Hand: »Angenehm. Wusste gar nicht, dass Sie unseren Roten kennen.«

»Ich hatte das Vergnügen, einmal durch Herrn Kriminalkommissar Genzer verhaftet zu werden.« Und weil sie sich vor Jahren einmal auf diese Version geeinigt hatten, fügte er hinzu: »Herr Kriminalkommissar Genzer ist ein Bekannter meiner Frau Schwester.«

»Ach?« Pix maß Paul mit einem etwas seltsamen Blick, und Paul, der manchmal ein schrecklicher Idiot sein konnte, zuckte die Schultern, sagte: »Hab ich bisher vermutlich vergessen zu erwähnen.«

»Klar, verstehe.« Ein sehr schmutziges Grinsen breitete sich in dem hageren Gesicht aus, und nun, da die Verhältnisse geklärt schienen, reichte er Carl abermals die Hand. »Nett, Sie persönlich kennenzulernen. Wir scheinen dieselbe Pomade zu benutzen.«

Aber kaum mit demselben Effekt!

Carl musste sich zurückhalten, nicht durch einen raschen Griff die ordentliche Lage seiner blonden Wellen zu überprüfen. Allerdings hätte eine solche Geste vermutlich provozierend gewirkt, und er kannte die Geschichte, warum Pix zur Polizei gekommen war. Bis vor anderthalb Jahren hatte der nämlich so etwas wie ein Photoatelier im Berliner Osten besessen, dort manchmal Brautpaare und Kommunionskinder, meistens allerdings die momentanen Lieblingshuren der Ringvereinsbosse vor der Linse gehabt. Doch eines Tages, Paul erzählte es immer wieder gern, da hatte Pix so ein Fräulein dreimal freundlich gebeten stillzuhalten, und als die immer noch zappeln musste, da hatte er ihr aus erzieherischen Gründen ein bisschen die Nase gebrochen, aber *man darf sich von den Schlampen schließlich auch nicht alles bieten lassen*. Und da Muskel-Adolf seine Freundinnen danach andernorts ablichten ließ und der dicke Gennat nach einem Polizeiphotographen suchte, schloss Pix sein Atelier und photographierte nun Kundschaft, die auch ganz gewiss stillhielt. Paul jedenfalls war sehr zufrieden mit Pix' Arbeit.

»Bist du hier fertig? Kriegst du die Bilder bis heute Abend entwickelt?«

»Schaun wir mal.« Pix wirkte wenig überzeugt. »Ich hab ein Rondewu mit deiner Tippsengreta, zum Dinä, muss daher heute pünktlich raus.«

Paul verdrehte demonstrativ die Augen, aber dann fiel ihm auf: »Wo bleibt denn der Häßling wieder?«

»Schon da! Schon da!«, tönte es hinter ihm. Dr. Karlheinz Häßling war Kölner und fühlte sich schon deshalb, gewissermaßen durch Geburtsrecht, zur guten Laune verpflichtet. »Entschuldigen Sie die Verspätung, grässlicher Verkehr. Unfall am Potsdamer Platz. Eines von den Taxipferden ist durchgegangen. Wo ist denn unsere Tote nun? Schon lustig, hatte seit Samstagabend nur Frauen als Kundschaft und keine älter als fünfundzwanzig. Verraten Sie's aber nicht meiner Gemahlin, die wird sonst noch fuchsig. Ist doch so eifersüchtig. Worum handelt's sich denn?

Sagen Sie nicht, schon wieder eine, die versucht hat, sich mit der Stricknadel von den Folgen ihres Rumgehures zu befreien? Hab nämlich mit dem hübschen Kapp um eine Halbe gewettet, dass wir diesen Monat die fünfzig nicht vollkriegen, und nun sind allein am Wochenende wieder zwei dazugekommen. Hab mir das so schön mit dem guten Wetter im März erklärt, da geht man doch raus, Rad fahren oder wandern und nicht ins Hotel. Wo haben Sie die Kundschaft denn jetzt wieder versteckt?«

»Auf dem Sessel. Bernice Straumann, Witwe des letzten Freitag ermordeten Gottlieb Straumann.« Paul machte einen Schritt zur Seite. »Ich würde sagen, Morphiumvergiftung?«

»Sie immer mit Ihren vorschnellen Theorien!« Missbilligend schüttelte Häßling seinen Kopf, der Backenbart sträubte sich. Vermutlich vor Widerwillen. Geschah Paul ganz recht, der neigte wirklich dazu, Dinge als gegeben hinzunehmen. Besonders wenn sie in der Zeitung gedruckt standen, dann mussten sie ja stimmen.

»Jetzt lassen Sie mich mal mit meiner kleinen Freundin allein, los, los, gehen Sie, und verhören Sie ein Stubenmädchen, oder verschrecken Sie Parksünder. Und wer ist das denn?« Sein Blick war einen Moment auf Carl gefallen, und Carls noch immer um Fassung ringende Züge schienen ihm ganz und gar nicht zu gefallen. Einen trauernden Beteiligten konnte er hier nun gar nicht gebrauchen. Schon trieb er auch ihn mit wild kreisenden Armbewegungen zur Tür. »Ganz egal. Raus mit Ihnen, los, los! Wie soll ein Mann da arbeiten?«

—

Paul war ein Idiot und vielleicht sogar ein Idiot, der etwas mit dem König der Idioten, Viktor Klingenberg, angefangen hatte, aber mal davon abgesehen, war Paul kolossal großartig.

Also natürlich hatte Carl immer gewusst, was Paul für ein guter Kommissar war, zum Beispiel das Plüschsofa, das hatten sie sich von den Erfolgsprämien des Untermietermords und Fischgartenmords gekauft. Oder ein anderes Beispiel: Letzten Sommer, da hatten sie zusammen Unter den Linden Eis gegessen, was für sich genommen schon eine kleine Sensation darstellte, denn sie gingen sehr selten gemeinsam unter Menschen. Und weil dann auch wirklich alles perfekt sein sollte, hatte Carl endlos über der Karte gesessen, nicht gewusst, ob jetzt Vanilleeis mit heißen Himbeeren oder doch lieber Birne Helene, und da war plötzlich der Ober an ihren Tisch getreten und hatte gesagt, sie bräuchten bei der Wahl nicht auf den Preis zu sehen, der Herr am Nachbartisch würde für sie zahlen, und der Herr war dann auch gleich angetrippelt gekommen und hatte Carl erzählt, dass er der Vater eines Edelbert Sieglitz war, den hatte wohl nur Pauls Hartnäckigkeit vor dem Galgen bewahrt, und Paul war rot und sehr verlegen geworden, und Carl hatte vor lauter Stolz überhaupt nicht mehr gewusst, was denn nun bestellen, und am Ende hatte er deshalb Schwarzwaldbecher essen müssen, das war das Teuerste auf der Karte. Carl hasste Kirschen.

Die Effekte von Pauls Erfolg kannte er also schon, aber bei der Arbeit hatte Carl ihn bisher nie gesehen.

Paul war wirklich ein kolossal großartiger Kommissar. Beim Reinkommen hatte dieses Geschöpfchen noch vor Angst gezittert, ganz verheult war es gewesen, und nun trank es Tee, plauderte wie mit einem alten Freund. Gerade sagte Paul, und dabei sah er sagenhaft verständnisvoll drein: »Das war bestimmt ein furchtbarer Schock für Sie, Lenchen? Erzählen Sie doch einfach einmal, Lenchen. Ich weiß, dass ist sicher schwer für Sie, darüber zu sprechen, aber was ist denn heute früh passiert?«

»Es war schon seltsam, wie ich reingekommen bin. Die gnädige Frau, die war nämlich sonst sehr penibel. Schuhe einfach auf den Boden pfeffern, das war nicht ihre Art. Und dann hab ich auch gleich gesehen, der Pelz, der liegt ganz unordentlich auf dem einarmigen Sofa. Mit dem Chinchilla war sie immer so penibel, weil der noch ein Geschenk von ihrem ersten Mann war. Aber arg Sorgen habe ich mir nicht gemacht, hab eben gedacht, sie wird ganz toll gebummelt haben. Sie war gestern so guter Laune, weil sie nämlich einen Filmstar gesehen hatte, diesen Bäumer.« Von einer plötzlichen Eingebung getroffen, starrte sie Carl an, hauchte hingerissen: »Aber das sind doch Sie!«

Paul hielt sich einen Finger an die Lippen, flüsterte: »Er ist es, aber verraten Sie es niemandem. Sein Leben wäre sonst in höchster Gefahr.«

»Oh, ganz gewiss!« Lenchen Schneider konnte nicht aufhören, ihn anzuglotzen, ihn, den leibhaftigen Filmstar Carl von Bäumer, den tatsächlichen Comte LeJuste. Jetzt dachte sie natürlich, dass er in echt ein wenig kleiner aussah, sie hatte ihn sich nämlich immer ziemlich groß vorgestellt – aber na ja, Franzosen waren eben nicht so gut gewachsen, das hörte man doch allenthalben –, aber sein Gesicht, das war auch so aus der Nähe absolut umwerfend. Diese tiefblauen Augen, dieser ewige Schmollmund und diese Wangenknochen, Wangenknochen wie mit einem Rasiermesser gezogen. Sie sah ihn auf der Leinwand, in einem Morgenrock aus Seide mit Papageienstickerei. Und sie wusste sicher ganz genau, welche Mühe es machte, einen solchen Morgenrock zu bügeln – man plättete ihn von links mit kaltem Eisen.

Ihr Mund stand noch immer offen. Sie konnte es wohl gar nicht fassen. Bestimmt hatte sie ihn erst letzte Woche an ihrem freien Abend im Kintopp bestaunt, hatte mit zwei der Stubenmädchen direkt am grünen Vorhang gesessen und Zigaretten zu vier Pfennig geraucht, und allesamt waren sie in ihn verliebt, so richtig schlimm mit vom Herz abwärts, und ganz bestimmt hatten sie die gewissenlose Pola Negri gehasst – gehasst und auch ein wenig bewundert, denn sie war ja so schön! Durfte man, wenn man so schön war, nicht vielleicht auch derart verdorben sein?

Man durfte es nicht, denn der Film sollte nicht noch mehr Ärger mit den konservativen Verbänden kriegen, die Morgenmantelszene war schon schlimm genug.

Das Beste aber war die Verfolgungsjagd – der Mann am Klavier war vermutlich fast wahnsinnig geworden, so schnell hatte er da in die Tasten hauen müssen! Oder fast das Beste, denn das Beste blieb eben der Bäumer in Großaufnahme und im Morgenrock. Auch diesen legte er, dieser Teufelskerl, noch ab, leider nicht vor der Kamera, sondern man sah das nur an Pola Negris Blick. Und das war ein Blick! Da merkte man gleich, die würde jetzt nicht die Hände über der Brust falten und an die Predigt vom Sonntag denken, das war ein Blick. Den hatten sie allein vierundfünfzigmal in unterschiedlichen Einstellungen aufgenommen, immer wieder und immer wieder und immer wieder und immer wieder. Aber das wussten die Lenchen Schneiders dieser Welt nicht, sie wussten nur: Das war genau die Sorte Film, vor der ihre Mamas sie gewarnt hatten, und deshalb mussten sie auch mit anderen kleinen Stubenmädchen, Tippfräuleins und dem restlichen Stehkragenproletariat fast zwei Stunden um Billetts anstehen.

Gleich würde die obligatorische Frage nach dem Autogramm kommen.

»Ganz gewiss werde ich es niemandem verraten. Aber ein Autogramm, dürfte ich Sie darum bitten?«

Und jetzt, während er noch seinen Namen in dieser lächerlich übertriebenen Schrift auf den Rücken der Speisekarte schmotzte, die Frage nach der Fortsetzung:

»Was drehen Sie denn als Nächstes? Meine Freundinnen und ich haben uns gefragt …«

»Fräulein Schneider, Ihre durchaus nachvollziehbare Begeisterung in allen Ehren, aber lassen Sie uns bitte fortfahren.« Jetzt zuckten Pauls Mundwinkel ärgerlich, und die Finger drehten die Bulgaria Stern ausgesprochen mürrisch. »Sie kamen herein und haben zunächst nichts bemerkt?«

»Nein, Herr Kommissar. Ich dachte, die Madame läge in ihrem Bett im Schlafzimmer. Ich wusste aber nun nicht, was ich denn machen sollte. Aufzuräumen hab ich mich nicht getraut, weil da war sie gern bei und hatte eine Auge drauf, dass man auch nichts verlegt, außerdem bin ich Zofe und kein Stubenmädchen. Und wecken wollte ich sie auch nicht, obwohl es schon acht Uhr vorbei war, weil ich ja nicht wusste, ob sie in Begleitung war, wegen den zwei Gläsern. Also, ich hatte zwar eigentlich den Herrn gehen hören, aber es war mir trotzdem etwas gruslig. Normalerweise muss ich aber immer um acht wecken, und dann habe ich den Vorhang zum Balkon aufgezogen und ein bisschen rausgeguckt und nachgedacht, was denn jetzt den wenigsten Ärger gibt. Die Gnädige hatte mir nämlich erst Samstag gedroht, wenn ich sie noch einmal so zornig mache, dann entlässt sie mich fristlos, und das wäre bös, wo doch mein Vater keine Stellung hat und mein jüngster Bruder auch nur über die Erntezeit. Und dann habe ich gemeint, ich hätte im Schlafzimmer was gehört. Da wäre ich froh gewesen, weil dann die Gnädige mir ja hätte sagen können, was ich tun soll. Ich dreh mich also um, und da sehe ich sie plötzlich, im Sessel! Tot! Ich hab sofort gewusst, dass die Gnädige tot war. Ich kann Ihnen nicht sagen, wieso, aber ich habe es einfach gewusst. Und dann wurde ich ganz ruhig, so wie damals, als mein Cousin mit dem Bein unter dem Pferd lag und ich mir sagte, jetzt kommt's drauf an. Dass man am Tatort nichts anfassen darf, das kenn ich aus dem Kino.« Stolz schenkte sie Monsieur le Comte ein Lächeln. »Und da bin ich auf den Gang und runter, richtig mit dem Aufzug, obwohl der Liftboy ziemlich geguckt hat, und habe an der Rezeption Bescheid gesagt, dass es einen Mord gegeben hat.«

Durchaus zufrieden mit sich und ihrer eigenen Tüchtigkeit, ließ sie ihren Blick zwischen ihnen hin und her wandern.

»Das haben Sie wirklich vorbildlich gemacht. Ich bin beeindruckt, wie klug und vernünftig Sie gehandelt haben«, lobte Paul sofort. Es war dieselbe Stimme, mit der Paul Carl manchmal politische Zusammenhänge erklärte. Es war eine Stimme, die genau wusste, was richtig und was falsch war.

Lenchen Schneider fuhr fort: »Wenn ich vielleicht etwas bemerken dürfte, gestern Abend hatte meine Gnädige einen Ring am Finger, einen Opalsolitär. Der ist jetzt fort. Den Ring hat sie immer zu dem Paillettenkleid getragen, ich weiß mit Bestimmtheit, dass sie es gestern gleichfalls getan hat. Und die dazugehörige Kette ist auch fort. Eine Gliederkette mit einem Opalsolitär!«

Paul nickte, notierte, sagte: »Etwas anderes, haben Sie den nächtlichen Besucher Ihrer Gnädigen gesehen oder gehört?«

»Gehört ja, gesehen nein. Es waren aber nicht Sie, Herr le Comte?«

»Oh, nein!« Paul wehrte ab, schaute dann aber plötzlich unsicher zu Carl. Hätte Paul mal angerufen, dann wüsste er es und müsste sich jetzt nicht hektisch eine Bulgaria Stern anzünden. Tja, das kam davon.

Carl ließ sich mit der Antwort Zeit, nahm erst noch einen Schluck Kaffee, kaute genüsslich ein Stückchen Teegebäck, aber dann unterbrach ihn der Dörflein, in dem er raussächselte: »Der Liftboy sagt, die Begleitung war dunkelhaarig und noch ganz bestimmt nicht großjährig. Außerdem wohl ziemlich panisch, hat geschwitzt wie ein Schwein.«

»Danke, Herr Kriminalassistent Dörflein.« Paul

notierte schon wieder etwas, fragte Lenchen dann: »Kennen Sie jemanden, auf den eine solche Beschreibung passt?«

»Nein, gewiss nicht. Die Herren meiner Madame waren, wenn Sie mir diese Bemerkung gestatten, ja alle älter. Jemand sehr junges ist nie dabei gewesen. Also, der Herr von Stein vielleicht, der ist so Anfang zwanzig, aber der hat blonde Krausen, so ganz hübsch und nicht zu bändigen. Und dem seine Augen sind …, ich weiß nicht so genau, vielleicht so blau? Oder grau, eben hell. Auf jeden Fall hell.«

»Lassen wir das. Was haben Sie denn nun gestern gehört?«

»Oh, eigentlich nur das Grammophon, und der Herr, der war auch gar nicht lange da, vielleicht zehn Minuten. Ich kann es ziemlich genau sagen, weil ich besitze nämlich einen Reisewecker, den habe ich mir letzten Sommer gekauft. Ein sehr edles Stück, hat zwei Mark und fünfundvierzig Pfennig gekostet, geht absolut tadellos und einwandfrei. Jedenfalls wurde ich wach, als die Tür ins Schloss fiel. Da war es Schlag 3:13 Uhr, und dann gab es ziemlich Gelächter und Grammophonmusik, und ich hab mich noch gegrämt, weil ich doch so arg müde war, aber um 3:20 Uhr, da war der Spuk vorbei, und ich konnte weiterschlafen.«

»Stimmen haben Sie keine gehört?«

»Das Grammophon war bös laut, da konnte man nichts hören. Es hat mich aber auch nicht interessiert. Beim Herrn Bayer war das schon so eine Chose, das war nämlich bevor sie das Grammophon angeschafft hat. *Oh, mein Baby* hier und *Küss mich, Darling* dort, und überhaupt konnte man dem Ganzen nicht entgehen. Und meine Mama hat immer zu mir gesagt: *Lenchen, denk an deinen arbeitslosen Vater*, aber ich habe bös drunter gelitten, das können Sie mir glauben. Ich bin ja nicht so, dass ich meine, dass es Sünde ist, aber eine Ferkelei ist es eben doch, besonders wenn der Gatte so krank darniederliegt.«

»Bekam Ihre Gnädige öfter Herrenbesuch, ich meine, hier in Berlin?«

»Öfters will ich nicht sagen. Aber für eine deutsche Frau, die noch keinen Monat Witwe war, doch ganz bestimmt zu oft. Aber ich will nichts sagen, weil Berlin ist doch eine Großstadt und eines von den Stubenmädchen hat mir erzählt, dass sie neulich bei einer Dame aufs Zimmer kam, und da waren drei Herren beim Frühstück. Und die Dame war bestimmt schon über dreißig.« Sie stieß mit einer Pola Negri zu Ehren gereichenden Geste Rauch durch die Nase. »Aber meine Gnädige, die trieb es auch wild. Also hier in Berlin jetzt nicht, weil sich ja alle vor ihrem Ruf ekelten. Aber vor dem Herrn Bayer, da gab es schon den Herrn Siedler, aber der ist nie über Nacht geblieben. Und davor gab es wohl eine Zeitlang den Herrn von Stein, nur da war ich noch nicht in Stellung, da war ich noch auf der Volksschule. Meine Cousine Traudchen, die ist bei den von Steins in Stellung, die kann Ihnen da bestimmt alles drüber erzählen.«

»Lenchen, ich weiß, Sie sind keine, die tratscht, nur machen Sie doch heute eine Ausnahme: Wie würden Sie das Verhältnis Ihrer Gnädigen zu Gottlieb Straumann bewerten?« Paul kämpfte mit einem Gähnen. »Meinen Sie, Herr Straumann mochte seine Gattin?«

»O ja, bestimmt. Er hat sie arg gemocht.« Angesichts solch wissenden Blicks wäre selbst Lilian Harvey vor Neid erblasst. »Also, er war kein romantischer Schwörer, wie man das so in Romanen liest oder aus dem Kino kennt. Aber er war immer gut zu ihr, gab ihr nie eins mit dem Teppichklopfer über und zu Weihnachten Pelz. Und ich glaube, er war bös eifersüchtig. Das hat die Gnädige aber vielleicht nicht gesehen. Ich meine, das ist ganz klar gewesen. Schauen Sie, letzten Erntedank, da habe ich zweimal mit dem Frieder Westernberg gewalzt, und mein Haie, der hat nichts gesagt, keinen Ton, aber die Woche drauf mich bös gescholten, wegen meinen Haaren, wegen einem Fleck auf meiner Schürze und wegen der Arbeitslosigkeit von meinem Papa. So war's auch beim Herrn Straumann, der hat nämlich ganz genau gewusst, was seine Frau Gattin treibt, aber nichts gesagt. Also zumindest vom Herrn Bayer hat er gewusst!«

»Und warum, meinen Sie, hat er dem Ganzen keinen Einhalt geboten?«

»Das kann ich nicht sagen.« Ein Schulterzucken.

»Vielleicht war er zu schwach? Er war doch so bös krank. Oder er war zu stolz? Wollte es nicht wahrhaben.«

»Ihre Gnädige hat Drogen konsumiert, das wissen Sie vermutlich?«

»Ja, Kokain. Das tun ja alle gerade. Todschick, kenne ich aus dem Kino. Hat sie mit angefangen, als sie nach Berlin kam, vorher gab's das bei ihr nicht.«

Paul blickte sehr missbilligend – dabei schnupfte Paul selbst, meistens wenn er sein Arbeitspensum nicht geschafft bekam, aber manchmal auch nur zum Spaß. Solange man es nicht übertrieb, war das schon in Ordnung. »Sonst hat Ihre Gnädige nichts eingenommen?«

»Nein, sie war sehr gesund. Manchmal Kopfwehmittel, und letzten Winter hat ihr der Arzt Hustensaft verschrieben, aber den musste ich wegschütten, weil sie davon nichts hielt.« Lenchen zernagte verlegen die Unterlippe. »Wenn sie die monatlichen Krämpfe bekam, da hat sie auch nur auf Kamillentee und Wärmflasche geschworen.«

»Hatte irgendjemand außer Frau Straumann selbst Zugang zu ihrer Pillendose?«

»Jeder. Wenn sie sie nicht in ihrer Handtasche hatte, dann stand die immer auf dem Nachttisch. Heute Morgen war sie aber leer.«

Paul seufzte, unterdrückte schon wieder mühsam ein Gähnen. Vielleicht sollte Carl doch schnell im Reformhaus anrufen lassen, dass die Paul Eisentonikum aufs Revier schickten? Eisentonikum für die Blutbildung, und dann sollte Heinrich gleich fragen, was man sonst noch so Kräftigendes gerade empfahl.

»Wie wäre es mit Selbstmord? Sehen Sie da eine Veranlassung bei Ihrer Gnädigen?«

»Nein, bestimmt nicht. Wenn Sie mir die Bemerkung erlauben, ich fand es widerlich, wie wenig ihr der Tod des armen Herrn Straumann ausmachte. Sie hatte nämlich schon mächtig Pläne, nach Paris weiterzureisen. Das wäre bös für mich gewesen, weil ich ja dann mitgemusst hätte, und zu Hause habe ich doch meinen Haie und meine Eltern und alles. Aber jetzt ganz ohne Stellung ist böser.«

»Dann wären wir im Grunde fertig, oder fällt Ihnen noch etwas ein?«

Lenchen schüttelte den Kopf und fragte dann: »Könnte ich vielleicht noch ein Autogramm bekommen? Für meine Freundin?«

—

Baby Bert saß am Rande des Boxrings und wartete geduldig, dass der Sandsack frei würde. Er las die Zeitung.

Er tat es sehr gewissenhaft, mit dem Zeigefinger die einzelnen Worte der Überschriften nachfahrend, die Zungenspitze in der ungewohnten Anstrengung ein wenig vorgeschoben. Man hatte ihm eine verantwortungsvolle Aufgabe zugewiesen, und die würde er zur vollen Zufriedenheit erfüllen. Er durfte nur die entscheidende Meldung nicht verpassen.

Er würde das Geld nicht für sich allein nehmen. Es war für seinen Bruder zum Geburtstag. Sie würden an die Ostsee fahren. Baby Bert wollte so gern das Meer sehen. Ihre Mutter war als junges Mädchen einmal bis an den Atlantik gekommen. Davon hatte sie ihr ganzes Leben erzählt, noch auf dem Totenbett hatte sie vom Rauschen der Brecher geschwärmt.

Jetzt durfte Baby Bert nur die entscheidende Meldung nicht verpassen. Was die Folgen im Falle eines Scheiterns anging, da hatte sich Muskel-Adolf sehr klar ausgedrückt. Um ihn selbst ging es Baby Bert eigentlich nicht, auch nicht um seinen Bruder, der konnte schon auf sich selbst aufpassen, aber um Winnetou.

Winnetou war ja so klein und schutzlos.

Winnetou hatte nur ihn. Wenn er nicht mehr auf Winnetou aufpassen konnte, dann würde irgendeine Katze kommen und den armen Winnetou fressen. Ein Happs, und Winnetou war gewesen.

Aber er passte gut auf. Jeden Tag las er nun die Zeitung, morgens und abends, und wenn dann die Meldung käme, dann würde er sich genau an die Vereinbarungen halten. Das konnte doch kaum schwerer sein, als Herrn Muskel-Adolf zu seinem guten Recht zu verhelfen?

—

»By the way, du siehst müde aus.« Willi ließ sich behaglich seufzend in den Sessel gegenüber von Pauls Schreibtisch sinken, streckte die langen Beine von sich. Er trug gelbkarierte Knickerbocker. Es waren sehr viele, sehr große Karos. »Darf man dir zu einer anstrengenden Nacht gratulieren, oder hast du gearbeitet?«

»Ich hatte eine anstrengende Nacht, aber nicht, was du denkst.« Bis um sechs Uhr in der Früh hatte er in der Charité gehockt und verschiedensten Ärzten erklärt, dass er keine Ahnung habe, ob Herr Klingenberg ein gewohnheitsmäßiger Morphinist sei, er ihm das Morphium auch nicht verkauft habe, und nein, er war auch nicht dabei gewesen, als Herr Klingenberg es konsumierte. Alles, was er wusste, war, dass Herr Klingenberg ziemlich deutliche Anzeichen einer Überdosis Morphium zeigte und dass er selbst eigentlich nur nach Hause wollte, weil er in der Charité sowieso niemandem helfen konnte.

»Schade. Hast du in letzter Zeit was von Lou gehört?« Ganz ungeniert ließ Willi seinen Blick über die Fahndungsprotokolle auf Pauls Schreibtisch wandern. »Ich glaube, der gefällst du.«

»Das glaube ich nicht.« Paul schüttelte entschieden den Kopf, goss sich etwas Sodawasser in das Glas mit Eisentonikum. Carl war wirklich lieb, auch wenn Paul nie verstehen würde, was das mit dem Eisentonikum sollte. Das war der reinste Tick, vermutlich war Paul der einzige Achtundzwanzigjährige in der gesamten Republik, der das Zeug trank, die restlichen Konsumenten waren hundert.

Alles, was er brauchte, war Schlaf. Zehn oder besser noch zwölf Stunden, am Stück und ungestört. Das letzte Mal, dass er durchgeschlafen hatte, das war Wochen her. In München hatte er ja auch schon nicht richtig schlafen können, da hatte ihm Carl gefehlt, und vor München hatte er nachts wach gelegen, weil er nicht von Carl wegwollte und ein mieses Gewissen hatte, und wenn er doch mal zufällig eingeschlafen sein sollte, dann weckte Carl ihn unter Garantie mit seinem Gestrampel, weil Carl schlief nämlich auch schlecht. Paul hatte sich schon überlegt, ob er Carl nicht fragen konnte, ob er, in aller Freundschaft und wirklich ohne Hintergedanken, nicht vielleicht heute bei ihm übernachten durfte. Es würde ihn zwar einiges an Überwindung kosten, Carl gegenüber zuzugeben, dass es ihm ohne ihn vielleicht doch nicht ganz so gutging, aber vermutlich musste es sein? Er brauchte einfach Schlaf, sonst bekam er diesen Fall nie gelöst! Und da war doch eigentlich nichts dabei, sie hatten ja gestern auch zusammen gegessen, und er schlief wirklich grauenhaft schlecht, wenn er nicht neben Carl lag. Er musste sich da erst wieder langsam dran gewöhnen, allein zu schlafen. Und lebten sie nicht im Zeitalter der Kameradschaftsehe? Hatte nicht Freud – oder Nietzsche, Paul kannte sich nicht so aus mit den Philosophen, jedenfalls einer von den beiden –

gemeint, der moderne Mensch stünde über diesem ganzen Triebhaften was auch immer. Er musste den hübschen Kapp mal dazu befragen, der wusste da besser Bescheid. »Sag mal, Willi? Meinst du, ich kann bei Carl anrufen und fragen, ob ich bei ihm schlafen kann? Ich bin vollkommen übermüdet, und wenn ich allein schlaf, wach ich alle paar Minuten auf.«

»Geht's noch? Ach, Paulken, ich bitte dich. Hör einmal auf mich, probier Lou wenigstens aus. Ich sag dir, das Mädel, das macht Sachen. Du weißt nicht, wozu du nein sagst. Hinterher, da wirst du schlafen wie ein Baby, vertrau mir.«

»Ich weiß deine Bemühungen wirklich zu schätzen. Aber du verstehst mich falsch. Ich will nicht mit ihm schlafen. Ich will bei ihm schlafen. Ganz modern und kameradschaftlich.« Und mit einer, wie er hoffte, sehr bestimmten Bewegung nahm er den Aktenstapel, dessen Inhalt Willi besonders zu interessieren schien, und stopfte das Ganze in die oberste Schublade des Schreibtisches. Er schloss gleich zweimal ab und entschied, die Schlaffrage an dieser Stelle abzubrechen. »Darf man auch den Grund deines Besuchs erfahren?«

»Was bist du garstig und stur!« Der Bruder schüttelte empört den runden Schädel, erhob sich demonstrativ. »Ich wollte dir nur helfen. Ich bin schon wieder weg.«

»Wobei wolltest du mir helfen?«

»Beim Mordfall Straumann. Aber ich habe schon gemerkt, ich bin hier unerwünscht.« Willi ging zur Tür.

»Jetzt bleib schon da. Worum handelt es sich denn?«

»Ein Nachtigällchen hat mir da etwas gezwitschert, höchst interessant, sag ich dir.« Ein selbstgefälliges Nicken. »Aber du weißt, die Welt ist schlecht. Selbst im engsten Familienkreis gibt es für nichts nichts.«

»Was willst du?«

»Nein!« Ein feister Zeigefinger wackelte durch die Luft. »Brüderchen, was willst *du*? Du willst doch sicher die Konten des alten Straumann überprüfen, und zwar, sagen wir … sagen wir bis ungefähr 1916. Das machst du ja nicht selbst, es ist gar keine Mühe für dich und in einem so vertrackten Fall wie diesem nur umsichtig. Und wenn da größere Anschaffungen sind oder Gelder, die von der Buchholz Privatbank oder auch vom ehrenwerten Alfons Buchholz persönlich kommen, dann sagst du deinem Brüderchen Bescheid. Mein liebes Herrgottchen, kannst du aber misstrauisch gucken. Hab ich dich je betrogen?«

»Warum sollte ich das machen?«

»Weil es unter anderem dein Job ist?« Willi gähnte behäbig, setzte sich seinen Hut auf. »Weil dich ein gesetzestreuer Bürger darum bittet? Und schau, ich kann dir im Moment einfach nicht mehr sagen. Aber wenn du das alles fein gemacht hast, dann besuch ich dich wieder und bring dir ein paar Informationen als Geschenk mit.«

»Willi«, er bemühte sich, seiner Stimme einen bedrohlich amtlichen Klang zu geben, »Willi, das Zurückhalten von ermittlungsentscheidenden Informationen ist eine Straftat, und glaub nicht, dass ich dich, bloß weil du mein Bruder ...«

Den Rest hörte Willi vermutlich gar nicht mehr, denn er war schon aus dem Büro. Man sollte nicht glauben, wie schnell sich ein Mensch mit Willis Ausmaßen bewegen konnte.

—

»Untersuchungshäftling Max Bayer«, kündigte der Wärter an und führte den ehemaligen Gutsverwalter in das winzige, nach verbrauchter Luft riechende Besuchszimmer. »Ich lasse Sie jetzt allein mit ihm, Herr le Comte«, flüsterte der Wärter. Er war sehr jung und sehr schneidig. »Sie wissen ja, dass ich das eigentlich nicht darf, aber in Ihrem Falle mache ich natürlich gern eine Ausnahme. Es ist mir eine ungeheure Ehre, Ihnen, Herr le Comte, bei Ihren Ermittlungen zu helfen. Ich werde vor der Tür warten. Falls Sie irgendetwas brauchen, müssen Sie es mir nur sagen. Vielleicht möchten Sie ja etwas trinken?« Vermutlich konnte der Wärter sein Glück immer noch nicht fassen: Vor nicht ganz einer Stunde hatte Paul aus der Roten Burg am Alex angerufen, er würde in der Straumannsache jemand Besonderes rüberschicken, und es wäre alles ein bisschen ... eben besser, wenn der dicke Gennat es nicht aufs Butterbrot geschmiert bekäme.

»Ich könnte auch schnell ins Wohngebäude laufen und Ihnen etwas Gebäck bringen? Meine Mutter hat mir erst gestern einen Gugelhupf gemacht«, erbot sich der junge Mann, und vermutend, dass Franzosen rein gar nichts von anständiger deutscher Backkunst verstanden, fügte er hinzu: »Das ist ein Napfkuchen mit Rosinen.«

»Danke, das weiß ich.« Carl lächelte, ahnte, dass dieses Lächeln leicht angestrengt geriet, und hielt dem jungen Mann seine zur Verabschiedung ausgestreckte Hand entgegen. »Herzlichsten Dank auch, dass Sie mir dieses Gespräch so schnell ermöglichen konnten. Ich soll Ihnen von Herrn Kriminalkommissar Genzer ausrichten, er würde es sich merken.«

»Nein, nein.« Das weiche Gesicht verlor jeden Anspruch auf kantige Schneidigkeit, schmolz zu einer Masse der Bewunderung. »Ich fühle mich geehrt, Herrn Kriminalkommissar Genzer helfen zu können, und Ihnen natürlich auch. Ich habe all Ihre Filme gesehen und bewundere Ihren kriminalistischen Spürsinn. Und dass Sie uns in einer so banalen Sache unterstützen, wo Sie doch gerade erst aus Bagdad zurück sind ... Wie war es denn dort? Schlimm heiß?«

Die Mundwinkel des Stars zitterten etwas vor Anstrengung. Der Film war komplett in Neubabelsberg gedreht worden, im Januar, und jeden Morgen hatte man den Schnee von seinem ausgestopften Kamel gefegt. »Es ging. Man gewöhnt sich daran. Aber jetzt möchte ich Sie wirklich nicht länger mit Beschlag belegen. Guten Tag!«

Der Wärter sah verschnupft drein, verschwand jedoch, ganz sicher in der Absicht, irgendjemandem zu erzählen, was für ein arroganter Widerling der Bäumer doch war.

Carl seufzte innerlich, sagte dann: »Guten Tag, Herr Bayer. Sie wissen, warum ich hier bin?«

Carls Manager brüstete sich gern damit, dass er in einem schlaksigen Charakterschauspieler, einem etwas schlampigen Geschöpf mit herrisch hervorspringendem Profil und übergroßem Mund, den schönsten Mann der UFA, den eleganten Schwarm aller Backfische erkannt hatte, aber selbst der geniale Herr Morgenstern hätte wohl Mühe gehabt, bei jenem anstaltsgrauen Wesen, das Carl hier gegenübersaß, die Spuren einstiger Attraktivität zu vermuten. Die Haare waren fettig, hingen – sei es aus Mangel an Pomade oder Selbstaufgabe – ungekämmt über die in den Höhlen liegenden Augen, quer über die rechte Wange zog sich eine frische Schürfwunde unbekannter Herkunft, und der zerknitterte Sträflingskittel schlackerte haltlos an den mageren Beinen.

»Es ist sehr freundlich von Ihnen, mich zu besuchen, Herr von Bäumer. Herr Kommissar Genzer hat mich heute Mittag schon darüber in Kenntnis setzen lassen. Ich dachte ja immer, Sie wären nur so auf der Leinwand Kommissar. Ob Sie's glauben oder nicht, ich wusste nicht, dass Sie tatsächlich ein so berühmter Ermittler sind. Ich mein, wenn man Sie so im Kintopp sieht, so geschniegelt und im Maßanzug, wie Sie da die ganzen Schicksen flachlegen, na, da glaubt man eben nicht, dass das echt ist. Und dann sind Sie auch noch so jung. Aber der Herr Kommissar Genzer hält ja große Stücke auf Sie. Im Ernst, ich bin Ihnen ewig zu Dank verpflichtet. Dass ein solch begnadeter Kriminologe wie Sie sich meines Problems annehmen will, das scheint mir die Antwort auf meine nächtlichen Gebete.«

»Oh, bitte.« Jetzt schämte er sich schon wieder, so viele Hoffnungen, die in ihn gesetzt wurden, in ihn, der so gar nichts von der professionellen Verbrechensaufklärung verstand. Diese schlaffe Hand über der Sessellehne ging ihm nicht aus dem Sinn. »Ich kann Ihnen vermutlich gar nicht helfen. Aber erzählen Sie mir doch einfach noch einmal, was Sie bereits Herrn Genzer mitgeteilt haben.«

»Na, ich weiß nicht mehr genau. Also, wo soll ich anfangen? Ich meine, ich war im Krieg Gefreiter bei der Infanterie, bei den ...«

»Nein, es reicht, wenn Sie mit Ihrer Anstellung beginnen. Wie war das? Wie sind Sie zu den Straumanns gekommen?«

»Na, ich habe letztes Jahr kurz nach Ostern bei Herrn Straumann angefangen zu arbeiten. Und ich sage es Ihnen ehrlich, ich wäre lieber in Westpreußen geblieben. Seit dem Krieg war ich bei Oelz, da gefiel es mir gut. Das ist ein schöner Landstrich, herrlicher Boden, nette Menschen, nur, nach dem Tod meines alten Dienstherrn wurde das Oelzer Gut verkauft, und mit dem jungen Herrn ... na, mit dem bin ich nicht ausgekommen. Das war so ein Studierter, wusste alles besser, und nachdem ich dann schon bald vier Monate arbeitslos war, da war ich dann doch ganz dankbar, bei Herrn Straumann in Stellung gehen zu können. Aber wohl gefühlt habe ich mich dort nie. Konnte auch nicht sagen, woran's lag. Herr Straumann hat sich immer korrekt verhalten. Nicht eben freundlich oder gar herzlich, aber ich sollte ja auch für ihn arbeiten und nicht sein bester Freund werden. Und die Tiere, die waren wirklich eine Pracht.«

»Wie war das mit Frau Straumann? Wann fing das an?« Carl entnahm seinem Jackett das Zigarettenetui. »Rechts ist türkischer Tabak, links amerikanischer. Ich rate zu rechts. Nein, die zwei dort bitte nicht, das sind meine letzten Bulgaria Stern.«

»Sie rauchen Bulgaria Stern? Bei dem ganzen feinen Tabak?«

»Nur aus Sentimentalität. Also, wie war das mit Frau Straumann?«

Bayer musterte ihn misstrauisch, schien eine Falle oder etwas in der Richtung zu wittern, erklärte dann aber: »Wissen Sie, eigentlich bin ich bei den Weibern streng. Ich pass immer auf, dass es mit den Mägden und den Dienstmädchen und was da sonst noch so alles rumspringt zu nichts kommt. Hab bei einem Freund von mir gesehen, wie schnell das gehen kann. Plötzlich war die Kleine in anderen Umständen, und dann musste geheiratet werden, und er saß drin, das arme Schwein. Die Ehe, die wär nichts für mich.« Und mit einer den dreckigen kleinen Besuchsraum vollständig ausfüllenden Geste fügte er hinzu: »Na, da sehen Sie, wo's hinführt, wenn man sich nicht an seine Grundsätze hält.«

»Wenn man verliebt ist, tut man manchmal dumme Sachen.«

»Was heißt schon verliebt? Die Straumann war ganz hübsch und hatte auch sonst so ihre Vorzüge, wenn Sie verstehen, aber verliebt war ich in die nie. Sie aber auch nicht in mich, egal was sie sich eingeredet hat. Haben Sie gewusst, dass sie in erster Ehe mit Ferry Wolfsburg verheiratet war?«

»Ja, das hat sie mir erzählt. Wie fing das denn nun an zwischen Ihnen?«

»Gleich als ich ankam, da hat sie gezeigt, dass ich mir bei ihr Frechheiten erlauben könnte, auf Femme fatale gemacht, aber war schon klar, dass dahinter nicht viel war. Ich meine, ich war im Krieg bei den Franzosen, bin auch sonst ein bisschen rumgekommen, gibt schon so Weiber, nur die Straumann, die gehörte da nicht zu. Wie gesagt, das war im Grunde ein liebes Mädchen, die ist nur nie über den Tod von ihrem ersten Gatten weggekommen, und mit dem Straumann war sie natürlich kreuzunglücklich und bös vernachlässigt sowieso. Ich glaube, sie hat mir leidgetan, und dann war's auch weit bis zur nächsten größeren Stadt, wo ich mal eine mit ins Hotel nehmen hätte können. So kam's eben. War nix mit großer Liebe, egal was die Zeitungen schreiben.«

»Ich glaube sowieso nichts, was in Zeitungen steht! Die lügen wie gedruckt!« Und damit Max Bayer nicht merkte, dass sich sein Gesicht rot verfärbte, rutschte er etwas aus dem Licht und starrte aus dem Fenster. Draußen war Hofgang, die Arme gut sichtbar vor sich ausgestreckt, pumpten dreißig Schatten gierig die milde Frühsommerluft in ihre Lungen. »Was, glauben Sie, fand Frau Straumann an Ihnen?«

»Wie soll ich das erklären?« Nachdenklich zwirbelte Bayer die Enden seines Schnurrbarts. »Wissen Sie, Herr von Bäumer, nichts gegen Sie, aber Sie sind vermutlich eben großjährig geworden, Sie verstehen von den Frauen vermutlich noch nicht sehr viel? Also, ich mein, Sie legen die Schicksen zwar bestimmt reihenweise flach, aber so wirklich von Frauen, davon können Sie noch nicht viel wissen. Aber es gibt Frauen, und das sind sicher nicht die schlechtesten, diese Frauen haben ein großes Herz. Sie sind geschaffen, Männer bis zur Raserei zu lieben. Wenn man sie nicht lieben lässt, verkümmern sie. So eine Frau war Bernice Straumann. Ob sie nun mich oder den alten Straumann liebte, war ihr im Grunde egal, an den Wolfsburg kamen wir sowieso nicht ran. Und dann sollte ich ihr ja unbedingt diese elenden Briefe schreiben. Na, von denen haben Sie sicher gehört? Ich kam mir schon beim Verfassen vor wie der letzte Idiot, und wenn ich mir vorstelle, wie Herr Kommissar Genzer diese Ergüsse dann mit Lupe und Notizbuch in seinem Büro gelesen hat … also, da will ich nur noch im Erdboden versinken.«

Carl seufzte innerlich. Er hätte kolossal gern mal schriftlich bekommen, dass er Paul fehlte, an so was konnte man sich in schlechten Zeiten festhalten, aber mehr als *Angekommen STOPP* durfte man nicht erwarten. Aber er musste sich auf die Befragung konzentrieren. »Herr Bayer, diese Briefe, wann haben Sie die zuletzt gesehen?«

»So genau weiß ich das nicht mehr. Es war bestimmt Ende März oder Anfang April. Die Straumann hatte sie so mit Seidenbändchen zwischen der Wäsche.« Er grinste. »Wie eine Lyzee. Verbrannt habe ich die Briefe übrigens auch nicht.«

»Das habe ich mir schon fast selbst zusammengereimt. Aber wenn wir schon bei Frau Straumann sind, von Mann zu Mann, sie hat Sie doch gebeten, den Mord zu begehen, nicht wahr? Ich unterstelle Ihnen gar nicht, dass Sie die Tat auch tatsächlich begangen haben, aber gebeten hat sie Sie, oder?«

»Nein, Herr von Bäumer.« Der Gutsverwalter schüttelte den Kopf. »Im Herbst, als noch nicht so klar war, dass es mit dem alten Straumann zu Ende geht, da hat sie wohl immer wieder vom Durchbrennen angefangen, wie gesagt, sie war ein gruslig romantisches Ding. Aber von Mord war nie die Rede. Es wäre ja auch vollkommen sinnlos gewesen, wo er doch eh bald sterben würde.« Von irgendwoher startete plötzlich eine Fliege, warf sich hoffnungsvoll mit sattem *Tock* gegen das vergitterte Fensterglas. »Es gab schon auch Momente, da hatte ich das Gefühl, ihr läge trotz allem noch viel an ihrem Gatten. Sie hat ihn nicht gern leiden sehen, das müssen Sie mir glauben. Konnte aber auch eine rechte Furie sein, wenn die zum Beispiel über diese Baronin von Withmansthal loslegte, hätte nie gedacht, dass eine deutsche Frau solche Worte kennt. Wenn's meine gewesen wär, hätt ich ihr den Mund mit Seife ausgespült. Aber so war's mir ziemlich egal.«

»Und Herr Straumann, wie stand der, Ihrer Meinung nach, zu seiner Gattin?«

»Kann ich nicht sagen. Nach außen war der immer sehr kühl zu ihr, aber er muss sie ja wegen irgendwas geheiratet haben, und dann auch noch in so einer Wirbelwindaktion. Bös verzogen hat er sie, da war keine Zucht dahinter. Wenn er sich die Mühe gemacht hätte, die Kleine ordentlich anzuleiten, dann wäre die auch nicht so verlottert. Das ist wie mit einem Hund, wenn der sein erstes Huhn reißt und man verdrischt ihn, so richtig, dass er es auch versteht, dann reißt Ihnen der nie wieder eins, aber hat er sich das Hühnerreißen erst einmal angewöhnt, na dann erschießt man das Vieh am besten gleich.«

»Herr Straumann hat Sie beide dann im Frühling in flagranti ertappt?«

»Genau. Er kam etwas früher als geplant von einer Reise zurück. Im Nachhinein denke ich nicht, dass es ein Zufall war. Er ahnte etwas und wollte den endgültigen Beweis. Da war er so der Typ für. Er musste immer alles mit hundertprozentiger Sicherheit wissen, dann erst konnte er handeln.«

Die Gestalten vor dem Fenster wurden in einer Reihe aufgestellt. Das vielstimmige Lärmen des Durchzählens drang zu ihnen herauf.

»Er hat es sehr ruhig aufgenommen, war ein stilles Wasser. Ein bisschen unheimlich manchmal, ich weiß nicht, wie ich das erklären soll. Ich war ja selbst nie verheiratet, aber wenn ich nach Hause käme und da läge meine Angetraute gerade auf dem von mir gekauften Teppich unter dem von mir bezahlten Verwalter, na, da würde mir doch mehr einfallen als ein langer Blick. Als Erstes würde ich doch den Lump verdreschen, da ließ ich doch die Hunde los, und während ich den Kerl vom Hof jag, da könnte meine Frau sich schon mal ausmalen, was sie erwartet. Der würde ich ordentlich Zeit zum Nachdenken geben. Sie nicht auch?«

Carl beobachtete durch das Fenster sehr konzentriert den Ausmarsch der Gefangenen, machte eine vage Geste mit seiner Bulgaria Stern.

»Aber bei Herrn Straumann, da kam nichts groß. Er wollte mich ja nicht einmal entlassen. Da war ich natürlich froh. Gutsverwalter gibt's in Ostpreußen wie Bernstein an der Nehrung, aber seltsam war es schon. Hab mir gedacht, er ist ein kranker Mann, vielleicht hatte er schlicht nicht die Kraft zu mehr? Oder seine Frau war ihm derart gleichgültig, dass er nicht mal der Form halber ein bisschen Protest anmeldete? Es war ja auch für ihn schon die zweite Ehe.« Die Faust hieb nach der den Tisch umsurrenden Fliege, traf aber nicht. »Ich nahm mir jedenfalls vor, mich schon mal unter der Hand nach etwas Neuem umzusehen, am besten wieder im Westen.«

»Kommen wir zu Ihrer Reise nach Berlin. Wie war das?«

»Er selbst schlug die Sache vor, wegen der Anschaffung eines dieser neuartigen Ackerschlepper der Heinrich Lanz AG. Ein Bulldog, 12 km in der Stunde, wunderbare Maschine. Wäre eine echte Erleichterung für unsere Arbeiter gewesen, hätten wir auf lange Sicht mindestens vier Erntehelfer gespart. Der Straumann verstand selbst einiges von Motoren, findet man sonst bei den feinen Pinkeln ja eher selten. Gefiel mir, dass er noch Anschaffungen plante. Seine Schmerzen wurden auch immer übler, hat die schwersten Medikamente gekriegt, die haben aber wohl kaum besser geholfen als Kopfwehpulver.«

Hektische Flecken begannen sich nun an Max Bayers Hals auszubreiten. »Am 24., an dem Tag, an dem der Straumann umgebracht wurde, da hat er ein paar Gespräche mit seiner Hausbank geführt, eine solche Maschine ist ja kein Schnäppchen, und ich glaube, so dicke hatte der Straumann es auch nicht, nach der Inflation und der miesen Ernte letzten Herbst. Dieses Jahr wird's auch kaum besser, viel zu trocken bisher. Das bei der Bank war wohl ein alter Freund von ihm, der kam ihm ziemlich mit den Konditionen entgegen, und so hat Straumann dann eine Nachricht für mich hinterlassen, ich soll ihn gegen siebzehn Uhr im Hotel treffen. Da haben wir dann auf die Anschaffung angestoßen. Mir war das ziemlich unangenehm. Seit der Geschichte mit seiner Frau und dem Teppich, na, da habe ich mich in seiner Gegenwart immer etwas komisch gefühlt. Er hat mir dann noch einen ganzen Stapel Unterlagen gegeben, lauter bürokratischer Unsinn wegen der Überführung nach Ostpreußen mit dem Dampfer, alles in doppelter Ausführung, mit Durchschlägen. Hat mich ziemlich angemufft, gehört ja kaum zu den Aufgaben eines Gutsverwalters, dafür zu sorgen, so eine Landmaschine in die Provinz zu schaffen, aber er meinte auch, ich bräuchte mich erst einmal nicht drum zu kümmern, wir würden die Papiere am nächsten Tag gemeinsam durchsehen. Nur, da war er dann schon tot.« Schweißflecken bildeten sich unter den Achseln des grauen Kittels. »Wollte noch wissen, was ich für Pläne für den Abend hätte, und warf mich dann mehr oder weniger raus. Ich glaube, er fühlte sich in meiner Gegenwart auch nicht besonders wohl.«

»Warum verrückten Sie oder Herr Straumann den Sessel?«

»Ich weiß es nicht. Als ich ging, stand der Sessel noch an seinem üblichen Platz. Das habe ich doch bereits der Polizei gesagt. Mir fällt auch kein Grund ein, warum Herr Straumann ihn umgestellt haben sollte.« Schwarze Nässe zog sich entlang des Schlüsselbeines. »Das muss für einen Mann mit seinen gesundheitlichen Einschränkungen eine furchtbare, kaum zu bewältigende Mühe gewesen sein.«

»Was haben Sie dann eigentlich mit Ihrem freien Abend angefangen?«

»Oh, nichts Besonderes. Ich hatte mich lose mit so einer Blondine zum Tanzen verabredet, in einem dieser seltsamen Lokale mit Telephon auf dem Tisch. Na, wir haben uns dann aber nicht viel zu sagen gehabt, und sie ist mit so einem von der Handelsbank mit. Danach bin ich einfach eine Weile ziellos herumflaniert, habe mich von der Menge mitziehen lassen. Ich mag das, wenn man einfach so rumstromern kann, nicht weiß, wo einen der Abend noch hinführt.«

»Den Namen dieser Blondine, haben Sie den?«

»Adelheid Stuck. Herr Genzer hat wohl schon mit ihr gesprochen. Aber was hätte die ihm sagen sollen, wir kannten uns ja kaum. Und getroffen habe ich sie eh erst nach dem Mord.«

»Wie sind Sie denn an sie gekommen?«

»Das mit Fräulein Stuck war ein Zufall. Sie hat mich gebeten, meine Taxe zu teilen. Aber wir hatten uns dann wirklich nicht viel zu sagen.«

Carl von Bäumer lehnte sich etwas vor, log: »Ich habe kürzlich eine wirklich reizende Bekanntschaft an der Schleusenbrücke gemacht. Ganz zufällig. Diese zufälligen Begegnungen immer ...«

»Na, bei den Weibern braucht man eben manchmal Glück!« Bayer lachte unbekümmert. »Aber sie war nichts für mich. Danach war ich am Hausvogteiplatz und dem Werderschen Markt. Ich kannte mal eine, die dort in der Gegend wohnte, ihr Name stand aber nicht mehr an der Tür.«

Carl verstand, und er war insgeheim ziemlich stolz darauf, dass er verstand: »Als Sie Herrn Straumann verließen, hatten Sie da das Gefühl, es könnte sich jemand in dem Zimmer verborgen halten? Denn, wie Sie vermutlich wissen, hat es nach Ihnen – zumindest, wenn man den Angaben des Portiers und des Liftboys Glauben schenkt – niemand mehr betreten.«

»Im Wohnzimmer mit Sicherheit nicht. Dort saßen wir ja die ganze Zeit, da hätte es keinen Platz gegeben. Die Vorhänge waren nicht sehr lang, und der Sessel reichte bis ganz auf den Boden, das kann ich mit Bestimmtheit sagen, weil ich mir den Fuß daran gestoßen habe. Im Bad war auch niemand, musste ich nämlich einmal kurz benutzen. Wie es mit dem Schlafzimmer war, das kann ich Ihnen nicht beantworten, dort war ich ja nicht. Gibt es dahingehende Indizien?«

»Nein. Aber ich habe mir überlegt, Stubenmädchen sehen überall gleich aus, und in jedem Hotel gibt es Hunderte davon. Und einem Stubenmädchen hätte Herr Straumann sofort die Tür geöffnet.« Bayer schien wenig überzeugt von Carls wirklich guter Theorie, und so fragte Carl weiter: »Dieser Dokumentenkoffer, in dem am folgenden Tag die Tatwaffe gefunden wurde, besaßen Sie den schon lange?«

»Nein, wir haben ihn erst Anfang der Woche gekauft. Ich mochte eigentlich meinen alten lieber, aber Herr Straumann bestand darauf. Er meinte, die alte Mappe sei schon so sehr abgenutzt und sähe schäbig aus. Hatte er wohl auch recht, nur war die neue von sich aus schon sehr schwer, und wenn dann noch Unterlagen drin waren, na, da habe ich ordentlich geschleppt.«

»Sie haben die Pistole gekannt, ist das richtig?«

»Herr Straumann jagte begeistert und besaß einige schöne Waffen. Wenn er guter Laune war, führte er die einem gern auch mal vor. Wir haben damit oft auf Konservenbüchsen geschossen. Wenn er wollte, konnte der überhaupt ein netter Zeitgenosse sein, hat auch so ein bisschen magisch getrickst, und die Mägde, die haben sich dann vor Lachen kaum mehr eingekriegt. Manchmal habe ich gedacht, der sei vielleicht einfach verbiestert, so nach dem Tod von seiner ersten Frau, und dann immer die Schmerzen. Das geht schon an die Substanz.« Nachdenklich schlug Bayer nach der erneut gestarteten Fliege. »Das war übrigens eine Duellpistole, eine sehr seltene Spezialanfertigung. Das Doppel ist aber im Lauf der Jahre verlorengegangen. Warum ich meinen Dienstherrn gerade mit so einem exotischen Schmuckstück töten sollte, konnte mir Herr Genzer auch nicht sagen.«

»Und Ihnen fällt auch keine Erklärung ein, auf welchem Weg die Waffe in Ihre Tasche gekommen ist?«

»Nicht die geringste. Sie muss nach der Tat dort verstaut worden sein, nur wie, kann ich mir nicht denken. Ich hatte den Dokumentenkoffer die ganze Nacht in meinem Zimmer, und laut dem Kommissar konnte das von niemandem unbemerkt betreten werden. Vielleicht hat ihn mir jemand bei meinem Spaziergang untergeschoben? So etwas muss es gewesen sein, denn ich habe Herrn Straumann nicht erschossen. Ich habe es nicht getan.« Frech krabbelte die Fliege über seine linke Hand. »Sagen Sie mir doch einen guten Grund, warum ich es getan haben soll? Das habe ich auch schon Herrn Kommissar Genzer gefragt. Warum? Ich bin es nicht gewesen. Ich habe es nicht getan.« Und ganz plötzlich, mit einer einzigen Bewegung, einer Bewegung so schnell, Carl konnte sie kaum sehen, schlug er das schwarze Insekt zu weißem Brei.

—

Hätte man Paul Genzer in Ruhe gelassen, er hätte seine schmerzende Stirn in die Hand gestützt und heimlich etwas gelesen. Er hatte Kafkas »Die Strafkolonie« im Sakko. Eigentlich mochte er »Die Verwandlung« lieber, aber das erinnerte ihn zu sehr an Carl und die Zeit, als sie sich kennengelernt hatten. Das hatte ihm Hannah zu Ostern geschenkt. Hannah war das Mädchen gewesen, mit dem er damals manchmal darüber sprach, dass Oliver ein hübscher Name war und sie schmale Eheringe schöner fanden als die breiten, die man gerade überall sah. Das las er auch in den schlaflosen Nächten, als er wusste, dass er diesen unglücklichen Jungen niemals wiedersehen durfte, weil man sich durch so etwas das ganze Leben versauen konnte, und später, später hatte es Carl ihm dann vorgelesen. Carl las sehr gut vor.

Aber man ließ Paul ja nicht in Ruhe, jetzt klingelte das verdammte Telephon schon wieder: »Roter? Verfluchte Scheiße! Ich versuch seit 'ner Stunde, bei dir durchzukommen. Hast den Hörer danebengehabt, um besser zu pennen?«

»Nein, verdammt! Ich hock hier in einer verschissenen Telephonzentrale!«

Zunächst der Anruf des Anwalts der Straumanns wegen des Inhalts des Testaments, das war denkbar einfach: Der Barbesitz ging – abzüglich kleinerer Legate für treue Dienstboten und einen Verein, der sich für die Revision des Versailler Vertrages einsetzte – zur Hälfte an Gottlieb Straumanns Halbbruder, den Pastor Leiser, die andere Hälfte sowie das Gut und alles, was sich darauf befand, ging an den kleinen Hans Straumann, durch seinen Onkel treuhänderisch verwaltet. Der Besitz von Bernice Straumann ging gleichfalls auf den kleinen Hans über.

Dann hatte Paul den Pastor Leiser angerufen, sich bei ihm für den Abend angemeldet. Es folgten zwei Telephonate zum Bierkutschermord und jetzt also der hübsche Kapp. »Sind unsere Jungs bei der Brauerei? Stehen sie, wie besprochen?«

»Ja. Einer gegenüber dem Stall, einer im Stall, einer vor dem Fronteingang. Aber, Roter, ich mach mir Sorgen. Was machen wir, wenn der Kerl nicht kommt? Oder vollkommen durchknallt?«

»Was machen wir, wenn es einen Börsenkrach gibt?« Paul lachte. Er wusste, die Sache ging gut. Morgen um die Zeit hatten sie den Bierkutscherschlächter. »Jetzt mach dich mal locker, wenn alles passt, müsst ihr ihm nur noch Handschellen anlegen.«

»Und wenn nicht?«

»Dann hinterlässt du wenigstens keine trauernde Witwe.«

Jetzt lachte auch Kapp.

»Komm, Hübscher. Du weißt, wir brauchen unseren Mann im Stall, und er braucht sein Morphium aus dem Stall. Stell dich nicht an wie ein Mädchen.«

»Danke. Du hockst ja warm und trocken im Revier und lässt dir von Tippsengreta die Eier lecken.« Das Lachen klang schon viel ruhiger. »Ich meld mich, wenn wir ihn haben.«

Der Bierkutscherschlächterfall war also so gut wie gelöst, fehlte ihm nur noch der Straumannmörder. Oder vielleicht auch nicht? Bei der Straumann war Kokain im Blut gewesen. Das hatte Paul nicht überrascht, so überlebte man Berlins Nächte. Gestorben war sie an einer Überdosis Morphium. *Unfalltod*, hatte der Häßling gemeint. *Kennt man ja, Kokain genommen, um wach zu werden und dann zum Runterkommen Morphium, war eben ein bisschen viel.*

Selbstmord, das war die Theorie vom hübschen Kapp, mit dem hatte er die Geschichte vorhin auf dem Weg ins Untersuchungsgericht besprochen. *Eindeutig Selbstmord, die kam mit den gesellschaftlichen Anfeindungen nicht länger klar. Die ist doch schon neulich völlig fertig gewesen, weißt schon, da, als ihr der Kerl auf der Straße dumm kam und sie wollte, dass wir was gegen tun.*

Komische Geschichte war das gewesen, jemand hatte die Witwe Unter den Linden belästigt, hatte sie erst beschimpft, doch daran war sie ja schon fast gewöhnt, aber danach hatte er Geld von ihr verlangt, wegen angeblicher Schulden ihres Gatten.

Später hatte sie hier auf diesem Sessel gesessen und geweint, geschluchzt wie ein Kind hatte sie, vollkommen eingeschlossen im eigenen Unglück. Erst wollte sie Paul leidtun, aber dann hatte er an seine Mutter gedacht, und dann hatte er daran gedacht, dass diese Person ihren Gatten hatte umbringen lassen, dass Max Bayer wegen ihr hängen und der kleine Hans nun ohne Vater aufwachsen würde.

Und dann musste er an Carl denken, Carl, der von der Unschuld der Fremdgängerin Bernice Straumann überzeugt war, Carl, wie er Donnerstag beteuert hatte, diese »Premierenaffäre« nicht zu kennen, und wie er ihm nicht geglaubt hatte.

Warum hatte er ihm nicht geglaubt?

Weil Carl jetzt ein Filmstar war, und Filmstars taten solche Dinge; weil er drei schreckliche Tage bei seinen Eltern hatte verbringen müssen und nur noch nach Hause gewollt hatte, nur noch zu Carl und Abendessen und ins Bett, Decke über den Kopf, *sag mir, dass wir nie so werden, versprich mir das*; weil er ein Kommissar mit Anlage zum Dickwerden und Carl der schönste Mann der UFA war; weil er nicht die Kraft hatte, Carl zu glauben; weil es so viel einfacher war, wütend zu werden; weil er auf seinen Vater nicht wütend sein durfte, weil er sein Vater war und Willi den Vater schon für seine Schwäche hasste; weil es so einleuchtend war, dass der schöne, erfolgreiche, adlige Carl von Bäumer einen Kommissar aus einem Münchner Vorort betrog; weil es nur gerecht gewesen wäre, nachdem er Carl allein dahin geschickt hatte, er hatte doch gewusst, wie Carl sich vor all dem fürchtete; weil er nach drei Tagen voll aufgerissener Narben irgendjemandem weh tun musste und Carl so verdammt verletzlich war.

War Carl verletzlich, weil er unschuldig war?

Aber Carl hatte ihn auch betrogen, wenn nicht mit der »Premierenaffäre«, dann doch am Freitag. Vielleicht kannte Carl die »Premierenaffäre« tatsächlich nicht, dann kannte er doch dieses Geschöpf von Freitagnachmittag, kannte es zumindest gut genug, um es in volltrunkenem Zustand und obenrum unbekleidet mit Champagner zu übergießen. So benahm sich kein erwachsener Mensch!

Aber wie benahmen sich erwachsene Menschen?

Wie benahmen sich erwachsene Menschen, denen man unrecht getan hatte?

Wie sein Vater? Seit Jahren still die Untreue der Gattin ignorierend.

Oder wie der arme Herr Straumann?

War das Eintreten von Schränken ein erwachsenes Verhalten?

Das Telephon klingelte schon wieder, und ohne die Begrüßung abzuwarten, brüllte der Kommissar: »O yes, Baby! Ich wusste, dass du ihn kriegst.«

Schweigen am anderen Ende der Leitung, dann ein umständliches Räuspern.

Das war nicht Kapp.

Noch einmal räusperte sich jemand.

»Herr Kriminalkommissar Genzer?« Die Stimme klang jung, unsicher, zögerlich. »Hier Kriminalassistent Mutzke. Ich bin soeben ins Hotel Weimarer Hof gerufen worden. Sie wissen schon, das Hotel, wo letzte Woche der Herr Straumann ermordet wurde. Ein Gast hat dort versucht, sich eine als Stubenmädchen verkleidete Nu...« Die Stimme brach plötzlich ab, Kriminalassistent Mutzke schien zu überlegen. »... sich eine als Stubenmädchen verkleidete Schauspielerin aufs Zimmer kommen zu lassen. Also der Gast, ein Herr von Bäumer, sagte, Sie wüssten Bescheid, Herr Kriminalkommissar Genzer? Er sagt, das Ganze geschähe im Rahmen der Ermittlungen des Straumannmordes. Es ginge um die Überprüfung einer Theorie? Das Stubenmädchen wäre eine verkleidete Mörderin, also das heißt, es ist eine Schauspielerin, die sich als Stubenmädchen verkleidet hat, das eine Mörderin sein soll. Aber wie soll ich mich denn nun verhalten, Herr Kriminalkommissar Genzer? Was soll ich denn jetzt machen?«

—

Pix gab sich sehr galant. Obwohl seine Arme schmerzten, da er den ganzen Tag seine Photoausrüstung geschleppt hatte, trug er Fräulein Gretas Sommermantel und kurzfristig auch ihr Handtäschchen, aber das bekam sie zurück, nachdem sie ihn fragte, ob der Kommissar Genzer eigentlich verheiratet sei. Im Restaurant, bei Kerzenschein und steifen Leinenservietten, betrieb Pix elegante Konversation. Zunächst wetterte er über Politik, dann kam er auf Kultur zu sprechen, er erzählte vom Bäumer, mit dem hatte er heute nämlich zusammengearbeitet, und in echt war der gar nicht so beeindruckend. Man denkt doch immer, der sei sehr groß, aber Franzosen sind eben häufig etwas kleiner. Da wusste Pix Bescheid, denn er war ein Jahr in französischer Kriegsgefangenschaft gewesen und kannte von daher ziemlich viele Franzosen. Er konnte im Übrigen auch fast fließend Französisch.

»Der Comte LeJuste is am Straumannfall?«

Pix nickte, etwas mürrisch, er hätte lieber noch über seine Sprachkenntnisse geredet oder auch über das Eiserne Kreuz, das er beinahe verliehen bekommen hätte.

»Also mir sagt der Bäumer eigentlich nich so zu.« Greta verzog den Mund. Es war ein sehr schöner, sehr voller Mund. Pix fiel ziemlich viel ein, was man mit diesem Mund machen konnte. »Der hat ja nich mal Haare uffe Brust, und dann so 'n Bubigesicht? Ick mag's lieber, wenn Männer wie Männer aussehen.«

Pix nickte, die Richtung des Gesprächs gefiel ihm.

»Den Kommissar Genzer, den finde ick zum Beispiel absolut umwerfend sexy.«

Die Richtung gefiel ihm doch nicht.

»Und dann isser so breit und hat so dicke Arme. Richtig top finde ick den. Und dann jibt er sich immer so unterkühlt, aber ick globe, dat is nur, weil er so 'ne zarte Seele hat.« Sie seufzte und vertilgte ein Stück vom Cordon bleu zu zwei Mark und fünfzig Pfennig. »Stimmt es, dass er immer eine Waffe bei sich trägt?«

Pix zuckte mit den Schultern, rechnete, was ihn das Cordon bleu, der Kupferberg nass sowie der drohende Nachtisch kosten würden. Für das Vermögen wollte er wenigstens über sich sprechen, wenn es schon sonst zu nichts kam. »Ich hab auch noch meine Mauser aus dem Krieg. Soll ich die Ihnen mal zeigen?«

Es war ihm vorher nie aufgefallen, aber diese Greta hatte die unschöne Angewohnheit, den Mund sehr schmal zu pressen.

»Nee, nich nötig. Mein Bruder und mein Vater besitzen ihre och noch. Der Kommissar Genzer, hat der einen bestimmten Typ, mehr so blond, oder mag er braunhaarig lieber? Wat meinen Se? Hat der wat über mich jesagt?«

Pix zog die Sektflasche zu sich, und voll Genuss gab er sein heute neuerworbenes Wissen weiter:

»Der Genzer, der ist vergeben. Der hat ein Verhältnis mit der Baronin von Withmansthal, seit Jahren schon. Daher kennt er auch den Bäumer.« Die Flasche war leider leer, und so nahm Pix einfach Gretas Glas, sollte die blöde Büchse eben Durst haben. »Können Sie voll vergessen. Gegen die haben Sie keine Chance, die ist nicht nur top schön, die hat's auch faustdick hinter den Ohren. Zu seinem Geburtstag letzten November hat die ihm anonym zweihundertachtzig rote Rosen aufs Revier liefern lassen. Der dicke Gennat dachte erst, wir hätten einen Trauerfall.« Pix winkte nach dem Kellner. Ihm stand der Sinn nach einem kühlen Bier. »Und zu Weihnachten waren die in Paris, aber nichts besichtigt, nur im Hotel. Nicht aus dem Bett gekommen. Ich war übrigens auch schon in Frankreich. Das muss ich Ihnen erzählen ...«

—

Isabella Leiser war ein großer Fan des Bäumers. Also früher gewesen, denn nun, seit sie Thomas geheiratet hatte und eine Pastorengattin war, ging sie natürlich nicht mehr ins Kino, aber im ersten Comte LeJuste war sie viermal. Jakob hatte den auch gemocht, wegen der Verfolgungsjagden und weil es im Finale eine top spannende Schießerei gab. Außerdem war da eine Szene, da lag der Bäumer mit so einer Blonden auf einem einarmigen Sofa rum, und die Blonde, die trug nichts als eine weiße, allerdings sehr große Pelzboa und dazu noch den glänzendsten Brillantschmuck, den Isabella je gesehen hatte. Für die Handlung war diese Blonde vollkommen bedeutungslos, aber Jakob gefiel sie gut. Überhaupt war die ganze Frau keine zehn Sekunden im Bild. Grade noch die Geliebte des Comte LeJuste und schon von einer Maschinengewehrsalve zerlöchert. Isabella hatte das damals sehr nachdenklich gestimmt, das kam nun davon, wenn man sich mit den falschen Männern einließ.

»Bitte entschuldigen Sie unsere Verspätung.« Der Kommissar lächelte. Der hatte ein Grübchen und wirkte keineswegs so furchteinflößend, wie Isabella ihn sich vorgestellt hatte. Der war kaum älter als Thomas. Vielleicht ging doch alles gut? »Wir hatten Probleme mit dem Anlasser.«

»Der Anlasser ist heiß gelaufen.« In echt war der Bäumer gar nicht so sagenhaft schön, trug einen ziemlich alten Pullunder und hatte einen üblen Ausschlag am Kinn. Die ganze Haut gerötet und wund. Isabella drehte sich etwas weg, damit die Gäste ihr Kichern nicht bemerkten. Genauso hatte sie immer hinterher ausgesehen, wenn Jakob wieder keine Lust auf Rasieren gehabt hatte und trotzdem knutschen wollte. Aber das konnte hier ja kaum der Grund sein?

»Das macht nichts. Mein Gatte ist auch noch immer nicht zurück. Er kommt oft erst spät aus der Anstalt. Darf ich Ihnen so lange etwas anbieten? Wie wäre es mit Erdbeerlimonade? Sie mögen doch Erdbeeren?«

»Herr von Bäumer liebt Erdbeeren. Er mag fast

alles.« Der Kommissar schüttelte beschwichtigend den Kopf. »Nur das Essen im Haus Vaterland ist nicht sein Fall.«

Das fanden beide unglaublich lustig, konnten sich gar nicht beruhigen, und Isabella fragte sich, ob sie vielleicht getrunken hatten. Wenn sie so darüber nachdachte, kamen ihr die Haare dieses Kommissars ziemlich zerzaust vor. Außerdem, seit wann wurden Anlasser heiß? Ganz bestimmt hatten die gesoffen. Na, ihr war es egal – besser so als ein ganz pflichtbewusster, der die falschen Fragen stellte.

Aber betrunken oder nicht, die Besucher nahmen sich keine Zeit, die Schönheit des Gartens zu bewundern. Die Pracht der frühen Pfingstrosen, der betörende Duft des weißen Flieders, sie bemerkten es nicht, begannen stattdessen sofort mit ihrer Fragerei.

»Was ist denn mit Ihrem Gesicht passiert?«

Sie hatte gehofft, sie würden es unter der Schminke nicht sehen. Sie hatte gehofft, die beiden Männer würden nebeneinander auf der von Thomas selbstgetischlerten Bank Platz nehmen und ihr so die Möglichkeit geben, sich etwas ins dunklere Abseits zu setzen. Aber nein, sie hatte wieder mal Pech.

»Ich bin Opfer eines Überfalls geworden. Also keines richtigen Überfalls, sondern einer dieser sinnlosen Übergriffe, von denen man jetzt überall liest. Ein junger Mann hat mich einfach so hier im Garten bedroht, mit einem Messer, vollkommen grundlos. Zum Glück war Herr Jelitschek im Garten.

Herr Jelitschek wohnt gegenüber, und der hat gehört, wie ich schrie, und der kleine Hans, den ich auf dem Arm hatte, der schrie auch und hat nach dem Mann geschlagen und ihn gekratzt, ein richtiger kleiner Löwe, und dann sind Herr Jelitschek und Thomas gekommen, ich meine der Herr Pastor, und da ist der Mann weggerannt. Der Herr Jelitschek ist ihm zwar hinterher, aber der Herr Jelitschek ist Anfang fünfzig und hat ein schwaches Herz, und hätte ja auch nichts gebracht, war ja einfach nur ein Verrückter. Und diese ganze Aufregung in meinem Zustand.« Sie legte die Hände beschützend auf den Bauch, versuchte es mit diesem strahlenden Lächeln, mit dem sie schon Thomas davon überzeugt hatte, dass der Angreifer ein vollkommen Fremder gewesen war.

»Und Sie haben das Ganze nicht gemeldet?« Die Stimme dieses Kommissars klang eindeutig misstrauisch. »Entschuldigen Sie, Frau Leiser, aber das war nicht sehr klug von Ihnen. Ihnen ist doch bewusst, dass Ihr kleiner Hans ein sehr reiches Kind ist? Und ich bedaure, Ihnen sagen zu müssen, nach den neuesten Entwicklungen halte ich auch den Mord an Ihrem Schwager keineswegs für geklärt.«

Isabella nickte, machte ein unglückliches Gesicht. Sie konnte dem ja kaum auf die Nase binden, dass für Hans keine Gefahr bestand, dass diese ganze furchtbare Geschichte nichts mit den Straumanns zu tun hatte.

»Das mit meiner Schwägerin tut mir sehr leid. Sie war eine verlorene Seele. Ich glaube, sie hat sehr gelitten, auch wenn sie es nicht zeigte. Aber die Sünde des Selbstmordes, ich hätte es nicht für möglich gehalten …«

»Machen Sie sich mal nicht zu viel Sorgen um Bernice Straumanns Seele. Aller Wahrscheinlichkeit nach war es kein Suizid. Sie hat ihre letzte Nacht nicht allein verbracht.«

»Nicht allein?« Isabella schluckte trocken. »Und wer war bei ihr?«

»Dazu darf ich Ihnen nichts sagen.« Der Kommissar hielt ein Streichholz an seine Zigarette, und nach einem tiefen Zug fragte er: »Wann haben Sie Ihre Schwägerin zuletzt gesehen?«

»Montag, vor einer Woche war das. Als sie uns Hans brachte.« Sie spürte, wie ihr die Tränen in die Augen stiegen. Sie wollte jetzt nicht weinen. Nicht jetzt, wo es darauf ankam. »Sie dürfen nicht glauben, dass sei ihr leichtgefallen. Sie hat furchtbar gelitten, es hat ihr das Herz gebrochen, den Kleinen wegzugeben. Aber es war richtig. Manchmal muss man so handeln. Manchmal, da darf man nicht an sich denken.« Jetzt lief es ihr doch feucht die Wangen hinab. Es stimmte doch, was sie sagte. Männer machten es sich so einfach. So verflucht einfach! »Ich glaube, es war doch Selbstmord, auch wenn sie jemanden im Zimmer hatte. Letzten Montag, sie war so unglücklich. Sie hat einfach nicht mehr gekonnt.«

Isabella wusste, es wäre besser, den Mund zu halten, aber dieser Kommissar hatte so etwas im Blick, so etwas Verständnisvolles. Es war gut, einmal verstanden zu werden. »Ich, ich kann Bernice verstehen! Es war doch nicht unrecht, was sie getan hat. Sie musste doch auch leben.«

»Schon gut.« Er fuhr ihr mit der Hand über den Arm, sehr leicht, sehr kameradschaftlich, wie es vielleicht ein großer Bruder getan hätte. »Schon gut. Ist doch schon gut.«

»Nein, Sie wissen nicht, wie das ist. Immer nur stark sein und vernünftig, und jeder Fehltritt wird einem auf ewig vorgeworfen. Als Mann ist es so einfach. Wäre Bernice ein Mann gewesen, man hätte ihr zu ihren Affären noch gratuliert. Und was hätte sie denn anderes machen sollen? Sie hat ihn doch gemocht, ihren Mann. Thomas, ich meine, mein Gatte, sagt, bei der Hochzeit war sie vollkommen vernarrt in ihn. Hat an ihm gehangen wie ein junges Kätzchen.« Der Kommissar nickte. In diesem Nicken lag so viel Wissen und so wenig Urteil. »Verstehen Sie doch. Sie konnte einfach nicht anders. Sie ist doch auch nur ein Mensch gewesen.«

»Was konnte sie nicht anders?« Isabella mochte seine Stimme, sanft und auf seltsame Weise intim. Sie ahnte, mit genau dieser Stimme sprach er, wenn er neben seiner Frau lag, sie fragte, ob sie ihn noch genauso liebe wie am Anfang. »Warum musste Ihre Schwägerin Affären haben?«

Isabella wusste, sie durfte es nicht sagen. Thomas würde wütend werden. Sehr wütend. Aber dieser Kommissar würde es verstehen, er würde nicht lachen, er würde keine zotigen Sprüche klopfen, und so erwiderte Isabella leise: »Er hat sie nicht angerührt. Nicht ein einziges Mal.«

—

Lenchen Schneider fuhr Taxe.

Es war das erste Mal in ihrem kleinen Zofenleben, und sie wusste, dass sie von diesem Glück noch ihren Enkelkindern erzählen würde.

Sie trank Sekt aus der Flasche, auch das war das erste Mal, aber sie hatte es sich gefährlicher vorgestellt. Die anderen Mädchen, ihre neuen Freundinnen aus dem Hotel, lachten und sagten etwas, aber sie verstand sie nicht. Das Glück pulste zu laut in ihren Ohren. Jetzt trank sie Danziger Goldwasser, und ihre neuen Freundinnen applaudierten und lachten und tranken auch.

Ihre neuen Freundinnen hatten ihr neues Kleid bestaunt!

Es war alles so wunderbar gelaufen. Keiner hatte sie wegen der fehlenden Kette verdächtigt, und auch als sie gesagt hatte, die Pillendose der grässlichen Frau Straumann sei leer gewesen, hatte man ihr geglaubt.

Sie liebte Kokain.

Sie, Lenchen Schneider, Tochter eines arbeitslosen Schuhmachers aus Withmansthal, liebte Kokain.

Sie hatte alles genommen, alles, was da war, sogar das Kopfwehpulver hatte sie genommen, und sie fühlte sich wunderbar. Das Taxi schaukelte wild, fuhr über den Alexanderplatz, ein Meer aus Arbeitergesichtern, von der Elektrischen erbrochen, müdes Grau über dem flammenden Rot der Halstücher; mühsam leuchtend das Stumpfviolett einer Kunstseidenen; ein Krüppel, den schiefen Leib mit einem fröhlichen Schild schmückend, *Kitty Cat Club: Die heißesten Girls der Hauptstadt!*; mit quietschenden Reifen über eine gestreifte Fellpfütze brausend, fort durch aufspritzendes Wasser, fort durch den Widerschein der bunten Leuchtreklamen, fort durch den Lackglanz der Automobile, der Schaufenster, der Abendkleidpailletten.

Ihr war ein wenig schlecht.

Sie wollte es der sagen, die Hattie hieß, aber sie kam nicht zu Wort. Ihre neuen Freundinnen waren so laut und lachten so schrill. Eine hatte Schluckauf. Sie spritzten mit Sekt. Lenchen trank in großen Schlucken, sie hatte furchtbaren Durst. Die Kleider ihrer neuen Freundinnen waren so schön, schöner fast als die Kleider ihrer Gnädigen. Das Taxi fuhr schrecklich schnell, schnell, schnell. Tempo, Tempo, der Schlachtruf Berlins. Fuhr das Taxi etwa immer im Kreis? Was, wenn das Geld nicht langte? Zu Hause langte das Geld nie, aber jetzt war sie ja in

Berlin. Hier schwamm sogar im Wasser Gold. Danziger Goldwasser, so süß und fein.

Jetzt waren sie da, man schubste sie aus dem Wagen, der Boden war weich, gab nach, sie musste sich festhalten, und die anderen Mädchen lachten, sie hatten so schön bemalte Lippen und gaben ihr Goldwasser zu trinken, Gold zum Trinken, so süß und fein.

Drinnen war die Luft blau und kreiste. Sie war furchtbar müde, am liebsten hätte sie sich auf dem Leder dieser Bank zusammengerollt und geschlafen. Oder den Kopf auf den Marmor des Tisches gelegt. Aber der Marmor, der war ganz fleckig. Der Marmor klebte und war feucht. Wenn das mal bloß nicht die Herrin sah … Das Danziger Goldwasser, das schmeckte so süß, es half nicht gegen den Durst. Sekt war besser, aber der Durst, der wurde immer schlimmer, und heiß war ihr, ihr verlief ja ihr ganzes schönes Puder.

»Möchte das Fräulein schwofen?«

Das Orchester war so laut, so laut, es blähte die Pailletten an den Kleidern der Mädchen, die Töne verhedderten sich, wickelten sich um ihre Füße, brachten sie zum Stolpern.

Ihr war jetzt sehr schlecht und heiß. Und immer im Kreis gewirbelt im Kreis und im Kreis und im Kreis und im Kreis und im Kreis dann saß sie wieder so schwindlig und schlecht und müde und alles konturlos und ein wirbelnder Brei ein einziger wirbelnder schwindliger Brei so schlecht vor allem müde nur einen Augenblick würde sie den Kopf auf den Tisch legen so müde war sie so furchtbar müde das Schlimmste war aber der Durst der Durst und das Heiß und das Müde.

—

Bei seiner Heimkehr am Abend wunderte Pastor Thomas Leiser sich durchaus etwas. Er hatte sich extra beeilt, um seine Frau nur nicht zu lange mit diesen Polizisten allein zu lassen, und nun saßen sie im nächtlichen Garten, aßen Brote, tranken Erdbeerlimonade, lachten wie bei einer Picknickgesellschaft. Er hatte sich zwar gleich gedacht, dass diese lächerliche Angst vor der Polizei ein harmloses Überbleibsel von Isabellas proletarischer Vergangenheit war, vergleichbar mit ihrem Drang, den kleinen Hans auch bei wärmstem Wetter wie eine Mumie einzupacken und das arme Kind mit stärkenden Leberwurstbroten zu verfolgen, aber es verblüffte ihn doch.

»Ich freue mich, Sie persönlich kennenzulernen.« Er reichte dem Kommissar und diesem anderen Mann die Hand. Der andere sah irgendjemandem ähnlich, den Thomas kannte, vermutlich einem seiner Schäfchen? »Ich freue mich wirklich sehr, auch wenn die Umstände natürlich tragischer Natur sind. Ich habe letzten Frühling Ihren Vortrag bei der

Buchholzstiftung gehört, und ich kann mich Ihnen in allen Punkten nur anschließen. Es ist eine absolute Schweinerei, wie wir mit unseren geisteskranken Straftätern umgehen.«

»Vielen Dank.« Ein bescheidenes Grübchen blitzte in der Wange des Kommissars auf. »Ich habe hinterher ziemlich den Kopf gewaschen bekommen, die Konservativen mögen so was natürlich nicht gern. Herr Kriminalpolizeirat Gennat hat sich dann für mich eingesetzt, und alles in allem, glaube ich, das war es wert.«

»Unbedingt!« Thomas nickte, und in Ermangelung eines weiteren Stuhls setzte er sich auf die umgedrehte Waschwanne. »Ich habe im August auch für Herrn Buchholz gesprochen. Den Vortrag haben Sie nicht zufällig besucht?«

»Nein, leider nicht. Letzten August war ich erst zwei Wochen auf einer Weiterbildung, und danach sind wir gleich in die Sommerfrische gefahren.«

»Aber ich habe ihn besucht. Ich!« Isabella lachte, griff strahlend nach seiner Hand, und an die Besucher gewandt, erklärte sie: »So haben wir uns nämlich kennengelernt, mein Gatte und ich.«

»Ja, meine Frau war tatsächlich im Publikum. Der Bruder meiner Gattin kam nach dem Vortrag zu mir, hat sich ein wenig mit mir unterhalten. Mein eigener armer Bruder Gottlieb war auch dabei. Es ist schon furchtbar, letzten August hatten wir beide noch Brüder.«

»Was ist mit Frau Leisers Bruder geschehen?« Das war das erste Mal seit der Begrüßung, dass dieser andere Mann etwas sagte. »Ist er gestorben?«

»Jakob ist im November von einer Elektrischen überfahren worden.« Er antwortete für seine Isabella. Sie fing sonst nur wieder das Weinen an. »Zwei Tage vor unserer Hochzeit. Schrecklich, ganz schrecklich.«

Der Kommissar nickte, und den Blick in den im Gaslicht flackernden Garten schweifen lassend, fragte er unvermittelt: »Wie war denn Ihr Mädchenname, Frau Leiser?«

»Warum?« Wie immer, wenn es um ihre proletarische Vergangenheit ging, schlich sich Aggressivität in Isabellas Stimme. »Warum wollen Sie das wissen?«

»Isabella.« Dieses Verhalten war Thomas wirklich peinlich. Sie musste sich doch nicht dafür schämen, dass sie das Kind eines kriegsversehrten Trinkers war. Konnte keiner etwas für die Verhältnisse, in die er hineingeboren wurde. »Ihr Name war Ämple.«

»Danke.« Das aufflammende Streichholz beleuchtete einen Moment das Gesicht des Kommissars, es war ein sehr harmloses Gesicht. »So sehr wir Ihre Gastfreundschaft genießen, wir möchten Sie nicht endlos belästigen. Wir müssen schließlich auch noch den ganzen Weg nach Berlin zurück, also machen wir es kurz. Sie haben mir ja auch schon telephonisch gesagt, dass Sie sich für die gestrige Nacht nur gegenseitig ein Alibi geben können. Das ist vollkommen legitim und kein Anlass zur Sorge. Und ich nehme auch an, Ihr Alibi für die Nacht des Mordes an Ihrem Bruder ist noch dasselbe? Sie waren beim Direktor der von Ihnen betreuten Irrenanstalt zum Nachtmahl, richtig?«

Thomas nickte geistesabwesend, schlüpfte währenddessen aus seinem Sakko, reichte es Isabella. Die Ärmste zitterte, dabei war es doch noch sehr mild, aber das waren die anderen Umstände.

»Dann erzählen Sie mir doch einfach einmal, wie Ihr Verhältnis zu Herrn Straumann und seiner Gattin war.«

»Gottlieb war nur mein Halbbruder und dazu noch dreizehn Jahre älter als ich, aber ich würde schon sagen, dass wir recht eng waren.« Gottlieb, strahlender Held seiner Kindheit, Gottlieb mit seinen magischen Tricks und wie er ihn im Internat besuchte, beladen mit Geschenken, und wo sie auch hingingen, angeschwärmt von den Frauen. »Wir hatten eben politisch sehr unterschiedliche Ansichten, das führte zu einigen Spannungen.«

»Wem sagen Sie das!« Der andere Mann lachte, seine Zähne waren so weiß, sie leuchteten regelrecht in der Dunkelheit. »Wie äußerten sich diese Spannungen?«

»Nun, wir hatten einfach nicht mehr so viel Kontakt, aber das war natürlich auch gar nicht möglich – nach Ostpreußen ist es eben doch ein Stück. Und

wir waren beide keine großen Briefeschreiber.« Er schon, er hatte Gottlieb oft geschrieben, aber nur selten Antwort erhalten. Und auch diese meist kurz, unpersönlich, nüchtern. Nichts mehr von dem sprühenden Intellekt, den köstlichen Wortspielen früherer Tage. Es mussten die Schmerzen gewesen sein.
»Seine zweite Gattin kannte ich kaum. Ich war zur Trauung eingeladen, als Einziger. Es war ja alles etwas überstürzt. Sie war nicht unsympathisch, sie passte eigentlich gut zu ihm. Derselbe scharfe Verstand, konnten zusammen stundenlang über irgendwelche Bücher diskutieren. Und sie war auch ganz vernarrt in ihn.« Hatte den Bruder mit so einem Blick angesehen, halb verliebter Backfisch, halb Femme fatale. »Es wundert mich noch immer, dass es so gar nicht funktionieren wollte. Vielleicht, wenn sie gemeinsame Kinder gehabt hätten?«

Der Kommissar nickte bestätigend, der hatte vermutlich einen ganzen Stall voll zu Hause, lauter rotlockige Buben. Und Frau Genzer war sicher nicht glücklich über solche spätabendlichen Verhöre.

Pastor Leiser sah ihr Gesicht vor sich, ein zartes, ein müdes Gesicht. In seiner Vorstellung hatte die Frau blaue Augen und viel Angst darin. Sie war oft allein und liebte ihren Mann sehr.

Der Gedanke an die Sorge dieser fremden Frau, an das Zittern ihrer Hände, ihr angespanntes Lauschen nach den vertrauten Schritten war es, der Pastor Leiser dazu bewegte, die beiden Polizisten gehen zu lassen. Gern hätte Thomas ihnen sonst noch von diesem grotesken Streit letzten Herbst erzählt, von Gottliebs maßloser Wut und all dem, aber die beiden schienen es auch eilig zu haben, und außerdem, das war privat und hatte nichts mit dem Mord zu tun.

Dienstag, 5. Mai 1925

Paul saß an Carls Schreibtisch, der nun schon seit zwei Jahren eigentlich sein Schreibtisch war.

Er liebte dieses Möbel.

Er liebte es, weil er Kirschholz liebte, aber vor allem liebte er es, weil er sich vorstellte, wie Carl schon daran gesessen hatte. Als Quintaner, noch sehr klein, nur aus blauen Augen und fast weißen Haaren bestehend, hatte Carl hier fleißig Rosa, rosae, rosae konjugiert und gebetet, dass der kommende Krieg nur schön lange dauern möge, dass auch er noch seinen Teil an Heldenruhm erwerben durfte. Als Tertianer dann hatten die schmalen Bubenhände für jeden Luftsieg des Freiherrn von Richthofen eine Kerbe ins Holz geschnitten, in Sekunda hatte Carl hier Gedichte geschrieben, wohl so blumig und schlecht, Paul durfte sie noch heute nicht sehen, in Prima, da hatten sie sich schon fast gekannt, und jetzt war es Pauls Schreibtisch. Immer mittwochs löste Paul hier die dämlichen Übungsaufgaben seines Berlitz-Kurses *Englisch für Fortgeschrittene*, übersetzte tapfer langweilige Artikel der »Times« und Aufsätze über den Getreideanbau in Wales, in seinem Eifer bewacht von Carls silbergerahmter Photographie: Carl windzerzaust, strahlend in die von Willi geliehene Kamera winkend, im neuen, erst vor ein paar Stunden gekauften Pullunder, und im Hintergrund die aufgewühlte Elbmündung. Carl an seinem zwanzigsten Geburtstag, ihrem ersten gemeinsam verbrachten Geburtstag, dem Tag ihrer ersten gemeinsamen Nacht. Wenn es einen Sinn gehabt hätte, er hätte auch noch gewartet. Er war immer der Meinung gewesen, dass man mit der einen, mit der man für immer zusammenbleiben würde, nicht ohne Trauschein schlafen sollte, das war einfach eine Frage des Anstandes und der Wertschätzung. In der Nacht des Pfingstschwofens, während er Carl beim Schlafen zugesehen hatte, da hatte er einen Monolog geübt:

Sie sind sehr betrunken, und deshalb scheint mir der Augenblick günstig. Sie sind wunderhübsch, außerdem adlig, der Sohn unseres Ernährungsministers und schwerreich. Ich bin vermutlich in ein paar Wochen Kommissar und wohne in einem möbliert gemieteten Zimmer. Dass ich rote Haare hab, dürfte Ihnen trotz Ihres Zustandes aufgefallen sein, was Sie nicht wissen können, ist, dass mein Rücken dank einer französischen Granate wirklich scheiße aussieht und ich zu Jähzorn neige. Außerdem bin ich ein Mann und Sie auch, dass Sie mir gefallen, verstößt gegen geltendes Recht und wird mit Zuchthaus geahndet: Bitte heiraten Sie mich trotzdem! Oder lassen Sie mich Sie einfach noch ein bisschen ansehen.

Das war natürlich Unsinn gewesen, außerdem hatte er sich klargemacht, dass Carl eigentlich gar nicht hübsch war, ein bisschen klein und die Augen irgendwie zu blau.

Paul drehte sich um, betrachtete Carl, quer über das ganze Bett ausgebreitet, im Schlaf Fäustchen ballend.

Sein Carl.

Sein Carl, der ihn um halb vier geweckt und mit dieser atemlosen Primanerstimme gefragt hatte: *Sind wir jetzt wieder zusammen, oder war das nur, weil wir moderne, liberal eingestellte Menschen sind?*

Paul hatte sich ein Lachen verbeißen müssen, hatte ihn stumm geküsst. Es wäre unfair gewesen, über Carl zu lachen, auch wenn es nicht böse gemeint war. Carl war einfach verdammt naiv. Das brauchte einen allerdings nicht zu wundern, Carl hatte ja vor ihm keinerlei Erfahrungen gehabt, und das war Paul dann auch nicht ganz recht gewesen. Oder nein, natürlich hatte er das gemocht, jeder Mann war doch gern der erste und einzige, und es war ihm auf jeden Fall lieber, als wenn vor ihm schon dieser dekadente Baron von Orls an Carl rumgemacht hätte. Aber es war eben manchmal eine verdammte Verantwortung, besonders weil Carl ihm so vertraute. Man musste ständig aufpassen, dass man ihn nicht enttäuschte, ihm weh tat.

Carl trat ein Kissen aus dem Bett, und Paul beschloss, jetzt aber wirklich ernsthaft zu arbeiten.

»Aber nun jehn wa ran, nu fang wa gleich an«, summte Paul und begann seine Notizen zu ordnen.

Es war zu lustig gewesen, wie dieser Kriminalassistent Mutzke ihm seinen sehr betreten dreinblickenden Carl auf dem Revier abgeliefert hatte, in Handschellen und beide noch solche Kinder, man wollte glauben, sie spielten Räuber und Gendarm. Carl hatte dann nicht recht einsehen wollen, dass es als Stubenmädchen verkleidete Mörderinnen nur bei Arthur Conan Doyle gab, hatte es darauf geschoben, dass der Weimarer Hof eben ein besonders gut geführtes Haus war, mit großer Konstanz beim Personal und sehr aufmerksamen Liftboys. Irgendwann war es Paul dann zu dumm geworden, wenn Carl mal von was überzeugt war, brauchte man Ulanen, um ihm das Gegenteil zu beweisen, und nach einem letzten Kontrollanruf beim inzwischen ziemlich gelangweilten Kapp hatten sie sich dann auf den Weg zu den Leisers gemacht.

Carl war aber immer noch schmollig gewesen, hatte erst im Automatenbüfett darauf bestanden, Schinkenbrötchen zu kaufen, obwohl die extra gemacht werden mussten, und dann unbedingt selbst fahren müssen, er konnte das nämlich mindestens so gut wie Paul. Das wagte Paul zu bezweifeln, aber er sagte nichts – nicht, als Carl schon beim Ausparken beinahe einen Laternenpfahl streifte, und auch nicht, als Carl an einer wirklich unmöglichen Stelle überholen musste. Paul hatte sich nämlich plötzlich erinnert, dass er Carl ja versprochen hatte, ihn gestern Nacht noch anzurufen. Schlagartig war er sich sehr mies vorgekommen. Carl war es zuzutrauen, dass der die halbe Nacht neben dem Telephon gehockt hatte, und Paul hatte sich auch über die Bitte gefreut gehabt, aber dann hatte Viktor ja Anstalten gemacht, den Wert seiner Kunst durch Ableben massiv zu steigern, und dann war im Revier gleich die tote Witwe Straumann reingekommen und danach und nebenher die ganzen Vorbereitungen zur Verhaftung des Bierkutscherschlächters, und Willi hatte ihn noch gestört, Willi hatte bekanntlich immer alle Zeit der Welt, und irgendwie hatte er es dann vergessen.

Manchmal war Paul wirklich ein verdammter Idiot.

Aber zugeben, es vergessen zu haben, das ging auch schlecht, weil das hätte Carl nicht verstanden, und weh getan hätte es ihm obendrein, und Paul hatte ziemlich panisch hin und her überlegt, wie er aus der dummen Situation nur ohne größeres Drama rauskam, und da war Carl gerade auf einen Feldweg eingebogen, damit sie ihre mitgebrachten Schinkenbrötchen in Ruhe essen konnten, und Paul hatte gedacht, das Beste sei vielleicht, gar nichts zu sagen und einfach später mal so ganz nebenbei zu erwähnen, dass Viktor beinahe an einer Überdosis Morphium gestorben wäre, und mitten in diese Gedanken hinein hatte Carl ihm die Isolierkanne voll Pfefferminztee in die Hände gedrückt und erklärt:

Paul, ich hab dieses komische Wesen am Freitag nur mit Champagner übergossen, weil du mir nicht geglaubt hast, dass da auf der Premiere nichts war. Und da war doch wirklich nichts, da hast du mir noch so schlimm gefehlt, und dann hast du mir einfach nicht geglaubt, und ich hab dich doch auch noch morgens angerufen gehabt und gesagt, dass ich dich vermisse, und geschrieben hatte ich dir doch auch, und ich hab dir doch nie Grund zum Misstrauen gegeben, und ich hab nicht gewusst, was ich denn noch machen soll. Ich hab's wirklich einfach nicht gewusst. Und ich hatte die dann aus Versehen mit in die Wohnung genommen, ich weiß auch nicht warum, die war eben plötzlich da, und irgendwas musste ich doch mit ihr machen? Ich hab Aspirin in Wodka aufgelöst gehabt und fand den Gedanken deshalb sehr logisch. Aber ich habe dich nie betrogen, wirklich. Paul, wirklich nicht.

Paul hatte gespürt, jetzt wurde von ihm irgendwas erwartet, aber er hatte doch die verdammte Isolierkanne zwischen den Knien, außerdem einen Emailbecher in der Hand, und obendrein war seine letzte Dusche samt seiner letzten Rasur schon mindestens vierundzwanzig Stunden her, er würde Carl komplett das Gesicht zerkratzen. In Filmen waren die Leute auf solche Szenen eindeutig besser vorbereitet, da kündigte die Musik so was rechtzeitig an. Aber hier und jetzt war es sehr leise gewesen, man hatte nur das Rauschen der Felder und die abendlichen

Vögel gehört, und irgendwann hatte Carl ihm die Tasse abgenommen und sehr sanft vorgeschlagen: *Stell doch einfach die Kanne wieder in den Picknickkorb.*

Draußen begann es zu dämmern. Paul glaubte, das Wiehern des Pferds ihres einbeinigen Milchmanns gehört zu haben, und wie so oft nahm er das als Zeichen, die nächtliche Arbeit zu beenden und sich noch ein Stündchen ins Bett zu legen.

Aber er hatte sich Carl gerade so zurechtgeschoben, dass ihm nicht sofort sämtliche Körperteile einschliefen, als die Klingel schellte.

Sie schellte sehr energisch. Paul gab Carl einen Knuff, dann noch einen, das Klingeln hörte gar nicht mehr auf, und Carl zog sich das Kissen über den Kopf, sagte: »Mir egal, und wenn es Kaiser Wilhelm persönlich ist, ich steh nicht auf.«

—

Diese verdammte Greta!

Diese verdammte, verfressene Greta!

Sie allein trug Schuld, dass Pix heute früh verkatert zum Dienst erscheinen würde.

Hätte diese verfluchte Tippse ihm nicht die Haare vom Kopf gefressen und nach dem Dessert auch noch einen Mokka verlangt und nach dem Mokka noch einen Chartreuse grün und nach dem Chartreuse grün noch einen Chartreuse grün, Pix hätte sich eine ordentliche Flasche deutschen Schnaps gekauft, aber dafür hatte das Geld nicht mehr gereicht, und natürlich hatte diese ganze Fresserei derart endlos gedauert, dass Pix auch seinen Bruder nicht mehr anschnorren konnte, weil der schon zur Arbeit war, und so hatte er in die russische Kneipe an der Ecke gemusst, dort ließen sie ihn nämlich anschreiben. Russen waren Gemütsmenschen und verstanden, dass es Tage gab, an denen ein Mann mehr Wodka brauchte, als er Geld besaß. Überhaupt waren das die Tage, an denen ein Mann seinen Schnaps wirklich brauchte!

Nur bekam Pix von Wodka immer so Kopfschmerzen, und dann war er auch noch an diesem Tischchen eingepennt. Jetzt tat ihm außerdem noch die Schulter weh.

Sehr mürrisch zog sich Pix am Geländer die Treppe zu ihrer Wohnung hinauf. An der Tür hing ein Zettel.

Pix brauchte etwas, bis er die tanzenden Buchstaben in einen Sinn brachte, aber da stand:

»*Liebe Jungs,*
habe euch nicht angetroffen. Komme morgen früh um 7 Uhr, muss mit Pix sprechen. Geschäftlich.
Euer Onkel Kunzi.«

Die alte Sackratte von einem Hehler hatte ihm gerade noch gefehlt!

—

Diese verdammte Greta.

Paul konnte die Frechheit immer noch nicht fassen. Es war halb sechs Uhr früh und sie wirklich stockbesoffen. Paul hatte innerlich gezögert, dieses Wort in Bezug auf ein weibliches Wesen zu benutzen, aber anders ließ es sich einfach nicht ausdrücken. Er würde Pix, in dem er den Verursacher ihres wenig damenhaften Zustandes ausgemacht hatte, nachher dermaßen was erzählen. Und ihr dann auch noch seine Adresse zu geben!

»Es is janz, janz furchtbar wichtig«, erklärte sie Carl inzwischen zum geschätzt dreißigsten Mal, und Carl, der morgens nie gut in die Gänge kam, nickte sehr verschlafen und zog den Gürtel seines Morgenmantels enger.

»Wirklich janz furchtbar wichtig.«

Carl nickte abermals und platzierte die aufgebrachte Greta dann mit bewundernswerter Galanterie auf dem Sofa.

»Ich glaube, wir können alle einen schönen starken Kaffee vertragen.« Ein, wie er hoffte, einladendes Lächeln umspielte Pauls Lippen. »Ich werde schnell den Kessel aufsetzen.«

»Ick will dem seinen Kaffee nich.« Stur schüttelte sie den Kopf. Das Strassband in ihrem Haar war bemitleidenswert verrutscht und einer ihrer Strümpfe zerrissen. Strümpfe waren für so ein Tippfräulein eine echte Investition, das wusste Paul noch von ihrer Vorgängerin Gilgi. Pix konnte sich auf eine verdammte Abreibung gefasst machen. Das arme Mädchen. »Von dem will ick jar nix. Aber so wat von nix.«

Was hatte er denn getan? So schlimm war sein Diktat doch nun wirklich nicht!

»Na ja, ich hätte schon gern eine Tasse.« Das sah man Carl auch an. Der hatte noch gar keine Augen vor lauter Schläfrigkeit, nur das wund geknutschte Kinn gab dem blassen Gesicht wenig vorteilhaft Farbe. »Wär der Kaffee denn in Ordnung, wenn ich ihn koche?«

Greta nickte majestätisch, woraufhin Carl sehr eilig in Richtung Küche verschwand, Paul mit den Resten dieses Tippfräuleins allein lassend.

Wenn die sich nur nicht auf den kanariengelben Teppich übergab, da waren schon die Blutflecken so schwer rausgegangen. Carl hatte ihm gestern auf der Heimfahrt gestanden, dass er in der Nacht nach ihrem Streit fast eine Stunde mit Wasser, Sodapulver und bandagierten Fingern geschrubbt hatte, damit Heinrich nicht mitbekam, dass seine Herrschaft in betrunkenem Zustand Flaschen herumschmiss und sich dabei noch die Hände zerschnitt.

»Fräulein Greta? Möchten Sie vielleicht ins Badezimmer?« Er bemühte sich, seine Stimme nicht allzu entnervt klingen zu lassen. Letzte Nacht der Klingenberg und nun die, aber anderseits hatte Willi ihn in der Nacht zu Sonntag auch den halben Weg vom Wintergarten Varieté nach Hause geschleppt. Und ihn verfolgte die hartnäckige Erinnerung, er habe Willi dabei erklärt, er wolle sterben. Erstens war ihm schrecklich schlecht, und zweitens war ohne Carl das Leben sowieso sinnlos. »Fräulein Greta? Dürfte ich Ihnen eine Schüssel bringen? Oder vielleicht einen Eimer?«

»Nö, is nich nötig.« Paul hoffte, sie möge sich später nicht mehr daran erinnern, dass sie ihn in Unterhemd, Hosen und Hosenträger gesehen hatte, aber er hatte doch Sonntag sein ganzes Zeug abgeholt. Und das Hemd von gestern, das musste irgendwo hier in diesem Zimmer liegen, oder vielleicht auch im Flur? Er konnte jedenfalls nicht vor der anfangen, nach Hemd und Krawatte zu fahnden. *Wissen Sie, ich entkleide mich immer auf Raten, besonders, wenn ich bei Bekannten schlafe.* Er würde sich von Carl etwas leihen, darin sah er dann eben aus wie eine Presswurst, aber ließ sich nun nicht ändern.

»Fräulein Greta«, nahm Paul Anlauf, »ich schlage Ihnen vor, sich einfach hier etwas auszuruhen, bis Sie sich wieder so weit erholt haben, dass es Ihnen möglich ist, in Ihre eigenen vier Wände zurückzukehren. Ich werde auf dem Revier melden, dass Sie heute unpässlich sind.«

»Nö, ick hab wat Wichtijet zu sagn.« Sie richtete sich zur vollen Größe auf, stieß einige Mal auf und fiel dann vornüber vom Sofa, direkt in seine gerade noch rechtzeitig ausgestreckten Arme. Und seinen

Hals ansabbernd, erklärte sie: »Ick weeß, wer den Straumann umjebracht hat.«

—

Baby Bert schlüpfte aus seinen schweren Soldatenstiefeln, ließ sie am Treppenabsatz stehen, und ganz leise, ohne auch nur das kleinste Geräusch zu machen, schloss er hinter sich die Tür zu seiner Wohnung.

Sein Bruder schlief noch, er konnte das mächtige Schnarchen aus der Küche hören. Eigentlich hätte Baby Bert gern ein Glas Apfelsaft getrunken, aber er wollte ihn nicht stören, und so ging er lautlos an die Waschschüssel am Fenster. Dort ärgerte er sich ein wenig über den Bruder, alles voll mit Barthaaren und den Rasierpinsel einfach nass liegengelassen. Er hatte es ihm schon so oft gesagt! Seufzend reinigte Baby Bert sehr gründlich Hände und Gesicht, wischte sich mit einem feuchten Läppchen das Blut von den Armen, legte abschließend auch den Schlagring und das Messer ins Wasser, bepinselte sorgfältig die Kratzwunde mit Jod. Warum zahlten die nicht einfach ihre Schulden? Warum musste man immer erst böse werden? Dann trocknete er sein Werkzeug gewissenhaft ab, Ordnung muss sein, genau wie man eben geliehenes Geld zurückzahlen muss, und nachdem er sich einen reinen Kragen angezogen hatte, hob er seinen Winnetou aus dem Bettchen, das er ihm aus Holzwolle, Zeitungen und einigen Stoffresten gebaut hatte.

»Juten Morjen, meen Kleener.«

Winnetou beschnupperte die bunt tätowierte Haut, knabberte vertraulich an den krauslockigen Haaren auf Baby Berts Armen.

Er freute sich, Baby Bert zu sehen!

Er hatte ihn sofort erkannt, Winnetou war ja so lieb und schlau!

Winnetou konnte auf den Hinterbeinen stehen, und wenn Baby Bert ihn heimlich in ihren zwei Zimmern herumlaufen ließ, dann fand Winnetou jedes, aber wirklich jedes versteckte Leckerchen. Man durfte nun nicht glauben, dass Baby Bert Kunststückchen von seinem Winnetou verlangt hätte, seine Liebe war frei von dem Bedürfnis nach derartiger Bestätigung, aber stolz machte es ihn doch.

»Du kannst ooch uf mir ein wenig stolz sein«, erklärte er in das aufmerksam lauschende Gesicht. »Den ersten Brief hab ick schon einjeworfen. Jestern Abend, gleich bevor ick zur Arbeit bin, gleich nacher Meldung inner Zeitung. Ick krieg dat janz jut hin, keene Sorje. Wir dreie fahrn ans Meer, dat wird ne Überraschung für unsern feinen Herrn Bruder, wat? Richtig top wird dat!«

Winnetou piepste anerkennend, ließ sich das weiche Fell zwischen den Ohren streicheln, kuschelte sich schließlich in Baby Berts schwielige Hand, und so, seinen Freund mit einem schüchternen Daumen liebkosend, saß Baby Bert noch lange am Fenster. Er sah zu, wie die Farben in die Welt zurückkehrten, und er träumte sich fort, weit fort ans Meer.

—

»Geht es Ihnen nun etwas besser?« Carl lächelte sein Filmstarlächeln. Das beherrschte er inzwischen auch morgens um halb sieben. Mit einem zwischen Nase und Oberlippe gehaltenen Bleistift musste er es einüben, weil die UFA befunden hatte, man sähe bei ihm zu viel Zahnfleisch. Damals hatten Paul und er sich über diese Unterstellung geärgert, trotzdem, jetzt war Carl sehr froh über seine gute Erziehung. Er war ziemlich am Ende. Oder eher: Am Ende war er, seit Paul ihm nicht glauben wollte, dass es keine Premierenaffäre gab. Aber nun hatte er den absoluten Tiefpunkt erreicht.

Was sollte er denn noch tun?

Er hatte sich in aller Form bei Paul entschuldigt, hatte es unkommentiert gelassen, dass Paul ihn nicht angerufen hatte, dass Paul wunderwas mit dem dämlichen Klingenberg und dessen lächerlich langen Beinen getrieben hatte. Und Paul konnte sich nicht einmal dazu durchringen, ihm zu sagen, ob sie jetzt wieder zusammen waren – was nach einer Einschätzung unter den Gesichtspunkten des gesunden Menschenverstandes wohl eher ein Nein darstellte. Davon abgesehen hatte Paul sich nicht einmal ansatzweise für seinen wirklich ungerechtfertigten Verdacht mit der Premierenaffäre entschuldigt und ihn jetzt auch noch mit dieser besoffenen Tippse im Stich gelassen. Paul musste nämlich duschen, damit er pünktlich aufs Revier kam!

»Ick mag nich mehr für den tippen!« Greta schüttelte den Kopf, verschüttete dabei den halben Kaffee über die Untertasse. »Ick hab immer nur Pech mit de Männer. Ick bin dem vollkommen gleich.«

Carl nickte, das Gefühl kannte er!

»Wat mach ick denn falsch?«

Woher sollte Carl das wissen? Er war der schönste Mann der UFA, die Fräuleins sanken beim Anblick seines entblößten Oberkörpers reihenweise bewusstlos in die Kinosessel, aber auch ihm war Paul Genzer ein Rätsel. Nicht einmal zu einer simplen Entschuldigung bekam er ihn.

Eigentlich glaubte er nicht, dass Paul etwas mit dem Klingenberg gehabt hatte. Aber warum kam kein Anruf? Ja, Paul vergaß ständig Sachen ... Doch vergaß er auch Carl? Gut, einmal hatte Paul ihn geschlagene zwei Stunden auf einem Bahnsteig hocken lassen, aber da hatte er einen Axtmord reinbekommen, und irgendwann war der wartende Carl ihm ja auch wieder eingefallen.

Ein Schlürfen riss ihn aus seinen Gedanken.

»Schmeckt Ihnen der Kaffee?«

»Nö. Is zu stark.« Sie schüttelte den Kopf, verschüttete dabei noch mehr. »Is dat die Baronin von

Withmansthal?« Sie deutete auf die Photographie neben dem Grammophon. Sie zeigte Paul, wie er unter Urtes begeistertem Applaus einen Handstand auf dem Kopf eines der steinernen Torlöwen vor dem Pillauer Sommerhaus machte. Carl mochte das Bild sehr – wenn Urte nur immer so ausgelassen wäre.

»Dat is 'n top Hut.« Greta betrachtete die beiden sehr angestrengt, und Carl zuckte die Schultern. Urte setzte sich eben gern diese breitkrempigen Tülldinger auf den Kopf, hatte sie schon immer. »Is der Schmuck echt?«

»Natürlich.« Was für ein Gedanke, Urte und Strassschmuck. »Möchten Sie sich nicht etwas ausruhen?«

»Nö. Ick bin besoffen. Nich müde.« Und mit dieser durch Logik bestechenden Aussage stellte sie die Kaffeetasse auf das Stahlrohrtischchen. »Müssen nich denken, dat ick jewohnheitsmäßig trink. Bin nur so traurig jewesen, is dem seine Schuld.« Mit der Hand machte sie eine etwas vage Bewegung in die Richtung, in die Paul verschwunden war. »Der hätt mich jefallen. Der is niedlich.«

»Seien Sie nicht traurig.« Abermals drückte Carl ihr die Kaffeetasse in die Hand. »Herr Genzer hat furchtbare O-Beine und außerdem den kompletten Rücken voll mit Granatsplitternarben. Der wäre gar kein so guter Fang.«

»Mir Wurst. Der is niedlich.« Sie seufzte, lauschte auf das monoton rauschende Duschwasser aus dem

Badezimmer. »Ick hab immer nur Pech mit de Männer. Deswejen bin ick och hier.«

»Ich dachte, Sie wären hier, weil Sie zu wissen glauben, wer hinter dem Mord an Herrn Straumann steckt?«

»Bin ick och. Hängt allet zusamm, hängt allet zusamm.« Sie fingerte eine zerdrückte Zigarette aus ihrem Strohtäschchen, ließ sich Feuer geben: »Ick war mit Jeorg Flamm verlobt.« Das war knapp an der Wahrheit vorbei, zumindest wenn man unter verlobt so eine große Sache mit Ring und Hochzeitstermin verstand. Sie lauschte, das Wasser lief nicht länger, und nach einem tiefen Zug erklärte sie: »Herr Straumann hat meenen Jeorgie umjebracht. Herr Straumann is 'n Mörder.«

—

Dankenswerterweise leistete dieser dichtende Kleinganove Emil Braunzer keinen Widerstand. Vielleicht hatte er die ganze Zeit damit gerechnet, aber als man ihm die Handschellen anlegte, da bat er nur, seiner Mutter eine kurze Nachricht über seinen Verbleib schreiben zu dürfen. Seine Mutter, so erklärte er Kriminaloberwachtmeister Alfred Kapp, arbeitete Nachtschicht in einer der Rahmenfabriken im Berliner Osten und habe nur ihn auf der Welt. Sie würde sich Sorgen machen, wenn sie nicht wüsste, wo er sei.

Kapp brummte, dass die gute Frau noch ganz andere Sorgen haben würde, wenn ihr Filius erst wegen Mordes gehängt wäre, aber schließlich fand er sich dazu bereit. Er hatte mal ein Gedicht von diesem Kerl vorgelesen bekommen, und obwohl man Kapp mit Lyrik jagen konnte, hegte er angenehme Erinnerungen an die sanfte Frauenstimme, die ihm diese kruden Verse ins Ohr geflüstert hatte.

Voll Widerwillen dachte Kapp an diesen Hehler, Stielauge Kunzi, der den Braunzer verpfiffen hatte. Wie dieser Mistkäfer sich aufgespielt hatte. Ihm ging es doch nur um die Belohnung, die man auf die Ergreifung des Mörders von Bernice Straumann ausgesetzt hatte.

Armer Pix, der Bruder war auch aktenkundig. So eine Familie war eine Strafe – da war Kapp so ganz ohne Eltern und Geschwister ja fast noch besser dran.

Er seufzte.

Und armer kleiner Braunzer, aber andererseits hatte den ja auch keiner gezwungen, die Witwe Straumann zu töten, nur um ihren Schmuck zu stehlen, und so dachte Kapp während der Autofahrt ins Revier dann nicht weiter an die Härten seines Waisenschicksals und auch nicht an den auf dem Rücksitz wimmernden Emil Braunzer, sondern ein wenig an den Bierkutscherschlächter, der sich immer noch nicht hatte blicken lassen. Doch da Kapp ein heiteres Gemüt besaß, schweiften seine Gedanken bald ab und endeten bei der Frage, was er seiner kleinen Professorentochter zum Frühstück mitbringen sollte.

Er fand eigentlich, es war ein Tag für Croissants.

—

Paul Genzer hingen die Haare nass in die Stirn, und seine Wangen waren vom Schrubben mit Kernseife etwas gerötet. Er sah sehr sauber aus.

Greta konnte sich gut vorstellen, ihm jeden Morgen die Krawatte um diesen ordentlich rasierten Hals, unter diesen frisch gewaschenen Kragen zu legen, ihn mit einem Kuss aufs Revier zu verabschieden, um sich dann ganz ihrem rotlockigen Söhnchen und der Reinigung ihrer Charlottenburger Wohnung zu widmen.

Diese Urte von Withmansthal, die war natürlich schon eine Schönheit, ganz klassische Züge und dazu diese riesigen, etwas überraschten Augen, aber die würde sich niemals scheiden lassen. Musste man sich nur mal vorstellen, der Baron von Withmansthal galt als der zukünftige Reichskanzler unter Hindenburg, den verließ die im Leben nicht, den Skandal wagte die nie, da konnte Paul Genzer noch so dicke Arme haben. Und ewig nur im Geheimen, dafür war ihr Vorgesetzter nicht der Typ. Der brauchte geordnete Verhältnisse. Deshalb war sie rasch ins Bad gehuscht, hatte sich die verschmierte Tusche von den Wangen gewaschen, etwas ihren Bubikopf aufgebürstet, Puder aufgelegt und saß ihrem zukünftigen Gatten nun nüchtern und in einem von Herrn von Bäumer geliehenen Jumper über dem Abendkleid gegenüber.

»Entschuldijen Se tausendmal, Herr Kriminalkommissar. Ick weeß nich, wie ick diesen verheerenden Eindruck jemals wieder jutmachen kann.« Ihr fiel da schon einiges ein, aber nichts, das man so über dem Morgenkaffee und unter den Augen des miesepetrigen Herrn von Bäumer hätte besprechen können. Der aß nichts, rieb sich aber irgendwie anklagend Creme auf einen Ausschlag am Kinn. Das war wirklich lästig, dass der so vertraulich dabeihockte. Vermutlich übernachtete ihr Chef tatsächlich öfter hier – Pix hatte schon so etwas angedeutet, dass der Rote und der Bäumer dick miteinander wären. Bestimmt holte sich ihr Chef da gern mal Rat, wenn's mit dem seiner Schwester nicht so lief. »Ick trink sonst wirklich niemals.«

»Ich werde noch mit Pix deswegen sprechen.« Dabei warf er einen Blick auf seine Armbanduhr, und Greta hatte das Gefühl, dass sie sich an diesen Blick würde gewöhnen müssen. Man wurde nicht Berlins jüngster Kommissar, wenn man den Tag vertrödelte, aber sie würde ihm schon zeigen, dass es außer Arbeit noch mehr im Leben gab. »Was wollten Sie denn aber nun erzählen?«

»Als ick noch uffe Handelsschule war, da war ick verlobt jewesen. Er hieß Jeorg Flamm und war bei einer Kreditbank anjestellt. Er war ein sehr anständiger Mann.« Sie hätte gern noch etwas hinzugefügt, dass ihrer Beziehung zu Georgie eine keusche, harmlose Note geben würde. So etwas von Gutenachtkuss vor der Haustür und Spaziergängen am Sonntagnachmittag. Paul war sicher der Typ, der eine Jungfrau heiraten wollte, und deshalb sagte sie: »Er war auch sehr fromm. 'N Protestant.« Obwohl, irgendjemand hatte ihr erzählt, dass Paul ursprünglich aus München kam. In München waren die doch alle katholisch! »Ick selbst bin leider Katholikin, deshalb hab ick einjesehen, dass unsere Liebe zu nüscht führt, und die Verlobung jelöst. Dit war 'n schwerer Schlag für ihn.« Sie senkte ein wenig ihre Wimpern, schielte auf ihren Chef. Der aß Marmeladenbrot und machte ihr ungeduldig Zeichen, fortzufahren. »Nun, er hat allet versucht, seinen Kummer zu verjessen, und is sojar nach Köln jezogen.« Diesen drastischen Schritt kommentierte Herr von Bäumer als überzeugter Berliner mit einem scharfen Einziehen der Luft. »Und in Köln saß er eines Abends mit 'n paar Freunden in 'nem Kaffeehaus. Sie haben Domino jespielt.« Domino klang harmloser als Poker und passte auch besser zu einem strenggläubigen Protestanten. »Aber nur um kleine Einsätze, und irjendwann is Herr Straumann vorbeijekommen. Der kannte ein paar von Jeorgies Freunden, hat sich dazujesetzt, und nach 'ner Weile wollte er och mitmachen. Dit war ihnen erst nich so janz recht, aber Herr Straumann zahlte Kognak und Kuchen und musste wohl auf 'nen Freund warten oder so wat, jedenfalls wäre't unhöflich jewesen, ihn so auszuschließen. Und am Anfang war et och sehr nett, aber Herr Straumann zahlte immer weiter für die Schnäpse, und so sind die Einsätze dann immer höher jeworden, und irjendwann jing es um richtig viel Jeld, und alle waren ausjestiegen, nur noch der Herr Straumann und Jeorgie, und da will der Herr Straumann sehen und hat 'n tollet Blatt, nur das von Jeorgie is noch besser, und Jeorgie hat sich schon jefreut, aber da macht Herr Straumann ein Jeschrei von wegen Falschspiel und Anzeigen und Polizei. Die anderen Herren, die sind dann für Jeorgie in die Bresche jesprungen, aber Herr Straumann wollt sich jar nich beruhigen und is irjendwann wutschnaubend abjedampft. Da haben sie natürlich jedacht, dit wäre't jewesen, aber zwei Tage später hat sich inner Bank 'n wichtijer Kunde jeweigert, sich vom Jeorgie bedienen zu lassen, und wieder tags druff hat er in seinem Stammlokal plötzlich keenen Tisch mehr bekommen. Und so jing's dann fort, inner Bank ham'se ihn entlassen, janz freundlich und mit viel Zuckerguss, von wegen der wirtschaftlichen Lage, aber entlassen ist entlassen, und wo er hinkam, wurde jetuschelt, aber niemals 'n direktet Wort, immer nur so Anspielungen, und er is dann nach Berlin zurück, aber hier war't fast noch schlimmer, überall wurde er schief anjekiekt, dabei hatte er doch nüscht Unrechtet jetan. Und irjendwann, da konnte er nich mehr, da hat der arme Kerl seinen Armeerevolver jenommen und dem Unglück ein Ende jemacht.« Außerdem hatte er noch Spielschulden bei Muskel-Adolf, aber das brauchte ihr zukünftiger Gatte nicht zu wissen. So wirkte es deutlich dramatischer.

Und Paul, der inzwischen sogar sein Marmeladenbrot erfolgreich gefrühstückt hatte, wirkte jetzt auch ernstlich interessiert, hatte sogar im Vierteln seines Apfels innegehalten: »Das ist sehr tragisch und für Sie persönlich sicher eine Tragödie.«

Sicher nicht so eine Tragödie wie der Beischlaf mit diesem Blödisten Georgie, aber als Zeichen ihrer Seelenpein hielt Greta eine zitternde Unterlippe durchaus für angemessen.

»Nur verstehe ich nicht, Sie sagten, Sie wüssten, wer Herrn Straumann ermordet hat. Und wenn Herr Georg Flamm sich selbst gerichtet hat, kommt er als Mörder wohl kaum in Frage.« Schon wieder sah er auf seine Armbanduhr. »Er wird ja kaum aus dem Grab raus...«

»Jeorgie hat 'nen Bruder, Kurt. Der hat seinen Tod nich jut uffjenommen.« Der war schon vorher vollkommen durchgeknallt gewesen, und dass er das Hirn seines Bruders an der Wand kleben sehen musste, hatte sicher nicht zu seiner geistigen Gesundheit beigetragen. »Ick globe, er hat Rache jeschworen.«

—

Eine große Ruhe war über Emil Braunzer gekommen, schwer und mütterlich nach der Angst der vergangenen vierundzwanzig Stunden.

Für ihn war alles aus, man würde ihn hängen.

Er hatte es geahnt, nein, gewusst, seit er den Ring gestohlen hatte. Warum nur hatte er den Ring gestohlen?

Aber war das jetzt nicht ganz egal, war jetzt nicht alles egal? Alles egal und anderes wieder so unglaublich wichtig? Zum Beispiel hätte Emil gewettet, der Kommissar Genzer, der ihm nun gegenübersaß, stumm auf das Eintreffen des zweiten Kommissars wartete, hätte vor kurzem geheiratet. Das sah man erstens daran, dass er kein Auge für seine Sekretärin hatte, zweitens daran, dass er dauernd am Kragen seines Hemdes herumnestelte, wohl in der Hoffnung, den Knutschfleck an seinem Schlüsselbein zu verdecken, und drittens daran, dass er offensichtlich seit einiger Zeit gut gefüttert wurde, sein Hemd saß eindeutig zu eng.

Er sah in das abweisende Gesicht, er hätte ihn gern gefragt: *Herr Kommissar, erzählen Sie Ihrer Frau heute Abend von mir? Und was erzählen Sie ihr dann? Sie müssen ihr sagen, dass ich unschuldig bin. Es wäre schön, wenn außer meiner Mutter vielleicht noch eine Frau an meine Unschuld glaubt. Der Glaube einer Frau ist so wertvoll.*

Das heißt, ich weiß nicht, ob meine Mutter an meine Unschuld glaubt. Sie sagt immer, ich käme nach meinem Vater. Das ist nicht gut von ihr. Aber vielleicht hat sie recht? Da ist etwas Böses in mir, etwas, das mich verführt. Aber ein Mörder bin ich nicht. Sagen Sie Ihrer Frau heute Abend: »Emil Braunzer ist kein Mörder.« Sagen Sie ihr es, während Sie den Aufschnitt auf Ihr Brot legen. Sagen Sie ihr: »Emil Braunzer ist ein schlechter Mensch. Er hat Drogen genommen und einer sterbenden Frau den Ring gestohlen, aber ein Mörder ist er nicht! Er hat beim Wetten gewonnen und das Geld, das wollte er im Dantes Inferno durchbringen.« Das Dantes Inferno werden Sie nicht kennen, Sie sind am Wochenende bei den Schwiegereltern oder auch mal im Biergarten, aber nach dem zweiten Glas ist bei Ihnen Schluss, mehr können Sie sich auch gar nicht leisten, Sie sparen ja noch auf den Teppichkehrer. Aber ich sage Ihnen, Dantes Inferno ist der Platz, wo Berlin sich trifft. Dantes Inferno ist die berlingewordene Hölle, sieben Ebenen der Verdammnis, geweiht dem einzigen Gott unserer Zeit: Dem Amüsemang! Hier im innersten Höllenkreis, hier in dieser nur den vollkommen verlorenen Seelen vorbehaltenen Gegenwelt, hier findet man jene, die schön und reich und berühmt, glücklich und strahlend, erfolgsverwöhnt, geliebt, geachtet, bewundert und so unsagbar gelangweilt sind. Keine Untat, die hier nicht willkommen, die hier nicht schon hundertmal begangen, süß die Luft vom Opium, bitterschwer vom Tabak. Champagner trinkt man hier wie Soda, und das wei-

ße Pulver ist jedermanns Freund. Die Frauen dort sind anders, sie sind gefährlich und wild.

Ich habe Frau Straumann sofort gesehen.

Sie saß allein, keine Menschenseele an ihrem Tisch, und sie war wunderschön. Schön wie Frauen nur nachts schön sein können, schön wie die Spiegelung in einer dunklen Scheibe.

Ich hatte Kokain genommen, ich war unbesiegbar. Ich fragte sie, ob sie tanzen wolle, und sie sagte: »Ja.«

Wir haben getanzt, den ganzen Abend über. Wir haben nicht viel gesprochen.

Sie und Ihre Gattin, Sie reden auch nicht viel, oder? Sie sind kein Redner, Sie waren im Krieg, Sie haben Menschen ermordet, und das hat Sie stumm gemacht.

Bernice erster Gatte ist gefallen, das hat sie mir erzählt, und ich dachte mir, dass Liebeskummer ein furchtbares Wort ist, so ein Wort für Tränen zu Grammophonmusik und Spaziergängen im Regen.

Sie hat auch Kokain genommen, sie schnupfte es von meinem Handrücken.

Ich mochte ihre Augen, Nachttieraugen, rauschhaft glänzend und dunkel.

Sie trank Wodka mit Kopfwehpulver. Das Kopfwehpulver, das hatte sie in einer kleinen Dose, so einer niedlichen kleinen Dose, ringsum mit blutroten Steinen besetzt, und auch ihre Lippen waren blutrot.

Sie sagte, ich sei zu jung.

Ich habe gelogen. Ich habe gesagt, ich wäre zweiundzwanzig. Das war immer noch zu jung.

Ich habe auch Wodka mit Kopfwehpulver getrunken, und ich habe gebettelt.

Jugend ist doch keine Sünde!

Herr Kommissar, Ihre Gattin ist auch jünger, oder? Nur ganz junge Frauen machen Knutschflecken, nur die ganz jungen und die sehr eifersüchtigen. Ihre Gattin ist beides, oder?

Ich habe Bernice so zwingend besitzen müssen, und schließlich hat sie nachgegeben. Wir sind ins Hotel gefahren, aber im Taxi, da ging es ihr nicht gut.

Sie war so müde.

Sie war so durstig.

Im Hotel hat sie Champagner geöffnet, aber es wurde nicht besser. Sie hat Wasser aus der Leitung getrunken, aber es half nicht.

Es war das Kokain.

Das Kokain war nicht sauber!

Kurt Flamm hat mir gestrecktes Rattengift verkauft!

Mir war selber so schwindlig und schlecht.

Es war der Schwindel.

Der Schwindel trägt Schuld, dass ich den Ring stahl. Ich wusste nicht, was ich tat, ich habe ihn einfach genommen. Aber ich habe nur den Ring genommen, von der gestohlenen Kette weiß ich nichts. Ich habe ihr nur den Ring vom Finger gezogen, es ging ganz leicht.

Sie hat sich nicht gewehrt.

Ich habe einer sterbenden Frau den Ring gestohlen, aber ich bin kein Mörder.
Ich wusste doch nicht, dass sie starb!
Ich war nur zornig, weil sie mich wegschickte.
Wir Männer sind manchmal so zornig, wir brauchen manchmal so dringend ein fremdes Fleisch, in das wir unsere Zähne schlagen können, das verstehen Sie, oder?
O ja, das verstehen Sie, und Sie verstehen auch den Grund meines Zornes. Ich sehe das an Ihren Augen, ich habe das sofort gesehen, als Sie sich für Ihre Verspätung entschuldigten. Sie werden mich doch verstehen, oder?

—

»Ich weiß nicht, vielleicht bekomme ich neuerdings von Petersilie doch wieder Ausschlag?« Carl hob entschuldigend die Schultern, und Siggi, sein Maskenbildner, verzog missvergnügt die buschigen Augenbrauen, sagte aber nichts weiter, schabte stumm Puder vom Block. Der sollte sich nicht so haben, das bisschen wundgeknutschte Haut um den Mund herum.

Der Höfgen, wenn der von seinem *Tanzunterricht* kam, da hatte der manchmal Peitschenstriemen den kompletten Rücken runter, das war was, wo man als Maskenbildner die Augen verdrehen durfte.

Oder Klaudio Pauls, wenn der eine schlechte Phase hatte – und Klaudio hatte so viele schlechte Phasen wie Freundinnen! –, dann fing der gern mal mitten in der Maske das Kotzen an, und die ganze Schminkerei war umsonst gewesen, da durfte man sich drüber ärgern. »Aber ich glaube«, Carl holte tief Luft, »ich glaube, ich werde in Zukunft keine Petersilie mehr essen.«

Jetzt hielt Siggi doch im Anmischen des Puders inne, starrte ihn im Schminkspiegel entsetzt an: »Nein, Herr von Bäumer! Das kann nicht Ihr Ernst sein? Erlauben Sie mir, offen zu sprechen?« Siggi sank auf einen Haufen ungebügelter Hemden, drehte Carl samt Stuhl zu sich. »Ich arbeite nun seit dem Macbeth für Sie und halte Sie für ein wirklich großes Talent, das wissen Sie. Aber mir liegt auch an Ihnen persönlich, und nur deshalb erlaube ich mir diese Frechheit: Sie haben nun so lange und mit großem Vergnügen Petersilie gegessen, hören Sie nicht wegen einer kleinen Magenverstimmung damit auf. Wechseln Sie nicht aus der Wut heraus den Koch.«

»Mir ist seit bald zwei Wochen konstant schlecht.«

»Ach, Herr von Bäumer, das wird es immer wieder geben. Sie sind ein Filmstar, Sie haben – mit Verlaub – mitunter einen extravaganten Geschmack, und ich bin nun bestimmt kein Koch, aber was ich bisher mitgekriegt habe, Petersilie scheint mir doch eher ein in der bürgerlichen Küche verwurzeltes Gewürz.« Siggi seufzte, verschob etwas die zu unterschreibenden Autogrammkarten. »Das ist doch Teil des Vergnügens. Gegen Kaviar würden Sie niemals eine so heftige Allergie entwickelt haben.«

»Aber meinen Sie nicht, dass ich einfach einmal mit etwas anderem würzen sollte? Ich bin doch der schönste Mann der UFA?«

»Herr von Bäumer, das kann ich Ihnen nicht sagen. Alles, was ich weiß, ist, dass man im Leben nicht viele hartnäckige Allergien erleben darf. Sehen Sie mich an, ich bin verwitwet, und ich sage Ihnen, ohne Petersilie schmeckt das Leben nicht einmal halb so gut.« Sehr nachdenklich drehte Siggi an seinem Ehering herum, fuhr dann fort: »Oder nehmen Sie Herrn Höfgen. Ich bin ziemlich sicher, dass er mehr Gewürze und Gerichte ausprobiert hat, als wir beide uns vorstellen können, aber so strahlend wie Sie nach einer heftigen Allergieattacke habe ich ihn nie gesehen. Denken Sie doch, wie glücklich Sie oft waren. Ich werde nie vergessen, wie Sie damals zur Premiere vom ersten Comte kamen. Ihr ganzes Gesicht eine einzige Wunde. Ich dachte, das bekommen wir nie abgedeckt. Und Herr Genzer, der vor lauter Verlegenheit die Farbe seiner Haare annehmen wollte.«

»War ja auch seine Schuld. Er hatte versprochen aufzupassen.« Carl kaute auf seiner Backe herum, schob die Hände in die Taschen seines Sakkos, zupfte an einem Zigarettenpapierchen in der Tasche herum. »Ich meine, Herr Genzer hat damals gekocht.«

So unrecht hatte Siggi aber eigentlich nicht, das Problem war doch nur, dass Paul so viel arbeitete. So viel Zeit wie gestern hatten sie seit Weihnachten in Paris nicht mehr zusammen verbracht. Und in Paris hatten sie ohne Pause rumrennen müssen, weil Paul in der Dauerangst gelebt hatte, irgendeine Sehenswürdigkeit zu verpassen.

Wenn er Paul nun tatsächlich bei den Ermittlungen half, so ganz ernsthaft, dann musste Paul doch begreifen, was er an ihm hatte! Er könnte ihn beispielsweise anrufen und ihm erzählen, dass ihm gestern in Gottlieb Straumanns Suite am Sessel eine seltsame Macke im Holz der Lehne aufgefallen war?

»Siggi, Sie meinen also, dass ich meine Essgewohnheiten nicht umstellen sollte?«

»Nein, Herr von Bäumer. Ich halte Herrn Genzer für einen sehr anständigen jungen Koch, trotz oder gerade wegen seiner Vorliebe für petersilienhaltige Gerichte. Und wenn ich mir den Zustand Ihres Kinns ansehe, also ich kann mir auch keine rasche Genesung denken.« Als habe es ihr Gespräch nicht gegeben, begann er wieder, Puder vom Block zu schaben. »Vielleicht könnte Herr Genzer in Zukunft aber beim Kochen etwas achtgeben, zumindest vor so wichtigen Terminen wie heute.«

Carl nickte, schüttelte dann den Kopf, zog gelangweilt das halb zerrupfte Fetzchen aus seiner Tasche.

Statt eines Zigarettenpapiers war da ein Briefchen!

—

Hattie klopfte inzwischen schon ziemlich heftig. Manche Menschen haben eben einen festen Schlaf, besonders im Rausch. Bestimmt zählte Lenchen zu diesen Menschen.

Nur Hattie musste doch gleich wieder zu ihrer Herrschaft. Sie hätte Lenchen gestern Abend nicht allein lassen dürfen, aber sie hatte doch nach Hause gemusst, und die anderen hatten gesagt, sie würden auf sie aufpassen.

Sie hatten es ihr versprochen!

Hattie hatte doch nach Hause gemusst, ihre Gnädige hatte sie erst neulich wegen Nachtbummelns gescholten, man durfte den Bogen nicht überspannen. Vor allem, wo die jetzt noch ein Kinderfräulein eingestellt hatten, so ein Kinderfräulein kann notfalls auch bügeln und putzen, kommt einen so gesehen also billiger als eine Zofe.

Wenn das nur keinen Ärger gab!

Warum machte Lenchen denn nicht auf?

Nun hämmerte Hattie wild gegen die Tür, bis sie von ganz allein aufging, und dann schrie Hattie nur noch, sie schrie und schrie und schrie.

—

Paul Genzer stand an seinem Bürofenster und hätte vor Behagen schnurren mögen. Gerade hatte er den Anruf bekommen, seine Jungs hatten den Bierkutscherschlächter gefasst und waren mit ihm schon auf dem Weg ins Revier, beim Straumannmord ging es vorwärts, und ihm war nun auch endlich eingefallen, wie er sein Verhalten Carl gegenüber wieder ausbügeln konnte.

Er würde Carl ins Adlon ausführen! Auch wenn ihn das das Doppelte von Gretas Gehalt kosten und man von den Portionen nicht satt werden würde. Beim letzten Mal hatten sie acht Gänge gegessen und zu Hause angekommen, hatte er vor allem anderen erst mal ein Wurstbrot gebraucht.

Aber er hatte den Tisch schon für Samstag reserviert. Das Adlon war Carls erklärtes Mekka, und sie waren nun seit fast einem Jahr nicht mehr zusammen dort gewesen, nicht mehr, seit Carl für die Schauspielschule den Macbeth hatte geben dürfen. Paul war es schlicht zu riskant, man kannte Carl dort, und es war nicht gut, wenn man sie zusammen sah. Wer zusammen gesehen wird, wird miteinander in Verbindung gebracht, und von da war es nur noch ein kleiner Schritt bis zur Anklage nach dem Unzuchtparagraphen. Aber diesmal hatte Paul ja wirklich gute Gründe, Carl bemühte sich so rührend, ihm bei den Straumannermittlungen zu unterstützen. Gerade hatte er angerufen, weil ihm irgendeine Schramme an Gottlieb Straumanns Sessel aufgefallen sein wollte. Das wäre die Gelegenheit gewesen, ihm zu sagen, dass sie vermutlich Bernice Straumanns Mörder gefasst hatten. Aber in dem Moment war Kriminalassistent Dörflein reingekommen, hatte gefragt, ob Paul vielleicht zufällig ein Taschentuch mit einem abgeschnittenen Ohr drin hatte rumliegen sehen, ein geblümtes Taschentuch mit gesticktem Monogramm, ein kleines Damenohr, ohne Ringe oder Stecker, und während Paul noch suchen half, hatte Carl schon aufgelegt.

Aber das Essen im Adlon, das würde vieles wiedergutmachen. Paul persönlich fühlte sich im Adlon nicht wohl, er war sich seiner Tischmanieren nicht sicher, und sein Smoking war an den Ärmeln etwas abgestoßen. Den hatte er zweiter Hand für Carls Macbeth-Aufführung gekauft, und als er ihn das erste Mal trug, war Carl vor Lachen vom Bett gefallen, hatte behauptet, Paul sähe aus wie einer von Muskel-Adolfs Gorillas. Später wollte Carl es als Witz gemeint haben, schob es auf die Nervosität vor der Premiere und den doppelten Gin, den Paul ihm dagegen verabreicht hatte, aber das saß.

Er hatte einfach nicht den Knochenbau für einen Smoking. Carl stand Smoking natürlich großartig, Carl konnte sogar eine Fliege tragen, ohne damit auszusehen, als habe er sich mit einem Schleifchen garniert. Er würde Carl am besten gleich anrufen und zumindest sagen, dass es am Samstag eine Überraschung gab – erstens hatte er dann schon eine kleine Freude, und zweitens würde Carl sich unter Garantie dafür ein neues Hemd schneidern lassen wollen. Das tat er immer, obwohl Paul nie verstand, was an diesem Hemd so großartig anders sein sollte, außer, dass es eben neu war, und wenn man beim Schneider nicht rechtzeitig Bescheid sagte, es Expressaufschlag kostete. Dieser Expressaufschlag von sechs Mark und zwanzig Pfennig schmerzte Paul regelmäßig, dafür bekam man andernorts das ganze Hemd und noch zwei Paar Socken obendrein. Natürlich kam es bei Carls aktueller Gage eigentlich nicht drauf an, aber verschwendetes Geld war es trotzdem.

»Paulken, du hast es einfach raus!«

Willi stand plötzlich im Raum. Warum konnte der nicht anklopfen wie jeder andere Mensch auch?

»Ich habe gerade mit Lou gesprochen, die Kleine ist völlig wild auf dich. Das mit deinem Anruf am Sonntag, das war ein genialer Schachzug. Ich gestehe dir neidlos zu, da wäre ich nie drauf gekommen.«

»Schönen guten Morgen, Willi. Das ist mal eine Überraschung.« Und mit einem gezielten Griff brachte Kommissar Genzer die Sperrstundenkontrollliste vor neugierigen Augen in Sicherheit. »Kommst du jetzt jeden Tag vorbei?«

»Sei nicht garstig. Ich dachte, du freust dich.« Schon saß Willi im Sessel und schien nicht die Absicht zu haben, sich dort so schnell wieder wegzubewegen. Schon wieder trug er Knickerbockers, schottisch karierte diesmal. »Nein, Brüderchen, wirklich genial. Sie am nächsten Morgen anzurufen und dich zu entschuldigen, dass du in ihrem Beisein in den

Sektkühler gekotzt hast, mein liebes Herrgottchen, das hat Klasse. Ich sag dir, die Kleine kann's gar nicht abwarten, dass du bei ihr den roten Rappen gibst.«

Diesen Anruf hatte Paul schon wieder ganz verdrängt. Den Sektkühler-Vorfall wollte er schnell aus seinem Gedächtnis löschen. »Es war mir peinlich.« Er wäre Willi dankbar gewesen, wenn er das Thema gewechselt hätte. Er erinnerte sich zwar nur bruchstückhaft, aber dafür nicht weniger unangenehm an den ganzen Abend. »Ich wollte vermeiden, dass sie denkt, ich würde das jeden Samstag machen.«

»Wenn du das regelmäßig machen würdest, würde ich dich öfter mal mitnehmen.« Willi legte die Füße auf den Tisch, steckte sich eine Zigarette an. »Musst dich bei der Kleinen aber ordentlich anstrengen, die ist von mir feinsten Kruppstahl gewohnt. Nicht dass mir Klagen kommen.« Gemütlich kraulte Willi den Inhalt seiner Hose. »Wie läuft's denn sonst so? Wie laufen die Ermittlungen? Hast du die Konten überprüft?«

»Kriminalassistent Dörflein hat das getan.« Die Liste mit den anstehenden Sittenkontrollen räumte der Kommissar sicherheitshalber auch weg. »Aber da gab's keine mysteriösen Geldeingänge der Buchholzbank. Der Kredit zur Anschaffung des Ackerschleppers war der erste, den Straumann bei Buchholz getätigt hat. Und auch das vermutlich nur, weil Buchholz ihm sehr mit den Bedingungen entgegengekommen ist. Die beiden kennen sich vom Studium her. Warum interessiert dich das eigentlich?«

»Erinnerst du dich noch an Holger Menter?«

Nun war Paul jeder Anflug von guter Laune endgültig vergangen.

»Vage. Ist der nicht bei Verdun geblieben?«

Verdammt, waren sie jung und verknallt gewesen, nie wieder hatte er so weiche Haare berührt.

»Nein, der war gar nicht bei den Franzaken. Der saß bequem beim Iwan, hat's aber trotzdem geschafft, sich einen Bauchschuss einzufangen, und da war dann gerade der Nachschubtransport überfallen worden. Irgendwelche Schweine, zum Verschieben auf dem deutschen Markt, und dann gab's im ganzen Frontabschnitt kein Tröpfchen Morphium, und da ist er vor Schmerzen übergeschnappt. Hat geschrien, bis er keine Stimme mehr hatte. Und jetzt weiß er nicht mal mehr, wie er heißt, scheißt sich ein, so was eben.«

Was für eine prägnante Zusammenfassung, vollständig, trotz der Kürze. Aber es stimmte nicht ganz, inzwischen hatte Holger wieder wache Momente, da schrieb er Paul manchmal freundlich nichtssagende Briefe, legte kunstvolle Bleistiftzeichnungen von schmerzverzerrten Fratzen bei, schickte stets »die besten Grüße an den reizenden Herrn von Bäumer«. Die Buchholzstiftung für Kriegsirre machte es möglich, Carl hatte sich damals mächtig für Holger ins Zeug gelegt. Paul hätte es bei der Einreichung des

Antrags belassen, aber Carl kannte den Buchholz irgendwie über diesen Freund seines Bruders, diesen Baron von Orls, war da dann persönlich vorstellig geworden, hatte dem über einem Stückchen Kuchen die besondere Schwere des Falls geschildert, und keine zwei Wochen später saß Holger in einem Privatsanatorium, richtig mit Park und stupsnäsigen Krankenschwestern.

»Komm schon, Paul. Du musst dich doch an den erinnern. So schmale, etwas schief stehende Augen?«

Augen wie ein Chinapüppchen, grau mit kleinen blauen Sternenstaubsplittern.

»Vage, ich hab kein Gesicht im Kopf. Was ist denn mit dem?«

»Gar nix, aber der sitzt jetzt in einer Klinik der Buchholzstiftung. Ich dachte irgendwie, ihr wärt befreundet gewesen.« Willi gähnte. »Ist aber Wurst, hat gar nichts damit zu tun. Mir geht's um den Buchholz. Den kennst du doch aus der Zeitung? Groß, immer sehr schick, glattrasiert, gern so dezent gestreifte Anzüge und ein Kinn wie ein Westernheld aus dem Kintopp.«

Paul nickte, das Profilbild thronte als Scherenschnitt auf dem von Holger verwendeten Anstaltsbriefpapier.

»Jedenfalls, unser Philanthrop hat letzten Sommer bei einem Freund von mir mal angefragt, so ganz dezent, was denn ein Einbruch auf einem Gut in Ostpreußen kosten würde, so ganz theoretisch, wohlgemerkt. Und der Freund hat ihn dann gefragt, was es denn zu besorgen gäbe, so ganz theoretisch, und ob man wüsste, wo der theoretisch zu besorgende Gegenstand sich befände, und da sagte Buchholz, es wären Briefe, aber sie könnten überall sein. Da musste mein Freund ihn dann leider entmutigen, denn für so eine diffizile Aufgabe hatte der nämlich niemanden mehr an der Hand, wofür wir alle meinem Herrn Bruder ewig dankbar sein werden, weil der musste ja unbedingt Moralapostel spielen und den armen Hubert hängen lassen.« Die letzten Worte sprach Willi mit einiger Heftigkeit, unterstrich seinen Unmut noch, indem er die Glut seiner Zigarette am Holz des Schreibtisches ausdrückte. »Gerade, als hätten die vier, fünf erwürgten Nuttchen irgendeinem gefehlt! Wirklich, Brüderchen, das wär nicht nötig gewesen!«

»Ja, und danach? Hat er sich danach noch mal an dich gewandt?«

»Bitte!« Willi schwenkte empört den wurstigen Zeigefinger. »Er hat sich an einen Freund von mir gewandt, und nein, danach kam nichts mehr. Es war ein Jammer, weil man hätte ja einfach das ganze Gut abbrennen können, dafür kennt mein Freund einen Experten. Mein Freund dachte, er wäre vielleicht zur Konkurrenz gegangen, und hat deswegen heute früh mal mit Muskel-Adolf telephoniert. Du schätzt ihn vollkommen falsch ein, der Mann ist so nett und dabei noch so hilfsbereit.«

»Das freut seine zusammengeprügelten Schuldner sicher zu hören. Genau wie seine Strichmädchen.« Paul verdrehte die Augen. »Aber was wusste denn unser geschätzter Herr Adolf Leib?«

»Bei ihm war Buchholz tatsächlich auch, und sie sind sogar in Verhandlungen gekommen. Es ging ganz sicher um das straumannsche Gut. Und Buchholz hat extra ein großes Dinner gegeben, so eine Wohltätigkeitsprotze, alles nur, damit Muskel-Adolfs Experte den Straumann schon mal unauffällig in Augenschein nehmen kann, aber das Ganze ist trotzdem nichts geworden. Der Experte, dem ist nämlich ungefähr zeitgleich die Kleene abhandengekommen, und da hat er's Saufen angefangen und ist schließlich wegen Einbruchs eingefahren. Ja, ja, die Liebe ist eine Himmelsmacht.«

»Dein Freund kennt nicht zufällig auch einen Kurt Flamm, oder? Von dem will unser potentieller Mörder von Bernice Straumann das gepanschte Kokain gekauft haben. Und interessanterweise hegt Flamm wohl einen tiefen Hass auf die Straumanns.«

»Doch, den Flamm kenn ich. Der ist meistens im Café Dallas, und von seinem Hass auf den alten Straumann weiß mein Freund auch. Der Straumann hat irgendwie seinen Bruder ruiniert, und der Bruder hat sich deshalb erschossen. Aber wenn du mir fragst, der Flamm hatte schon vorher einen Schuss. War nicht normal, wie der an seinem Bruder gehangen hat.« Willi spuckte aus, auf den Fußboden. »Woher wusste der Flamm denn, dass dein potentieller Mörder das Kokain mit der Witwe teilen würde?«

»Er kann es nicht gewusst haben. Zumindest nicht, wenn Braunzer, so heißt unser mutmaßlicher Mörder, die Wahrheit sagt. Und ich tendiere dazu, ihm zu glauben.«

»Ja, ja, du glaubst eben gern. Und im Verzeihen bist du neuerdings auch groß, was? By the way, netter Knutschfleck. Das kriegst du dem Biest auch nicht mehr abgewöhnt.«

»Neidisch?«

»Nee! Wär mich zu dürr! Ich kann's nur immer wieder sagen: Der Feinschmecker zahlt fürs Fleisch. Die Knochen, die kriegt man gratis zu.« Willi schüttelte sich. »Obwohl, dein Kleiner hat in letzter Zeit ein bisschen angesetzt, kann das sein? Sieht fast aus wie ein Mensch. Ich dacht's mir da neulich im Wintergarten Varieté. Brauchst du die Lou jetzt eigentlich nicht mehr?«

»Danke, nein.«

»Dann hat sich mein Besuch bei dir schon gelohnt. Aber wenn du einmal sagst, du willst nicht, dann bleibt's dabei, ja?« Willi erhob sich, wobei er Asche von seinen Knickerbockers auf den Boden fegte. »Nicht dass du's dir morgen anders überlegst. Ich hab nämlich keine Lust, von meinen Ansprüchen zurückzutreten.«

—

Thomas Leiser begutachtete sehr nachdenklich die Mittagspost auf dem Esstisch. Das war ein seltsamer Brief.

Ein amtliches Schreiben, ein Briefkopf mit einem Profil als Scherenschnitt, Wasserzeichen, Unterschrift, alles, aber fast sah es aus, als habe eine Maus am Umschlag geknabbert!

Da fehlte ein richtig großes Stück!

Ein Jammer, dass seine Frau schon nach Berlin aufgebrochen war, Thomas hätte ihr diese seltsame Epistel gern gezeigt und ihre Meinung dazu gehört.

»Der Brief ist von einem Freund deines Papas. Ein Bankier«, erklärte er dem kleinen Hans, der auf seinem Schoß saß und mit dem er, bis zum Besuch des Postboten, gerade zu Mittag gegessen hatte. »Ein Bankier, das ist jemand, der viel, viel Geld verwaltet.«

»Wann kommt mein Papa wieder?«

Thomas schluckte trocken, titschte umständlich ein Stück Brot in den Eidotter, zog an seiner Zigarette, schluckte abermals trocken.

Er hatte nicht gedacht, dass ihm sein Bruder derart fehlen würde. Nicht der harte, bittere Gottlieb der letzten Jahre, der fröhliche, ewig gut gelaunte Bruder seiner Jugend, Mittelpunkt jedes Festes, übermütig und sich für keinen Spaß zu schade. Gottlieb gab so gar nichts auf Konventionen, es scherte ihn nicht, was die anderen hätten denken können, er lebte und lachte und aß und trank, und vermutlich liebte er, ja, vermutlich gab es Hunderte von Frauen, die diesen spöttischen Jadeaugen verfielen. Aber dann, ein paar Jahre vor dem Krieg, es war ein nebelgrauer Herbsttag gewesen, ganz plötzlich, da war Gottlieb kühl geworden. Kühl und still.

Der Bruder lachte nicht mehr, wurde reizbar, eifersüchtig auf jeden Moment, den Thomas die Mutter allein hätte haben können, später dann eifersüchtig auf Isabella, dabei war es doch Gottliebs Idee gewesen, dass Thomas für die Buchholzstiftung sprechen sollte. Auf den Buchholz hatte Gottlieb nichts kommen lassen, den hatte er bewundert.

»Onkel, wann darf ich zur Stiefmami heim?«

»Ach, Hans, frag doch nicht dauernd dasselbe! Sag lieber, magst du heute Nachmittag vielleicht die jungen Hasen beim Herrn Jelitschek besuchen? Die sind bestimmt seit Samstag tüchtig gewachsen. Was hältst du davon, wir gehen jetzt Löwenzahn pflücken, und dann bringst du ihn den Hasen, und wenn du lieb bittest, dann macht dir Frau Jelitschek bestimmt Himbeerlimonade. Die mochtest du doch so? Weißt du, ich muss spontan nach Berlin. Wegen dieses Briefes. Es geht um das viele Geld, das der Papa dir schenken will, wenn du erst groß bist.«

Hans wiegte seinen Kopf bedächtig hin und her, schien nicht überzeugt, weshalb der Onkel versicherte: »Tante Isabella kommt um halb vier. Frau Jelitschek und du, ihr könnt sie ja zusammen an der

Bushaltestelle abholen. Da freut sie sich bestimmt. Wie wäre das?«

Hans nickte, begann, den Briefumschlag in Thomas' Händen zu untersuchen, fuhr sehr sorgfältig mit dem Zeigefinger die angeknabberte Kante nach, fragte: »Hat das eine böse Maus macht?«

—

»Madame wünschen Perlmutt, wie üblich?« Mademoiselle Lizzie hatte schon das Fläschchen mit dem rosaschimmernden Lack in der Hand, aber Urte schüttelte den Kopf. Vor nicht ganz einer Stunde hatte sie mit Carl telephoniert, nun war sie in gedrückter Stimmung. Nein, das langweilige Perlmutt hatte sie satt. Nachdenklich ließ sie ihren Blick durch den Schönheitssalon wandern, beobachtete einen Moment das weißgewandete Fräulein Lucie beim Anrühren des Kleiebreis, seufzte leise. Sie verspürte wieder den ungehörigen Drang, gegen die schmalen Säulchen zu klopfen, um die Echtheit des Marmors zu prüfen.

Sie war gern hier, sie mochte diese groteske Mischung aus Arztpraxis und Dogenpalast, sie mochte den Geruch nach Veilchenpaste und faulen Eiern, nach französischem Parfum und verbranntem Haar. Diese Gerüche waren Sicherheit, die Versicherung des Erhalts ihrer Schönheit, und ihre Schönheit war die Versicherung der Treue ihres Barons. Zumindest hoffte sie, dass es so war – denn wenn nicht, was konnte sie tun? Außer wegsehen?

»Ich glaube, Madame ist heute in heiterer Laune. Wie wäre es mit einem hellen Fliederton, passend zu Ihren Augen? Und ich habe in der Zeitung gelesen, morgen Abend soll es noch einmal empfindlich frisch werden, wenn Madame dann den Schneefuchs anzöge, böte das einen interessanten Kontrast?«

Urte war unschlüssig. Was, wenn der Baron Flieder nicht mochte? Otto konnte sehr bestimmte Ansichten zu Mode vertreten, obwohl er bei allem gebotenen Respekt wirklich gar nichts davon verstand.

»Oder vielleicht ein helles Muschelrosa? Das sieht ganz natürlich aus, der Herr Baron werden denken, Sie hätten sich die Nägel nur polieren lassen.« Mademoiselle Lizzie hob eine aufgemalte Augenbraue, zwinkerte Urte verschwörerisch zu. »Dazu können Sie alles tragen, aber ich verspreche Ihnen, wenn Sie den fliederfarbenen Crêpe-Rock und Ihre graue Rohseidenbluse wählen, vielleicht noch ein Tropfen L'heure bleue hinters Ohr, Madame, ich verspreche Ihnen, der Herr Baron werden sich ganz neu in Sie verlieben.«

Urte lächelte, sie wussten hier schon, was sie sagen mussten. Wenn es nur immer so einfach wäre. Sie sah es ja jetzt gerade bei Carl, dem nützte all seine Schönheit nichts. Natürlich konnte man ihre Ehe kaum mit Carls reichlich widernatürlichem Verhältnis zu Herrn Genzer vergleichen, aber trotzdem ...

Armer unglücklicher Carl, sie hätte ihm gern geholfen, nur wie?

»Ich glaube, ich nehme Muschelrosa.« Und nachdem diese Entscheidung von ihr genommen war, streckte Urte die linke Hand aus und begann, mit der rechten in der aktuellen Ausgabe von »Die Dame« zu blättern. Da war ein Artikel über die Klingenberg-Vernissage drin.

»Oh, da sind ja Madame.« Lizzies Kindergesicht strahlte auf. »Und Herr Klingenberg. Ich finde, der sieht herrlich aus. Der hat so lange Beine, und dann diese tollen Locken. Der oder der Bäumer, das sind für mich die schönsten Männer in ganz Berlin.« Vor lauter Freude vergaß Lizzie sogar den falschen französischen Akzent, mit dem das Personal hier gewöhnlich sprach. »Wenn Sie die Wahl hätten, wen würden Sie nehmen: Herrn Klingenberg oder Herrn von Bäumer? Ich glaube, ich würde Herrn Klingenberg nehmen, der hat so was Gewisses.«

»Mademoiselle Lizzie.« Auf klackernden Absätzen eilte Madame Bros herbei. »Entschuldigen Sie tausendmal, Frau Baronin von Withmansthal. Sie ist heute ein wenig aufgedreht. Unsere Mademoiselle Lizzie hat sich nämlich gestern verlobt.«

»Ja, mit einem Schupo. Einem Schupo zu Pferde. Im Juli werden wir heiraten.«

»Das freut mich für Sie.« Urte bemühte sich um ein ehrliches Lächeln, aber sie wusste nicht, was sie mehr schmerzte, dass sie ab Juli dann wohl eine neue

Maniküre bekommen würde oder die Tatsache, dass dieses dumme Geschöpf den Klingenberg und nicht Carl gewählt hatte.

—

Die Buchholz Privatbank, seit 1818 Marmortempel des Kapitals. Pastor Leiser fühlte sich sehr unwohl unter dem Auge dieser fremden Gottheit. Und wie man es vielleicht auch macht, wenn man sich als Angehöriger einer anderen Konfession in eine heidnische Zeremonie geschlichen hat, zog der Pastor es vor, zunächst das Verhalten der anderen Bankbesucher genau zu beobachten.

Aus diesem Grunde suchte er sich den Schalter mit der längsten Schlange.

Zu seiner Erleichterung stellte Thomas jedoch bald fest, dass die Mehrheit der Kunden keineswegs durch übergroße Eleganz der einschüchternden Umgebung Rechnung trugen. Der Kleidung nach waren fast alle mittlere bis gehobene Angestellte, kniebedeckte Vorzimmerdamen und Beamte mit älteren Sakkos.

Nur einer, der Mann, der etwas vor ihm in der Schlange stand, wollte nicht ins Bild passen.

Der gefiel ihm nicht.

Das war ein ziemliches Vieh von einem Kerl, halslos wie ein fetter Säugling und mit in Sträflingsmanier geschorenem Schädel.

Thomas rammte sich den Daumennagel in den Zeigefinger, aber kräftig. Es war wirklich schlimm, was er für Vorurteile hegte. Jesus aß mit Zöllnern, Huren, Samaritern, und er war bereit, einen Mann für einen Bankräuber zu halten, nur weil ihm sein Hals nicht lang genug war. Konnte keiner was dafür, wie der Herrgott ihn hatte wachsen lassen. Wer war er, diesen Mann dafür zu verurteilen, weil er im Smoking nachmittags um zwei in eine Bank ging? Vielleicht besaß er nichts anderes? Vielleicht war er irgendwo angestellt, wo man diesen Aufzug für passend befand? Oder er mochte sich einfach im Smoking?

Vor dem Krieg hatte es eine Zeit gegeben, da hatte Gottlieb nur Seidenhemden getragen, ganz egal zu welcher Tageszeit. Die hatte er in allen Farben besessen, aber das schönste war grün gewesen, tiefgrün wie eine Weinflasche oder eben wie Gottliebs Augen. Damals hatte Thomas sich immer gewünscht, auszusehen wie der Bruder – elegant, mit schwarzen feucht geölten Wellen und einem Mund, so breit und voll, er hätte auch einem Zigeunerbaron gut zu Gesicht gestanden. Wild war Gottlieb damals gewesen, und eigentlich hatte Gottlieb auch schon damals zu solchen Wutausbrüchen wie letzten Herbst geneigt. Nur früher hatte Gottlieb sich hinterher immer entschuldigt, hatte Thomas einmal in van-Gogh-Manier ein Marzipanohr geschickt, ihm ein andermal ein Grammophon samt Schallplatte geschenkt, und auf der Platte war dann nur grusligstes Gewimmer zu hören gewesen, Gottliebs Klagegesang, ob der begangenen Frechheit gegenüber dem kleinen Bruder.

Es musste der Krebs gewesen sein, aber es schmerzte Thomas trotzdem, dass der Bruder und er im Streit auseinandergegangen waren.

Die Schlange rückte vor, und der Mann im Smoking begann, in seiner Jacketttasche zu nesteln. Es war wirklich schlimm mit Thomas, was hatte der Mann ihm getan, dass er ihm unterstellte, jeden Moment eine Mauser zu zücken?

Und wie zum Beweise der Schlechtigkeit von Thomas' Gedanken, steckte nun eine Ratte das graue Köpfchen aus der Jacketttasche des Mannes. Ratten mochte Thomas auch nicht, die erinnerten ihn an den Krieg und seine Zeit als Feldgeistlicher.

Was war heute bloß los mit ihm?

Der Mann im Smoking war natürlich vollkommen harmlos, ein wenig umständlich vielleicht – er ließ sich die Aushändigung seines Briefes mit Stempel und Unterschrift bestätigen –, aber doch vollkommen harmlos.

Thomas Leiser schüttelte den Kopf, und der Mann am Schalter fragte leicht konsterniert: »Was wünschen Sie?«

Der Beamte hinter der Scheibe trug Backenbart und einen altmodischen Vatermörderkragen. Auf seiner schwarzgesprenkelten Nase saß ein glänzender goldener Zwicker. »Wie kann ich dem gnädigen Herrn zu Diensten sein?«

»Ich würde gern Herrn Direktor Buchholz persönlich sprechen.«

Wie erwartet, gefroren die Züge des Vatermörderträgers, doch unverändert höflich fragte er: »In welcher Angelegenheit wünschen Sie den Herrn Direktor zu sprechen?«

»Es ist persönlich. Es geht um das Erbe meines Bruders Gottlieb Straumann.«

Der Vatermörderträger lächelte eisig, stand auf, unterhielt sich flüsternd mit dem Vatermörderträger des Nachbarschalters. Aus der Nachbarschlange warf man böse Blicke auf Thomas, in dem man sofort den Grund für die Ablenkung des Vatermörderträgers erkannt hatte. Beide Vatermörderträger verschwanden, ungehaltenes Gemurmel wurde laut, aber gerade als Thomas schon beschließen wollte, einfach heimlich den Rückzug anzutreten, man konnte ja auch telephonisch mit Herrn Buchholz Kontakt aufnehmen, gerade in diesem Moment erschienen die beiden Vatermörderträger zurück, flankiert von einem dritten, älter, runder und mit noch steiferem Kragen. Auch diesem schilderte Thomas sein Anliegen, wobei er jedoch großen Wert darauf legte, laut zu betonen, dass er gern an einem anderen Tag wiederkäme, oder vielleicht war ein Anruf besser? Der Vatermörderträger nickte stumm, verschwand, das Gemurmel hinter Thomas war inzwischen schon kaum mehr als solches zu bezeichnen, nun tauchte ein vierter Vatermörderträger auf, hager und ernst, aber mit goldenen Manschettenknöpfen und einer ebensolchen Ehrennadel, auch ihm schilderte Thomas sein Anliegen, zeigte ihm sogar das Schreiben, daraufhin entschwebte auch jener, flüsterte in ein Haustelephon und kehrte alsbald mit bedauernder Miene zurück. Herr Direktor Buchholz wäre in einer wichtigen Besprechung, leider unabkömmlich, aber wenn der Herr Leiser heute Abend vielleicht mit dem Herrn Direktor dinieren möge? Wenn ihm sechs Uhr passen würde?

—

Jetzt hatte Carl es endgültig geschafft.

Er hatte sich die Backe von innen blutig gebissen. Hätte er nicht schon in der Schlange für das Busticket gestanden, er wäre umgedreht. Es hatte ja doch keinen Sinn. Vermutlich wollte die Pastorengattin Leiser nur von ihm, was Frauen immer von ihm wollten, wenn sie ihm Briefchen zuschoben. Aber warum dann eine Stadtrundfahrt?

Carl seufzte. Paul war am Telephon absolut unausstehlich gewesen, schien ziemlich genervt zu sein. *Schön, schön. Sonst noch was?* Nebenher hatte er irgendwas gesucht. Vielleicht half die FAZ-Schlagzeile morgen? Paul las die FAZ mit großer Begeisterung. Aber damit gab es wohl auch Schwierigkeiten – war ja immer so, wenn er mal auf was Hoffnungen setzte.

»Einmal, bitte.«

»Für Schüler?« Die Dame hinter dem Kartentischchen musterte ihn desinteressiert, erkannte ihn wenigstens nicht, aber das hätte ihn auch gewundert. Nach den Photoaufnahmen hatte er sich den Goldpuder aus den Haaren waschen müssen, und natürlich hatte Siggi dann die Heißlufthaardusche nicht zum Gehen gekriegt, also hatte er sich schließlich zwei Handvoll Pomade auf den Kopf geschmiert, anders waren diese dämlichen Dauerwellen ohne Heißluft nicht zu bändigen. *Ein Pudel! Ein Pudel unter Starkstrom!* Paul hatte sich letzten Herbst gar nicht mehr eingekriegt. Vielleicht gefiel er Paul einfach nicht mehr? Vorhin, als Urte das zweite Mal anrief, da hatte sie jedenfalls so etwas angedeutet – also nicht, dass Paul Carl unattraktiv fand, aber dass Carl sich eventuell zu sehr gehenließ. Und dann hatte sie ihm Karten für diesen Zauberer im Wintergarten Varieté geschenkt, damit Carl und *sein Verhältnis* mal rauskamen. Carl hasste Zauberer aus tiefster Seele.

»Macht fünfzig Pfennig.«

Ach was, er war der schönste Mann der UFA, man konnte ihn nicht unansehnlich finden.

»Möchtest du einen Prospekt? Ein Postkartenheftchen?«

Was, wenn Urte recht hatte?

»Was ist denn nun? Die Postkarten kosten zehn Pfennig.«

Carl schüttelte den Kopf, bekam deshalb weder Prospekt noch Postkartenheftchen, kletterte noch immer kopfschüttelnd in den Bus, der war für einen Wochentag überraschend voll, bestimmt alles waschechte Proletarier. Paul schwor ja immer auf den Bildungshunger der unteren Schichten.

Aber es roch!

Carl konnte gar nicht sagen, wonach genau – irgendwie nach Schweiß, Leberwurst mit Zwiebeln und dreckiger Wäsche.

Diese Proletarier sahen nicht aus wie die in der von Paul abonnierten »Roten Sichel«. Die hier waren hässlich und sehr schlecht angezogen, die Männer trugen zerknitterte Hemden von der Stange und die Frauen grellbunte Jumper, dazu Hüte, Carl würde sich nie wieder über Urtes Tülltöpfe lustig machen. Diese Hüte, die hatten Kunstobst und Stoffblumen und ausgestopfte Vögel und Federn und alles gleichzeitig. Und fett waren diese Proletarier – fett wie Willi und seine Frau! Wenn Paul ihm das nächste Mal damit kam, dass das Proletariat kaum genug zu essen hatte, weil Menschen wie Carls Vater sie in ihren Fabriken ausbeuteten, dann würde er ihm aber was erwidern. Laut waren sie obendrein.

Carl bekam eine Gänsehaut. Am liebsten hätte er auf dem Absatz kehrtgemacht und sich zu Hause dann ein Bad richten lassen. Aber ein ordentlich heißes!

Bedauerlicherweise hatte die Pastorengattin Leiser ihn schon gesehen und winkte ihm ziemlich wild.

Warum musste die sich auch ausgerechnet bei einer Stadtrundfahrt mit ihm treffen? Man hätte doch auch ins Café Kranzler gehen können? Da gab es sehr guten Erdbeerkuchen und nicht derart viele Proletarier. Es war ja nicht so, dass Carl Proletarier nicht mochte, aber im Café Kranzler hätte er sich doch wohler gefühlt.

Allerdings waren die Proletarier in der »Roten Sichel« natürlich auf grimmige Weise sehr pittoresk, und Carl wollte auch nicht, dass die hungerten oder mit Schweinen zusammen in winzigen Zimmern wohnten oder sich betranken, weil sie ihr Schicksal sonst nicht ertrugen, und sich dann im Suff gegenseitig umbrachten, wirklich nicht. Wenn Paul von so etwas erzählte, tat es Carl schrecklich leid. Er wusste dann immer gar nicht, was machen oder sagen, so sehr tat ihm das leid. Aber sie rochen wirklich ekelhaft. Außerdem waren sie laut und unansehnlich!

»Entschuldigen Sie diesen etwas seltsamen Treffpunkt. Und bitte entschuldigen Sie auch die sonderbare Einladung. Ich wusste mir keinen anderen Weg. Mein Mann weiß nicht, dass ich hier bin. Er denkt mich beim Arzt«, gestand die Pastorengattin, während der Bus sich schnaufend in Bewegung setzte. Die Proletarier ganz vorne, die zusammenzugehören schienen, kommentierten dies durch heftiges Klatschen. »Danke, dass Sie trotzdem gekommen sind. Ich dachte, Sie sind so ein erfolgreicher Ermittler. Ich habe all Ihre Filme gesehen, ich wusste, Sie würden mich nicht im Stich lassen. Danke!«

»Nein, ich danke.« Er lächelte, seine Wangen glühten mal wieder. Er hoffte, sie möge es für Sonnenbrand halten. »Ich fühle mich geehrt, dass Sie mich ins Vertrauen ziehen wollen. Worum geht es denn?«

»Um meinen Bruder Jakob.« Ihre Finger, die in schöne gehäkelte Sommerhandschuhe gehüllt waren, krampften sich über ihrem Bauch zusammen. Sie schwieg einen Moment, starrte angestrengt zum Fenster hinaus. Man hätte meinen können, sie habe das Reiterstandbild des alten Fritz noch nie gesehen.

»Jakob ist nicht unter die Elektrische gekommen, wie mein Mann glaubt. Und er ist auch nicht mein Bruder. Er war es, der mich überfallen hat, oder nein, er war es nicht. Ich meine, es war jemand, den er geschickt hat.«

»Ganz langsam, ja? Wenn dieser Jakob nicht Ihr Bruder ist, wer oder was ist er dann?«

»Mein Mann würde sagen, er ist ›ein verlorenes Schäfchen‹. Er arbeitet für Muskel-Adolf, was er genau macht, weiß ich nicht. Vermutlich, was gerade so anfällt.« Sie zuckte die Schultern. »Als wir uns kennenlernten, habe ich in einem Laden für Strickjumper die Kasse bedient. Es war ein sehr elegantes Geschäft, am Potsdamer Platz, nur die feinsten

Herrschaften. Ich habe achtzig Mark im Monat verdient.«

Das war ja grauenhaft! Davon ging man noch nicht einmal im Adlon essen.

»Ich bin ganz gut damit ausgekommen, aber Jakob war auch sehr großzügig und immer sehr elegant, immer mit Gamaschen und frischer Nelke im Knopfloch. Ich glaube, ich habe ihn geliebt.«

Sie seufzte, schwieg.

»Zu Ihrer Rechten das Stadthaus des Baron Michail von Orls. Held der Schlacht von Tannenberg, jetziger deutscher Botschafter in Shanghai.« Die schlechtfrisierten Köpfe drehten sich, beglotzten die pastellgelbe Stuckfassade, und Carl sah sich wieder auf der zweituntersten Treppenstufe sitzen, rauchend, auf die Taxe wartend. Die Taxe hatte Michail ihm noch gerufen, Michail war bis zum Schluss ein Gentleman gewesen. Michail hatte nicht getobt, keine Schranktüren eingetreten, keine Flaschen geworfen.

»Ich habe Jakob sehr geliebt. Wahnsinnig geliebt habe ich dumme Gans ihn. Der Laden wurde eines Nachts ausgeraubt. Es hieß, die Einbrecher hätten sich gut ausgekannt, genau gewusst, wo das Geld versteckt wurde.« Tränen rannen ihr über die Wangen. Wieder hatte er kein Taschentuch. Er würde nie ein Gentleman. »Man hat mich ohne Empfehlung entlassen. Ich hab nicht gewusst wohin, von der Stütze konnte ich nicht mal mein Zimmer zahlen. Jakob hat mir dann was verschafft, in einem von Muskel-Adolfs Läden. Da hab ich geputzt und so, wirklich nur geputzt, aber das war schon scheußlich genug.«

Sie schnäuzte sich in den Ärmel ihrer kunstseidenen Bluse.

»Wo hätte ich denn hinsollen? In einem anständigen Geschäft hätte mich doch keiner mehr eingestellt. Und Jakob hatte mir immer ewige Liebe und was nicht noch alles geschworen. Er war ganz sicher kein böser Mensch, das dürfen Sie nicht glauben! Es war nur der Krieg, der hat ihn aus der Bahn geworfen, und dann ist er in schlechte Gesellschaft gekommen, und manchmal trank er. Aber er war kein schlechter Mensch, wirklich nicht.«

Carl nickte stumm. Er war sich nicht sicher, ob er alles richtig verstanden hatte, die musikalischen Proletarier sangen, wobei der Reiseleiter sie mit einem der Zehnpfennigprospekte dirigierte. Aber näher an die Pastorengattin rutschen wollte Carl auch nicht. Er hatte den Verdacht, dass Paul tatsächlich nicht log, wenn er behauptete, normale Menschen badeten nur einmal die Woche. Das war kolossal widerlich, das durfte man sich gar nicht vorstellen.

»Und dann, eines Tages, da ist Jakob zum Bankier Buchholz eingeladen worden. Eine von dem seinen Wohltätigkeitsveranstaltungen, so etwas für Kriegsirre, und da war dann Thomas. Jakob hat es nicht gut aufgenommen.« Mit einem entschuldigenden

Lächeln rollte sie den inzwischen sehr feuchten Ärmel ihrer Bluse empor, zeigte eine Reihe von wulstigen weißen Narben. »Aber am Ende, am Ende war es ihm egal. Da haben Thomas und ich dann geheiratet.«

Und seinen nachdenklichen Blick vollkommen missdeutend, beteuerte sie: »Das Kind ist von meinem Mann, das schwöre ich Ihnen!«

Carl schüttelte desinteressiert den Kopf, fragte: »Was hatte Herr Buchholz denn mit Muskel-Adolf zu tun?«

»Ich weiß es nicht. Er hat wohl für irgendetwas einen Experten gesucht. Ich glaube, es ging um einen Einbruch, das war so Jakobs Metier. Aber verstehen Sie, warum ich wegen des Überfalls nicht zur Polizei gehen kann? Jakob wird in der Zeitung von dem Erbe gelesen haben, und jetzt wird er Geld wollen! Aber ich habe doch keins. Gehört doch alles dem Kleinen, und der Erbteil meines Mannes, der geht an die Kriegsinvaliden. Was soll ich nur machen?«

Carl starrte aus dem Fenster, betrachtete die massive Fassade des Hauses Vaterland, lauschte einen Moment dem Reiseleiter.

»Wenn Sie heute Abend noch nichts vorhaben, machen Sie doch einen kleinen Abstecher nach Spanien. Besuchen Sie die Bodega im Haus Vaterland.«

»Was soll ich nur machen?«, wiederholte die Pastorengattin, und der Reiseleiter schlug vor: »Lassen

Sie sich doch im Wild West Saloon ein Steak schmecken, und wer weiß, vielleicht sehen Sie dort Herrn Klingenberg und den Bäumer gemeinsam beim Dinner? Der Wild West Saloon ist beliebter Treffpunkt der Berliner Prominenz.«

Carl versank etwas tiefer im Leder seines Sitzes, und dann sagte er: »Ich werde mal mit Ihrem Jakob sprechen. Verlassen Sie sich ganz auf mich.«

Und er war doch ein Gentleman. Irgendwie.

—

»Sie haben wohl vor, Ihre Prämie vom Bierkutschermord zu verfressen, was?« Polizeiarzt Dr. Häßling betrachtete sehr neugierig die knistrige, kunstvoll geprägte Papiertüte der Konditorei Jädicke, die Paul in der Hand hielt. Paul war die Tüte etwas peinlich, außerdem fand er es vom hygienischen Standpunkt aus fragwürdig, Kuchen mit ins Leichenschauhaus zu nehmen, aber im warmen Dienstwagen wollte er ihn auch nicht lassen. »Herzlichen Glückwunsch dazu noch. Ich habe es gerade im Radio gehört. Feiner Fang! Da können Sie Ihrem Verhältnis und sich auch mal in der Dienstzeit Kuchen kaufen. Ihr Verhältnis, das ist ja schon etwas kapriziös, was? Ich sag meiner Gemahlin immer: *Wenn ene Koche esse will's, möts de en backe*. Ganz egal, Hauptsache, Sie lassen sich schön feiern. Wirklich: Herzlichsten Glückwunsch!«

»Danke. War aber mehr Zufall.« Kommissar Paul Genzer winkte bescheiden ab. Die FAZ hatte ihn telephonisch interviewt!

»Berlins mutigster Kommissar« würde morgen die Titelseitenschlagseite machen.

»Berlins mutigster Kommissar«, das war er!

Paul Genzer war »Berlins mutigster Kommissar«. Der dicke Gennat hatte ihm auf die Schulter geklopft.

Carl würde vor Stolz platzen, so etwas liebte Carl. Berlins mutigstem Kommissar würde man auch verzeihen, dass er mal vergaß anzurufen.

»Wissen Sie schon, woran Fräulein Schneider gestorben ist?«

»Wann lernen Sie es endlich, ich bin Arzt, kein Schnellrestaurant.« Dr. Häßling wischte sich die Hände an einer sauberen Stelle des Leichentuchs ab. »Was ich weiß, ist, dass mein süßer Spatz hier nicht an der Alkoholvergiftung gestorben ist, auch wenn ihr Blut allein reichen würde, um zehn Vampire unter den Tisch zu kriegen.«

»Sie ist also nicht an ihrem Erbrochenen erstickt?«

»Nein!« Dr. Häßling schüttelte verdrießlich den Kopf, und vermutlich dachte er an die gute alte Zeit unter dem Kaiser, als er noch Militärarzt gewesen war und einen derart unfähigen Rekruten zum Strafexerzieren verdonnert hätte. »Ich glaube, aber bisher glaube ich das wohlgemerkt nur, ich glaube also, sie hat Morphium geschluckt. Große Mengen oder jedenfalls genug, damit ihr kleines Herz zu schlagen aufhört.«

»Kein Mensch frisst zum Weggehen Morphium.« Pix gähnte geräuschvoll. Den hatte Paul sich eigentlich noch vorknöpfen wollen, aber dann sah der so erbärmlich verkatert aus, und diese Greta war wohl auch kein solches Unschuldslamm, wie sie einem glauben machen wollte. Hatte der arme Georgie Flamm beim Domino doch so gute Karten gehabt, also an der Stelle ihrer Erzählung hätte Paul beinahe laut losgelacht. Dieses Detail hatte auch den hübschen Kapp etwas mit der Geschichte versöhnt, der war nämlich alles andere als begeistert gewesen, als Paul ihn bei seinem Professorentöchterchen anrief und beim Frühstück störte. Aber Polizist war man eben vierundzwanzig Stunden, und der hübsche Kapp hatte damals den Fall bearbeitet, und Paul sah auch gar nicht ein, auf die zarten Nerven oder sonst was von diesem Professorentöchterchen Rücksicht zu nehmen. *Wird falschgespielt haben, der feine Georgie*, hatte Kapp gesagt, und dann hatte Paul etwas gehört, das für sein ungeschultes Ohr verdächtig nach weiblichem Kichern klang. *Hat auch Geld unterschlagen, deshalb ist er in der Bank geflogen. Da konnte der Straumann nichts für, aber ich weiß nicht, ob Kurt Flamm das auch weiß.* Wieder hatte dieses Professorentöchterchen gekichert, ziemlich kehlig diesmal, und Paul hatte gut vernehmbar genervt aufgestöhnt und Kapp noch ein schönes Frühstück gewünscht.

»Das ergibt alles keinen Sinn.« Pix setzte sich auf die Kante eines leeren Seziertisches, schüttelte stur den Kopf. »Das ergibt keinen Sinn.«

»Wenn ich was vom Sinn verstünde, wäre ich Theologe geworden. Oder Philosoph und säße in einer Tonne.« Dr. Häßling machte eine herrische Bewegung, versuchte vergeblich, Pix vom Seziertisch zu verscheuchen. »Aber mal was anderes, woher hatte meine Kleine eigentlich das Geld für den Suff und die Drogen?«

»Ich vermute, sie hat erst mal die Reste der Drogen ihrer Gnädigen gefuttert. Braunzer meinte, die Pillendose sei keineswegs leer gewesen, als er sie das letzte Mal sah. Und dann hat sie wohl noch Frau Straumanns Halskette versetzt. Vermutlich hat sie gesehen, der Ring fehlt, und gedacht, dass man den Dieb des Ringes auch für den Dieb der Halskette halten wird. In diesem Punkt zumindest hätte Braunzer dann die Wahrheit gesagt. Er hat nur den Ring gestohlen.« Zur Bestätigung seiner Worte nickte Kommissar Genzer männlich knapp. Ihm klebte Willis *Ja, ja, du glaubst eben gern* noch in den Ohren, und um sich auf andere Gedanken zu bringen, sagte er: »Komm, Pix, wir schnappen uns Kapp, und dann gehen wir die Ergreifung des Bierkutscherschlächters feiern. Ich glaube, es wäre im Sinne unseres kopflosen Freundes, wenn wir das mit einer Halben begießen.«

—

Eine Vision des Filmstars Carl von Bäumer stand bei Kurt Flamm an der Haustür, aber Kurt wunderte sich nicht weiter darüber.

In seinem Leben passierte viel Seltsames.

Er hatte noch keinen der Filme mit dem schönsten Mann der UFA gesehen, aber er kannte natürlich das makellose Gesicht, und er hatte den Bäumer einmal in einer der kostenlosen Schauspielschulen-Aufführungen als Macbeth bewundert.

»Mir hat Ihre Interpretation gut gefallen«, bekannte Kurt deshalb statt einer Begrüßung, er wusste ja, dass der Mann ihm gegenüber nicht wirklich existierte. »Ich habe mir auch immer gedacht, es war nicht die Sehnsucht nach Macht, die Macbeth trieb. Es war die Liebe zu seiner Frau, der Wunsch nach ihrer Anerkennung, das haben Sie ganz wunderbar herausgearbeitet. Wirklich ganz bemerkenswert.«

»Danke schön«, sagte die Erscheinung und bekam gerötete Wangen. »Darf ich hereinkommen?«

Kurt lachte, das war das erste Mal, dass seine Visionen so höflich um Einlass baten, normalerweise saßen sie einfach plötzlich auf seinem Bett oder schlimmer noch auf seiner Brust.

Diese Vision war überhaupt sehr freundlich, sie ließ ihn vorausgehen, erklärte währenddessen irgendetwas über den alten Straumann, aber das wollte Kurt nicht hören, und so fing er an zu singen. Damit hatte er schon früher Erfolge erzielt, und auch jetzt verstummte die Erscheinung sofort.

»Ich dachte mir, Sie haben vielleicht auch noch nicht zu Mittag gegessen? Mögen Sie Lublinchen? Ich habe auch belegte Brötchen aus dem Delikatessenladen am Pariser Platz? Das ist Lachs, und das ist Schinken, und das ist, glaub ich, Camembert.« Die Vision hob die obere Hälfte des Brötchens, kontrollierte zu Kurts großer Belustigung tatsächlich den Belag. »Ja, Camembert mit Preiselbeeren. Sie nehmen sich einfach, was Sie möchten. Haben Sie Gläser? Für das Sodawasser?« Kurt lachte wieder, bestaunte all die Leckereien, die diese Erscheinung in Ermangelung eines Tisches auf seinem Bett ausgebreitet hatte. Sogar an Servietten aus festem Baumwollpapier hatte sie gedacht. Unter anderen Umständen würde er sich schämen, dass das Leinzeug noch immer voll mit den Marmeladenflecken war, aber diesen Besucher hier interessierte es ohnehin nicht.

Das Lachsbrötchen lag schwer in Kurts Händen, es hatte richtig Gewicht! Der Teig krachte zwischen seinen Zähnen, die Krumen spritzten nur so, köstlich. Anders als die grausige Marmelade schmeckte es ganz genau, wie ein Lachsbrötchen schmecken sollte.

Wann nur hatte er das letzte Mal richtig gegessen?

»Ich komme wegen Ihres Bruders«, sagte die Vision.

Kurt nickte, viele der Visionen kamen und berichteten ihm von Georgie oder von Mutter.

Er war schon beim Camembertbrötchen angelangt.

»Möchten Sie mir etwas über Ihren Bruder erzählen?«

Das war neu, normalerweise erzählten die Visionen ihm etwas. Aber warum nicht einmal den Spieß umdrehen?

»Georgie war mein kleiner Bruder. Unsere Eltern sind gestorben, da waren wir noch Kinder, wir sind dann zu Verwandten, aber die waren böse. Doch ich habe immer gut auf Georgie aufgepasst. Er hatte Haare wie helle Seide. Manchmal haben wir Boote aus Blättern und Nussschalen gebaut, dann sind wir zum Wannsee raus. Ich habe ihm auch vorgelesen, viel habe ich ihm vorgelesen. Er mochte das gern, wenn man ihm vorlas.«

Er stand auf, suchte unter dem Haufen schmutziger Wäsche, unter den Zeitungsausschnitten nach dem Bild. »Das ist mein Bruder. Schau doch, was er für schöne Haare hat! Und wie gut die Uniform ihm steht. Ich habe ihm viel vorgelesen.«

Die Erscheinung betrachtete die Photographie ganz genau.

»Mein Bruder hat sich erschossen. Weißt du, er konnte nicht mehr. Er war ein guter Mensch, auch wenn er ein Selbstmörder ist. Ich bin schuld, ich habe nicht gut genug auf ihn aufgepasst. Ich habe gesagt:

Du darfst nicht spielen. Aber Georgie hat gesagt: *Lass mich in Frieden.* Georgie war manchmal böse, aber dann habe ich ihn bestraft. Ich war immer sehr streng mit ihm. Ich musste doch auf ihn aufpassen! Ich war doch der große Bruder. Große Brüder müssen auf ihre kleinen Geschwister aufpassen. Ich hätte ihn nicht spielen lassen dürfen. Aber ich bin nicht allein schuld. Der Straumann trägt auch Schuld. Der Straumann ist schuld. Der Straumann hat seinen Finger am Abzug gebogen. Der Straumann hat meinen Bruder umgebracht. Der Straumann war's! Der Straumann war's! Der Straumann war's! Der Straumann war's!« Das klang so lustig, Kurt musste lachen, hüpfte lachend auf und ab. »Der Straumann war's! Der Straumann war's! Der Straumann war's!«

Die tintenblauen Augen der Erscheinung weiteten sich etwas, sie lachte nicht mit.

Sie schien Angst zu haben.

Die Vision tat ihm leid. Sie war so gut zu ihm gewesen, so höflich und freundlich, hatte sogar zu essen mitgebracht, und jetzt hatte er sie erschreckt!

Beruhigend griff er nach ihrer Schulter.

Seltsam, sie war ganz warm und fest.

»Du musst keine Angst haben. Der Straumann ist doch tot. Der Straumann hat seine gerechte Strafe gekriegt. Der Straumann bringt niemand mehr um.«

Wieder begann Kurt das Kichern. Die Erscheinung sah besorgt aus, starrte dann die umgedrehte Weinkiste an, die Kurt als Nachttisch diente, betrachtete die Bustickets von seinen kleinen Landpartien, die dort lagen, befingerte sie mit ihren schmalen Fingern, fragte: »Haben Sie jemanden besucht? Letzten Samstag? Pastor Leiser zum Beispiel?«

Das war eine gemeine Frage! Warum fragte sie so etwas? Visionen wissen alles. Sollte das ein Trick sein? Eine Falle womöglich?

Er zog das Messer aus der Hosentasche.

»Ich wollte nur das Kind! Das böse, gemeine Kind! Ich habe ein Recht auf einen kleinen Bruder!«

Wenn es sein musste, würde er sich verteidigen, wie er sich damals, neulich, vor einiger Zeit verteidigt hatte, als die böse Frau ihm das Kind nicht geben wollte. Er wollte den kleinen Hans doch nur halten. Er hätte sich doch gut um ihn gekümmert. Er hätte ihm warme Milch gemacht. Er hätte ihm vorgelesen, so wie er Georgie immer vorgelesen hatte. Und sie hätten ihm Geld gegeben, viel, viel Geld, weil sie den kleinen Hans ja wiederhaben wollten. Aber der kleine Hans hätte für immer bei ihm bleiben wollen, und nachts hätte er sich an ihn gekuschelt, so wie Georgie es immer getan hatte. Das Geld hätte er aber trotzdem genommen, weil die süße kleine Geliebte in seinen Adern doch so teuer war und weil der Straumann Georgie umgebracht hatte.

»Kannten Sie die Frau?«

Was für eine dumme Frage, was für eine dumme, bösartige Vision! Flamm schüttelte ungehalten den Kopf.

Warum hatte die böse Frau ihn den kleinen Hans auch nicht halten lassen?

Er hätte doch auch das Köpfchen gestützt.

Aber wenn der kleine Hans wieder so böse zu ihm gewesen wäre, wie er es damals, neulich, vor einiger Zeit war, als er gekratzt und getreten und geschrien und geschlagen hatte, dann hätte er ihm einfach die Fingerchen abgezwackt. So Kinderfingerchen sind ja so klein. Zwick, zwack, und sie sind ab.

Das reimte sich!

Oder mit dem Messer?

Mit dem Messer geht es besser!

Das Messer war ja so schön.

Er zeigte es der Erscheinung.

»Schau doch, ist es nicht schön?«

Er musste es nur mal waschen, es klebte noch immer voll Marmelade.

Vielleicht wollte die Vision die Geistermarmelade abschlecken? Georgie wollte immer Marmelade naschen.

Der kleine Hans hätte auch Marmelade bekommen, ganz viel Marmelade.

Irgendwo knallte eine Tür.

Die Erscheinung war plötzlich weg, verschwunden.

Er war wieder allein.

—

Im letzten Nachmittagslicht saß der Bankier Alfons Buchholz in seinem Büro hinter seinem Blutbucheschreibtisch und schüttelte das Streichholz aus. Der Brief im Aschenbecher bäumte sich noch einmal unter den Flammen auf, zerfiel dann zu Asche. Der Aschenbecher war aus Jade, tiefgrüner Jade. Immer suchte er nach diesem einen bestimmten Grün – das Grün dieses Seidenhemdes, das Grün einer Weinflasche, das Grün von Gottliebs Augen.

Alfons Buchholz öffnete die oberste Schublade, verschob ein paar Papiere.

Da lag sie: Die Mauser.

Geladen, natürlich.

Schwer wog sie in seinen Händen.

Er fand seine dicken Hände hässlich.

Aber Gottlieb hatten sie gefallen, Gottlieb hatte behauptet, er möge diese langen, schmalen Finger, die man allgemein für schön befand, überhaupt nicht, die würden ihn an Spinnenbeine erinnern.

Er hatte Gottlieb immer glauben wollen, ganz egal was Gottlieb erfand. Aber wenn Gottlieb von der Zukunft sprach, wenn Gottlieb behauptete, es würde alles gutgehen, hatte er gewusst, dass das eine Lüge war, auch wenn Gottlieb selbst sie vielleicht für die Wahrheit hielt.

Alfons Buchholz seufzte.

Die Versuchung der Mauser war groß.

Sie war fast übermächtig.

Ein Zucken des Zeigefingers, und es wäre vorbei.

Aber er durfte nicht nur an sich denken.

Dieser eine traumverlorene Herbst, dieses eine Mal, an dem er nur an sich, an sie beide, gedacht hatte, dieses eine Mal, das verfolgte ihn nun schon sein ganzes Leben. Und trotzdem, abends vor dem Einschlafen, da ahnte er, das war es wert gewesen, Gottlieb war es wert gewesen. Gottlieb war noch viel mehr wert. Morde war Gottlieb wert.

Ein Zucken des Zeigefingers, und alles wäre vorbei.

Man ist nicht allein auf der Welt, allein zu zweit.

Man hat einen Namen, man hat Verantwortung gegenüber diesem Namen. Man muss vernünftig sein. Das hatte er versucht, Gottlieb zu erklären, strahlender, leichtsinniger Gottlieb mit den Jadeaugen und dem schwarzen Katerhaar. Gottlieb hatte es nicht verstanden, nicht verstehen wollen, hatte ihm vorgeworfen, ihn nicht genug zu lieben. Aber er liebte ihn zu sehr, er liebte ihn so sehr, dass er ihn beschützen würde, vor der Welt und der Verachtung dieser furchtbaren, gesichtslosen Masse. Er hatte sich geschworen, Gottlieb zu beschützen. Er hatte nicht zugelassen, dass Gottlieb sich für ihn ruinierte. Gottlieb sollte nicht leiden. Und wenn er doch litt, dann war dieses Leiden nicht so schlimm wie die Verachtung der Welt.

Gottlieb hatte das nicht verstanden, hatte ihn feige genannt, und vielleicht war er das? Vielleicht hatte sein Mut immer nur zu einem anständigen

Leben gereicht, einem Leben unter dem wohlwollenden Lächeln der anderen? Damals dachte er oft daran, Gottlieb zu erschießen, ganz plötzlich, ganz unerwartet im Gespräch eine einzige, gut gezielte Kugel in den Schädel. Oder im Schlaf? Aber er hatte es damals nicht gekonnt. Gottlieb lebte so gern, und er dachte, vielleicht wird er eines Tages wieder glücklich? Wer war Alfons Buchholz schon, doch nur ein schlaksiger Bankierssohn mit Wurstfingern und Nussknackerkinn. Gottlieb würde ihn vergessen und glücklich werden.

Und die Bank, die Buchholzstiftung, das war doch auch Glück?

Nicht das ganz große, natürlich, aber doch auch Glück.

Es hatte Stunden gegeben, ja, manchmal sogar komplette Tage, da hatte er nicht an Gottlieb, nicht an diesen einen gleißenden Herbst gedacht. Man richtet sich so ein im Leben, man sagt, man lebt, und meint damit, die Wunden verschorfen. Sie verschorfen nur, niemals heilen sie.

Manchmal sahen sie sich, auf Festen, auf Bällen, Gesellschaften, dann sprachen sie nicht miteinander. Gottliebs erste Ehe mit diesem stillen Wesen, das hat Gottlieb viel bedeutet, dann der kleine Sohn, und er dachte, vielleicht findet Gottlieb noch ein bisschen Glück?

Er hatte es ihm so gewünscht!

Dann ist die Frau gestorben.

Danach fing es an.

Ich will, dass du zahlst!

Ich habe deine Briefe alle aufgehoben, jeden einzelnen, aber du darfst sie mir abkaufen.

Wenn nicht?

Dann gehen sie an die Sittenpolizei. Und wir beide als 175er ins Zuchthaus.

Mir ist es egal. Mir war es immer schon egal.

Mir geht es nicht um das Geld.

Ich will nur, dass du leidest.

Und er litt, er litt all die Schuld ab, all seine Schuld, doch niemals seine Liebe. Er hatte es ja verdient. Aber es gab Momente, da war er zornig, furchtbar zornig – Gottlieb machte es sich so einfach. Und als Muskel-Adolf ihm vorschlug, Gottlieb einfach umbringen zu lassen, da hatte er mit der Antwort gezögert.

Die Mauser lag schwer in seinen Händen.

Ein Zucken des Zeigefingers, ein kleines Zucken nur.

Es ging nicht.

Noch nicht.

Erst musste er sich um diesen Pastor kümmern.

Der Pastor, Gottliebs Bruder.

Er wusste, wie der aussah, der hatte letztes Jahr mal auf einer seiner Wohltätigkeitsveranstaltungen gesprochen. Gottlieb hatte den Bruder begleitet, schon schwer vom Krebs gezeichnet, ein alter, bitterer Mann. Aber das Gesicht war immer noch schön, schöner fast als in seiner leichtfertigen Jugend. Es war das Gesicht eines sterbenden Cesare Borgia, eines von Kleopatra verlassenen Marc Anton. Es war das Gesicht von Alfons Buchholz' Scheitern. Er hatte Gottlieb nicht beschützen können.

Heute Abend war alles vorbei.

Alfons Buchholz war ein guter Schütze, und er würde genau zielen. Es sollte schnell gehen.

Heute Abend war alles vorbei.

Seltsam, er hoffte noch immer, Gottlieb wiederzusehen.

—

Natürlich war es nicht bei einer Halben geblieben. Kapp hatte noch eine zerhackte Nutte im Café Dallas gehabt und war erst gekommen, als Paul eigentlich schon nach Hause wollte. Das ging dann aber natürlich nicht, und dann hatte der Russe mit dem unaussprechlichen Namen, der vielleicht der Besitzer war, mitbekommen, warum sie feierten, und eine Lokalrunde geschmissen. Und dann war plötzlich Greta mit zwei Freundinnen aus dem Falschgelddezernat aufgetaucht, und mit einem angetrunkenen Glas kann man nicht anstoßen, und das war der Zeitpunkt gewesen, an dem Paul erkannt hatte, wenn er jetzt nicht wenigstens eine Kleinigkeit aß, kotzte er auf dem Heimweg die Elektrische voll. Also hatte er sich das Tagesessen bestellt, das war immer Rindfleisch in dubioser Soße mit Kartoffeln, aber es half nicht viel. Als er schließlich unter allgemeinen zotigen Sprüchen und besten Grüßen an sein Verhältnis rauskam, war er trotzdem ziemlich blau. Und er hatte nicht recht gewusst, was machen – weil wenn er in irgendein Café ging, schwarzen Kaffee trinken und vielleicht was Fettes essen, dann wurde es noch später, und Carl wartete bestimmt schon seit einer Stunde auf ihn. Er hatte auch wieder nicht angerufen, weil er ja gedacht hatte, es dauerte nicht lange, er wäre vielleicht sogar vor Carl zu Hause. Also hatte er sich schließlich eine Taxe gewinkt, das ging schneller als mit der Elektrischen, und zu Hause hatte er dann vorgehabt, einfach gleich unter die Dusche zu rennen, das machte auch nüchtern, und Carl kannte das, dass er nach besonders widerlichen Tagen zunächst viel heißes Wasser brauchte. Aber Carl stürmte ihm schon im Treppenhaus entgegen, fiel ihm um den Hals und ließ dann einfach nicht mehr los. Und obwohl Carl offensichtlich frisch aus der Wanne kam, die Haut roch noch nach Kiefernnadelbadesalz, trug Carl trotzdem einen Smoking. Dieser kuschelbedürftige Carl in Abendgarderobe war Paul etwas unheimlich, und so blickte Paul sich im Salon vorsichtshalber nach potentiell mit Champagner zu übergießenden Bubikopffräulein oder ähnlichen möglichen Katastrophen um. Aber hier sah es aus wie immer, Carl hatte telephoniert, der Fernsprecher stand nicht am Platz, und Text für das Vorsprechen demnächst hatte er wohl auch gelernt, zumindest lagen überall lose Blätter verstreut. Paul wusste schon wieder nicht, wann dieses Vorsprechen war – Carl hatte es ihm gesagt, sogar mehrfach, aber da hatte er immer gerade etwas anderes im Kopf gehabt.

Vielleicht war der Smoking in diesem Zusammenhang zu verstehen? Vielleicht wurde das so eine moderne Interpretation der Brüder Karamasow? Dimitri Karamasow im Smoking und die Gruschenka im Abendkleid? Oder aber … Paul fühlte, wie sich sein Magen zusammenkrampfte … oder aber, er hatte irgendeinen Jahrestag vergessen, und Carl gab ihm jetzt noch die letzte Chance, sich daran zu erinnern? Carl war sehr penibel mit ihren Jahrestagen, und sie hatten auch eine Unzahl von zu feiernden Daten – allerdings begann der Festtagsmarathon erst im Juni mit ihrem Kennenlernen, zog sich dann über den Termin ihres ersten gemeinsamen Essens, ihres ersten gemeinsamen Opernbesuchs etc. bis hin zu ihrem ersten Kuss, aber das war erst Ende Oktober. Das wusste Paul ganz genau, erstens, weil ihm damals Schneeregen in den Mantelkragen gefallen war, und zweitens, weil Carl es ihm im Bürokalender mit einem roten Kreuz markiert hatte. Aber warum bloß ein Smoking? Vielleicht hatte Carl schon in der Zeitung von der Ergreifung des Bierkutscherschlächters gelesen? Obwohl, ohne zwingenden Grund las Carl niemals Zeitung, nicht seit die »Berliner Illustrierte« sich mal zwei Absätze lang über seinen Macbeth lustig gemacht und ihm zum krönenden Abschluss auch noch *eine banale Plakatschönheit* attestiert hatte.

»Du kommst verdammt spät.« Wenigstens klammerte Carl jetzt nicht mehr so. »Und du hast getrunken.«

»Wir waren noch kurz bei dem Russen um die Ecke. Aber nur ein Bier.« Das wäre Carls Gelegenheit gewesen, nach dem Grund zu fragen, und hoffnungsvoll fügte Paul hinzu: »Wir hatten zu feiern. Wir hatten heute einen großen Fang.«

»Wer ist wir?« Carl bekam schon wieder schmale Lippen: »War Greta dabei?«

»Ja.« Verdammt, wer übergoss denn hier betrunkene Schlampen mit Champagner? »Kapp und Pix auch.«

»Kapp hast du ja immer im Schlepptau.« Und ohne den Kuchen weiter zu würdigen, nahm Carl ihm die Jädicketüte ab, suchte in der Anrichte nach den Tortengabeln.

»Zufällig arbeite ich mit dem.« Das war zu kindisch, auf das Niveau ließ sich Paul nicht herab. »Deshalb bin ich auch so spät. Der hatte eine zerstückelte Nutte. Da hat der Zuhälter erst sie und ihren Kunden umgebracht und sich dann auch noch selbst aufgeknüpft. Wahrscheinlich aus Eifersucht.«

»Der Zuhälter war dann wohl nicht so modern denkend und liberal eingestellt wie du.« Carl fand die Kuchenteller nicht, gab den guten Baumkuchen stattdessen auf Untertassen. »Möchtest du Kaffee oder Champagner? Bleibst du über Nacht?«

Was sollte das? Er blieb doch eigentlich immer über Nacht – die Nächte, die er dieses Jahr in seinem eigenen Bett verbracht hatte, ließen sich an einer Hand abzählen. »Wenn es dich nicht stört ... und ich hätte gern Kaffee.« Carl konnte so unerträglich zickig sein, erst klammern, dann beißen. Daraus sollte man klug werden. »Möchtest du vielleicht Radio hören? Es kommt vielleicht was Interessantes.« Bestimmt brachten sie einen Bericht über die Ergreifung des Bierkutscherschlächters und Berlins mutigsten Kommissar.

»Nein. Ich möchte nicht.«

Dann eben nicht, wenn Carl schwierig sein wollte, musste er es eben morgen in der FAZ lesen, auf die Nase binden würde er es ihm jedenfalls nicht. Hätte ja auch mal nach dem Grund für den Kuchen fragen können.

»War Klingenberg auch mit feiern?«

Verdammt, den hatte Paul ganz vergessen. Da musste er auch mal anrufen und fragen, wie's ihm ging. Gestorben würde er kaum sein, das hätte in der Zeitung gestanden. »Blödsinn.« Carl hatte mit dem Klingenberg echt einen Tick, und das Thema wechselnd konstatierte Paul: »Wir sind im Straumannfall gut vorwärtsgekommen. Meine Jungs haben den angeblichen Bruder von Isabella Leiser aufgespürt, diesen Jakob, der brummt noch bis 27 wegen

Einbruchs. Aber das eigentlich Interessante ist nicht diese kleine Liebeslüge unserer Pastorengattin, sondern dass dieser Jakob einer von Muskel-Adolfs Top-Männern ist oder besser: war. Seine Spezialität sind Sicherheitsschränke und alle Arten von Einbruch, er steht im Ruf, überall reinzukommen. Ist allerdings ein teurer Spaß, unter hundert Mark nimmt der keinen Dietrich in die Hand.«

»Na ja, Alfons Buchholz kann sich das schon leisten.«

Er starrte Carl an: »Woher weißt du, dass Buchholz ihn bezahlen wollte?«

»Von der Pastorengattin.« Carl klang sehr stolz. »Ich habe heute nämlich auch ermittelt.«

»Dann weißt du auch, dass Gottlieb Straumann vermutlich ein Erpresser war und Alfons Buchholz sein Opfer.«

Carl nickte, setzte sich auf die Lehne ihres Plüschsofas, den Kuchen aß er mit den Fingern, Kuchen zu einer Mark das Stück.

»Ich werde morgen mal mit Herrn Buchholz sprechen. Meine Jungs haben seine Vergangenheit untersucht, aber da ist nichts bei rausgekommen.« Paul seufzte, ließ sich aufs Sofa fallen, woraufhin Carl aufsprang und begann, im Zimmer auf und ab zu laufen. »Ich weiß nicht, womit man ihn erpressen könnte.«

»Unzuchtparagraph. Ich kenne jemanden, der hat mal was mit Buchholz gehabt.«

»Ach so, du kennst da jemanden! Das ist ja reizend. Darf man auch erfahren, wen?«

»Wenn du so fragst: Nein.« Carl machte schmale Lippen. »Aber, weil ich dich mag: Es war der Baron von Orls.«

Der hatte sein Ding auch wirklich überall dringehabt, und so einer kommandierte dann deutsche Soldaten. »Und du meinst, Straumann wusste davon?«

»Woher soll ich das wissen? Du bist doch hier der Kommissar. Ich bin nur Schauspieler.« Er ließ den halb gegessenen Kuchen auf das Stahlrohrtischchen fallen, fünfzig Pfennig für den Müll. »Aber frag doch mal deinen Freund Klingenberg. Der hat doch mit ganz Berlin geschlafen, vielleicht hatte Buchholz auch das Vergnügen? Wie war's eigentlich? Hat's Spaß gemacht?«

Paul brauchte einen Moment, bis er überhaupt verstand, was Carl ihm da gerade so im Vorbeigehen hingeknallt hatte. Dann holte er tief Luft, und mit dieser sachlichen Stimme, die er gewöhnlich für potentiell gewaltbereite Mordverdächtige reservierte, sagte er: »Ich weiß nicht, was du jetzt schon wieder hast, aber vielleicht solltest du dir erst einmal darüber klarwerden, auf wen du zuerst eifersüchtig bist? Greta, Kapp, Klingenberg – the choice is yours! Aber ich gebe dir zu bedenken, dass hier nicht ich derjenige bin, der auf den guten Glauben seines Partners angewiesen ist, weil die Blätter voll mit Schilderungen meiner Untreue sind. Gern garniert mit einem Photo im Morgenrock.« Er redete sich in Rage, das waren die vier Bier und der verdammte Wodka. Wenn er nicht aufpasste, trat er wieder Türen ein. »Und ich übergieße auch nicht mal eben irgendwelche Damen mit Champagner!«

»Ich habe mich doch entschuldigt.« Jetzt war Carl natürlich wieder nichts als geweitete Augen. »Was soll ich denn noch tun? Ich hab's dir doch erklärt. Die haben diese Premierenaffäre nur erfunden, weil dieser Scheißantisemit von einem Chefredakteur Herrn Morgenstern eins auswischen wollte. Das hat mit mir gar nichts zu tun, Paul, wirklich nicht.«

Wenn Carl die Argumente ausgingen, kam immer *Paul, wirklich nicht,* und wenn gar nichts mehr half, dann konnte Carl auch noch mit einer zitternden Unterlippe aufwarten. Dafür war er eben Schauspieler. Wie sollte man jemandem glauben, der seinen Lebensunterhalt damit verdiente, eine Rolle zu spielen? Aber er wollte die Diskussion nicht eskalieren lassen.

»Carl, komm runter. Wir kriegen uns jetzt beide wieder ein, okay? Im Gegensatz zu dir hatte ich nämlich einen verdammt harten Tag, und mir fehlt wirklich die Kraft, mich jetzt noch mit irgendwelchen albernen Eifersüchteleien herumzuärgern.« Er lächelte versöhnlich, streckte die Hand aus. »Na komm, Kleines. Frag mich doch mal, wie mein Tag war? Ich hab nämlich tolle Neuigkeiten.«

Carl schüttelte den Kopf, sagte dann mit ruhiger, gefasster Stimme: »Warum fragst du nicht mich, wie mein Tag war? Das wäre mal eine nette Abwechslung – und wo wir schon bei Abwechslung sind, warum kannst du dir nicht zur Abwechslung mal vorstellen, dass ich mir Sorgen mache, wenn ich auf dich warte? Wenn ich weiß, du hast bis sieben Dienst, und du kommst und kommst nicht? Und auf dem Revier haben sie deiner Wirtin nur gesagt, du seist um kurz vor fünf zum Leichenschauhaus und danach nicht wieder zurück. Weißt du, da mach ich mir ein ganz klein wenig Sorgen.« Carls Gesicht war seltsam unbewegt, und Paul erinnerte sich, dass man Carl als Kind bei Wutanfällen in einen Schrank auf dem Speicher gesperrt hatte. »Und um zehn stehst du dann vor der Tür? Betrunken und ohne eine Spur von schlechtem Gewissen. Weißt du, ich bin vermutlich altmodisch, aber ich hätte es passend gefunden, wenn wir nun schon wieder zusammen sind, den ersten Abend nicht gleich saufend mit deinen Kollegen zu verbringen. Obwohl, wir sind ja gar nicht wieder zusammen, dazu kannst du dich ja auch nicht äußern. Das ist ja zu viel verlangt. Genauso wenig, wie du dich entschuldigen kannst, weil du nach der Premierenaffäre nur rumgebrüllt hast und mir nicht eine Sekunde zuhören wolltest. Oder wie du mir sagen kannst, was mit Klingenberg gelaufen ist. Die halbe Nacht und nach der Vernissage.« Und als Paul zu einer Antwort ansetzen wollte: »Nein, Paul, sei still. Ich mag es gar nicht wissen. Aber bitte geh, ja?«

Und mit diesen Worten verließ Carl sehr aufrecht den Salon, Paul hörte das Klicken des Schlafzimmertürschlosses, und irgendetwas in diesem trockenen Geräusch verriet ihm, dass weitere Diskussionen sinnlos waren.

—

Es tat so weh.

Er wollte zu Gottlieb laufen und dem Bruder petzen, was der böse Freund des Bruders getan hatte.

Es tat so weh.

Er wollte sich aufrichten, aber es ging nicht.

Er war zu schwach.

Das Kopfsteinpflaster klebte nass an seiner Wange.

Es hatte doch gar nicht geregnet?

Schuhe liefen an ihm vorbei.

Keiner, der stehen blieb.

Warum auch?

Vielleicht bemerkten sie ihn nicht?

Er lag unter etwas.

Der böse Freund des Bruders hatte etwas über ihn geworfen.

Er wollte rufen: *Hilfe!*

Er hatte keine Stimme mehr.

Es tat so weh.

Es sollte aufhören, so weh zu tun!

Gottlieb, lieber, lieber Bruder Gottlieb, hass mich nicht länger, weil die Mutter mich mehr geliebt hat. Hass mich nicht länger, weil ich geliebt werde und du nicht. Hass mich nicht, um meiner glücklichen Ehe wegen. Hilf mir.

Bitte Gottlieb, bitte hilf, bitte.

—

Alfons Buchholz saß in seinem Wintergarten und sah zu, wie die Nacht in die Welt Einzug hielt. Ein letztes Mal blätterte er noch in Kurt Pinthus' Gedichtband »Menschheitsdämmerung«, las Else Lasker-Schüler. *Vielleicht ist mein Herz die Welt, Pocht – Und sucht nur noch dich; Wie soll ich dich rufen?*

Es war schon zu dunkel zum Lesen, aber das war egal.

Alles war geregelt.

Der Bankier Alfons Buchholz hatte alles geregelt.

Er dachte nicht an Gottlieb, er dachte an seinen Freund, den Baron von Orls. Michail würde erst in der Zeitung den wahren Grund für den unerwarteten Anruf lesen.

Es war schade, dass er Michail nicht noch einmal sehen würde.

Vielleicht hätte er mit ihm darüber sprechen sollen?

Vielleicht hätte Michail ihn verstanden?

Michail hatte russisches Blut, er verstand viel vom Leiden. Und von der Liebe. Bis nach Shanghai war er nun schon vor ihr geflohen. Alfons hatte nie gewusst, was Michail in diesem blonden Kind gesehen hatte, sicher, es war ganz niedlich gewesen, sicher, es hatte diese tiefblauen Augen, aber wenn man ehrlich sein wollte, das einzig wirklich Herausragende an diesem Geschöpfchen war seine allumfassende Oberflächlichkeit gewesen. Und Michail hatte dieses Kind verwöhnt, verhätschelt, angebetet. Michail suchte die Schuld für die Trennung bei sich, fand Begründungen und Entschuldigungen, dabei hatte dieses hohlköpfige Menschlein einfach eine neue Laune gehabt: Einen Polizisten, einen besseren Schupo, einen Vomag obendrein.

Aber Alfons war nun froh um diesen Kommissar, denn so hatte er den Freund fragen können: *Ich brauche einen Kommissar. Einen verständnisvollen, du weißt, was ich meine?*

Michail hatte es gewusst.

Michail hatte nicht gefragt, warum er ihn deshalb aus dem Bett riss, ihn deshalb auf einem anderen Kontinent anrief, er war vielleicht zu verschlafen dafür?

Und er hatte gesagt: *Auf Wiedersehen, Michail,* und er hatte einfach eingehängt.

Er hatte dem Diener den Brief an diesen Kommissar gereicht und ihm den Abend freigegeben.

Es war alles geregelt.

Die Katze strich durch den mitternachtsblauen Garten.

Er hatte ihr nicht Lebewohl gesagt.

Aber auch der Pastor hatte seinen Lieben nicht Lebewohl sagen dürfen.

Schade um den Pastor, aber man lebt eben nicht allein auf der Welt, man hat Verantwortung, man hat einen Namen, man liebt Menschen, und man will, dass diese geliebten Menschen nicht leiden müssen.

Alfons Buchholz seufzte, und dann schlug er den Gedichtband zu, dann nahm er die Mauser, schob sie sich in den Mund und erlaubte dem Zeigefinger zu zucken.

—

Kriminaloberwachtmeister Alfred Kapp konnte es mit den Fräuleins. Die Damenwelt liebte ihn, leider mitunter etwas zu leidenschaftlich, was nicht nur dazu führte, dass Kapps Karriere durch die ständige Ablenkung auf der Stelle trat, sondern auch der Grund war, weshalb Kapp nun schon seit fünf Minuten barfuß, in Hosen auf einem schmalen Fenstersims stand und ausharrte, dass dieser zur Unzeit zurückgekehrte Verlobte endlich verschwinden möge.

Dabei bediente der sonst brav Nacht für Nacht in irgendeinem Hotel den Aufzug, so viel Fleiß fand Kapp durchaus lobenswert.

Was der bloß heute vergessen hatte?

Hoffentlich rissen solche Schlampereien nicht ein, gerade von einem Studenten der Chemie kann man doch wohl Ordnung und Methodik verlangen!

Wenn er das morgen dem Roten erzählen würde, der würde sich nicht mehr einkriegen. Solche Geschichten erzählte Kapp bevorzugt dem Roten, zum einen, weil der sie stets durch ordentlich Gelächter honorierte, zum anderen, weil Kapp hoffte, seinem Freund auf diese Weise begreiflich zu machen, wie albern dessen Verhältnis mit dieser Verheirateten war. Pix meinte, es sei die Baronin von Withmansthal, der Bäumer hätte so etwas angedeutet, und Greta war derselben Meinung. Die hatte ein Photo von den beiden bei Paul in der Wohnung gesehen, und darauf hatte die Baronin wohl nichts als eine Perlenkette getragen, die dafür dreireihig. Na, Paul hätte es schlechter treffen können, die Perlen würde er ihr von seinem Kommissarsgehalt kaum gekauft haben. Das deckte sich auch damit, dass Paul so unbedingt zu der Vernissage von diesem Klingenberg gemusst hatte, da war seine Schickse wohl gewesen, hatte Kapp heute gerade auf der Toilette in »Die Dame« gelesen.

Wann ging dieser Trottel von einem Verlobten endlich?

Für Mai war es wirklich noch unerfreulich frisch.

Die Wand an Kapps nacktem Rücken war ziemlich kalt, auch an den Füßen begann er heftig zu frieren.

Außerdem schien es jeden Augenblick regnen zu wollen.

Es windete schon.

Unten auf dem Hof, da bewegte sich plötzlich der Unrat.

Vielleicht war das auch gar nicht der Wind. Aber was dann?

Eine Katze?

Irgendetwas jedenfalls bewegte sich dort.

Etwas ziemlich Großes.

Es lag so im Schatten, Kapp konnte es nicht genau erkennen, aber seinen geschulten Augen reichte es.

Dort unten lag ein Mensch.

Kapp beschloss, den Betrunkenen nicht weiter zur Kenntnis zu nehmen. So etwas konnte schließlich jedem einmal passieren und dann gleich von der Polizei aufgelesen zu werden, war kein schönes Erlebnis.

Wenn er das morgen dem Roten erzählte, der würde denken, er schnitt auf. Na, mit dem würde er jetzt schon tauschen. Greta hatte tolle Sachen von dem seiner Wohnung erzählt, Kapp kannte ja nur das gemietete Zimmer, das der Rote offiziell bewohnte, aber dieses *Liebesnest*, wie Greta es nannte, am Pariser Platz musste schon ein Hingucker sein. Überall hatte französische Damenwäsche rumgelegen, rote Seide, und ein in Moschus getränktes Tigerfell hatten die vor dem Kamin im Salon.

Aus dem Hof kamen würgende Geräusche, aber Kapp zog es vor, diese nicht zu hören.

Also, der Rote und sein Verhältnis. Kapp glaubte das mit dem Tigerfell und der Seidenwäsche nicht so wirklich.

Das im Hof, das klang eigentlich mehr nach einem Röcheln.

Er mochte den Roten gern, aber für den war doch alles unanständig, bei dem das Licht an war.

Das Röcheln wurde lauter. Was, wenn dieser Mensch dort unten Hilfe brauchte? Hilfe, die über einen Eimer kaltes Wasser über den Kopf hinausging?

Die Hauswand konnte Kapp nicht hinunterklettern, die war zu glatt. Wenn er in den Hof wollte, musste er durch das Schlafzimmer. Im Schlafzimmer aber war immer noch der pflichtvergessene Verlobte – und wenn man genau sein wollte, auch Kapps Schuhe sowie sein Hemd.

Hatte da eben nicht etwas geglänzt? Hatte der Mensch dort unten nicht in einer Flüssigkeit gelegen? Kapp war zur Mordkommission gegangen, weil er Blut von allen austretenden Körperflüssigkeiten die am wenigsten ekelhafte fand. Er war nicht erpicht darauf, seinen Abend in Kotze watend zu beenden.

Da glänzte ziemlich viel, und es glänzte dunkel.

Das war Blut.

Kapp beschloss, der Geschichte ein unverhofftes Ende zu geben.

Und nachdem er bestimmt hatte, später einfach zu behaupten, er habe seine Mauser gezückt – was nicht ging, denn die Mauser lag zusammen mit Hemd, Unterhemd, Socken und den Schuhen hinter der Tür des hastig zugeworfenen Kleiderschranks –, zog er den Dienstausweis aus der Hosentasche, hielt sich an der Fensterverkleidung fest und sprang mit dem Ausruf »Kapp, Mordkommission« zurück in das Schlafzimmer seiner Professorentochter.

Mittwoch, 6. Mai 1925

Pix reichte es. Am liebsten hätte er sich erschossen, aber er wusste aktuell nicht, wo seine Mauser war. Aufhängen ging auch nicht, das traute er ihrer Decke nicht zu. Die Pulsadern aufschneiden war eine Schweinerei, das konnte man wiederum seinem Bruder nicht zumuten. Bertie war doch so sensibel.

Pix' Leben war ein einziges Jammertal. Jetzt hatte diese Greta ihm schon wieder eine Abfuhr erteilt, und die beiden aus dem Falschgelddezernat wollten auch nicht – dabei waren die im ganzen Revier für ihre legere Haltung bekannt. Der hübsche Kapp war bestimmt schon hundertmal über die drübergerutscht. Es konnte aber nicht nur das Aussehen sein – der Rote zum Beispiel, der hatte Sommersprossen, die waren so dicht, es sah aus, als wäre er in Dreck gefallen, dazu gruslige O-Beine, und der fickte reiche Schicksen in französischer Wäsche. Das war einfach ungerecht.

Und jetzt waren auch noch Pix' Privatphotos nirgends zu finden. Er hatte die ganze Küche danach abgesucht, normalerweise waren sie unter den Kartoffeln, in angenehmer Griffweite von Pix' Matratze. Manchmal legte er sie aber auch in die Weinkiste zu seinen Kleidern, nur da waren sie nicht. Sie waren einfach weg.

Bestimmt hatte Bertie sie gefunden und angezündet. Bertie war das zuzutrauen, der konnte ungeheuer moralisch sein. Der ging seit letztem Sommer mit so einer kleinen Nutte, der ihre Eltern hatten einen Obststand am Winterfeldtplatz, und als er Bertie neulich gefragt hatte, was da so läuft, hatte der Bruder ihm geantwortet, er dürfe jetzt ihre Hand halten. Für das Geld, was Bertie da allein in die allsonntäglichen Blumen investierte, hätte der im Café Dallas jede Woche eine andere haben können.

Bestimmt hatte Bertie die Bilder gefunden und verbrannt. Aber das würde er ihm heimzahlen, sich einfach so an seinem Privateigentum zu vergreifen. Nur weil Bertie den Heiligen vom Dienst gab, musste Pix ja noch lange nicht auch durchdrehen. Aber was würde Bertie so richtig treffen?

Im Wohnzimmer raschelte etwas.

Diese Ratte!

Hockte fett und feist in ihrer Kiste. Durfte man auch niemandem erzählen, dass sie ihre Wohnung freiwillig mit einer Ratte teilten. Womöglich rochen ihre Kleider schon nach diesem Nager? Ob es vielleicht daran lag? Frauen hatten empfindlichere Nasen als Männer. Ja, womöglich stank Pix nach Ratte! Eigentlich sah die Rattenkiste sehr sauber aus, Bertie putzte die jeden Tag, bevor er zur Arbeit ging. Zu allem Überfluss hatte Bertie ja auch noch einen

Reinlichkeitsfimmel. Jeden Samstag lieh sich Bertie von dem Abtreiber neben der Toilette einen Besen und jede zweite Woche zusätzlich einen Mopp. Dann wurde da der Herd mit Sand geschrubbt und ihre Unterhosen gründlich mit Ajax-Seifenflocken behandelt. Das war doch nicht normal! Und die Betten erst, die Betten wurden in den Hof zum Lüften geschleppt, dass da nie was wegkam, sah Bertie im Übrigen als Beleg für die Güte ihres Hauses, aber Pix nahm es eher als Beleg für das hohe Ansehen, das Bertie bei Muskel-Adolf genoss.

Trotzdem, dieser Nager musste weg! Die Leute lachten sicher schon über Bertie. Ein erwachsener Mann, der eine Ratte hielt wie einen Schoßhund. Überall nahm Bertie dieses Vieh mit hin, nur nicht zur Arbeit, der zarten Kreatur könnte ja was passieren.

Jetzt war der ideale Zeitpunkt, dieses Untier ein für alle Mal loszuwerden. Pix nahm den Deckel von der Kiste. Sofort begann das blöde Vieh panisch zu piepsen, versuchte erst die Wände hochzukommen, aber die waren zu glatt, presste sich dann in die Ecke, versteckte sich in einem Nest aus Stoffresten. Fiepste dabei aufs Lächerlichste. Geschah dem Untier gerade recht. Beherzt griff Pix zu, aber der schlüpfrige kleine Körper witschte ihm durch die Hände, dumm nur für dieses hässliche Vieh, dass es einen so langen Schwanz hatte. An diesem ekligen, regenwurmartigen Ding hatte Pix das Tier gepackt, hielt das strampelnde, wimmernde Ungeziefer weit von sich.

Wohin jetzt damit?

Aus dem Fenster!

Sie wohnten im vierten Stock, den Sturz würde selbst eine Ratte nicht überleben. Nur brauchte Pix zum Öffnen der Verriegelung eigentlich beide Hände, mit dem Ellenbogen ging es nicht richtig, und schon war das widerliche Vieh ihm entwischt, unter Berties Bett geflohen. Jetzt wäre der Besen nicht schlecht gewesen, aber Bertie besaß einen großen Stockschirm, den hatte ihm die Obsthändlertochter zu Weihnachten geschenkt, damit würde es auch gehen. Auf allen vieren stocherte Pix unter dem Bett herum. Da, er hatte etwas! Aber das war nicht die Ratte, das war eine Zigarrenkiste! Sorgsam mit Paketschnur umwickelt. Bestimmt waren das Berties private Photos! Das war ja noch besser als das ekelhafte Vieh! Auge um Auge, Photo um Photo. Mit dem Taschenmesser zerschnitt Pix das Band. Das waren keine Bilder, das waren Briefe! Briefe von der keuschen Obstbraut: *Lieber Bertie, ich hab mir so über die Blumen erfreut …; Mein liebster Bert, zu deinem 19. Geburtstag wünsche ich dir Glück und Segen auf allen Wegen …; Mein allerliebster Bertie, du fehlst mich so sehr, und ich denke jeden Tag zur bestimmten Stunde an dich. Hat der Kuchen dir geschmeckt? Sie lassen mich dich nicht besuchen, weil wir noch nicht verheiratet sind. Ich hoffe, sie sind gut zu dir? Musst du sehr frieren?* Das war ja nicht auszuhalten, dafür verschwendete die Papier. Kein Strumpfband, keine Locke. Da schmorte der arme Bertie in Tegel, und diese herzlose Kreatur schickte ihm nicht mal ein Höschen.

Aber da, ganz unten, da war noch ein dicker Umschlag, da würden jetzt die interessanten Dinge drin sein. Pix riss das Kuvert auf.

Das war Geld! Richtig viel Geld.

Lauter Zehner und ein Zwanziger!

Siebzig, achtzig, neunzig Mark!

Woher hatte Bertie das Geld?

So splendid war Muskel-Adolf nun auch nicht!

Es sei denn …

Was, wenn sein Bruder nicht länger nur Schulden eintrieb?

Was dann?

—

Als das Telephon klingelte, saß Paul am Küchentisch und verschwendete teuren Strom. Obwohl es auf fünf zuging, kam seine Zimmerwirtin im Abstand von maximal zwanzig Minuten, fragte, ob Herr Genzer wirklich noch arbeiten musste und wenn ja, ob er dafür wirklich die elektrische Lampe brauchte. Auch bei Gaslicht ließ es sich bekanntlich wunderbar nachdenken.

Paul hatte nun schon vier Bogen Papier verdorben

und war bei der dritten Tasse Muckefuck, weiter als *Lieber Carl, bitte verbrenne diesen Brief, gleich nachdem du ihn gelesen hast* war sein Vorhaben bis zum Klingeln des Telephons trotzdem nicht gediehen.

Paul hasste es, persönliche Briefe zu verfassen, und von Anfang an hatte er Carl verboten, ihm zu schreiben. Briefe waren potentiell gefährlich, ein *in Liebe* an der falschen Stelle, und schon saß man nach dem Unzuchtparagraphen verurteilt hinter schwedischen Gardinen.

Trotzdem, heute musste es sein.

Er war ganz systematisch vorgegangen, zunächst hatte er sich eine Liste gemacht mit all den Dingen, für die es sich zu entschuldigen galt. Die war ziemlich lang geraten, aber Paul hatte berufsbedingt großen Wert auf Vollständigkeit gelegt und auch eher nebensächliche Punkte wie Spott über bei Regen krausende Fusselhaare und (wiederholt) abfällige Bemerkungen über Carls Lieblingslied aufgeführt. Danach hatte er diese siebzehn Punkte nach Bedeutung sortiert, das hatte ihn fast zwei Stunden gekostet, weil er sich beispielsweise nicht entscheiden konnte, ob der verbummelte Geburtstag schwerer wog, als Carl auf dem Bahngleis vergessen zu haben, oder dass er Carl bei der Premierenaffäre unrecht getan hatte, und er war sich auch nicht klar darüber, wie es zu gewichten war, dass er Carl in Paris einmal heftig angeraunzt hatte, weil der sich wegen ein bisschen Schnee weigern wollte, Notre Dame zu besichtigen. Da fühlte Paul sich, ehrlich gesprochen, noch immer im Recht, weil man fuhr schließlich nicht Tausende von Kilometern, um dann im Hotel zu hocken, und außerdem hatte er Carl am Vortag eine wirklich schöne und besonders teure Lammfelljacke gekauft, darin konnte nicht einmal Carl frieren. Das Entscheidende war allerdings, dass Carl nicht von diesem Moment der Schwäche wusste, in dem Paul einfach nur gewünscht hatte, Carl möge einmal eine Nacht im Bunker verbracht haben, bei Trommelfeuer, Hunger und Frost, so dass Paul diesen Punkt schließlich ganz strich.

Im Anschluss daran, es ging auf drei Uhr zu, begann er mit sein Verhalten entschuldigenden Begründungen, wobei er sich hierbei doch etwas Phantasie erlaubte – das war schließlich auch bei Gericht so üblich. Im Grunde glaubte Paul nämlich nicht, dass ihn die Premierenaffäre weniger in Rage gebracht hätte, führten seine Eltern eine Musterehe. Aber ihm war schon vor Jahren aufgegangen, dass Carl Plüschaugen bekam, wenn er die Trunksucht seines Vaters erwähnte, und es außerdem aufregend exotisch zu finden schien, dass man bei Genzers Rabattmarken gesammelt hatte. Eigentlich hätte er auch den Krieg noch gern irgendwo untergebracht, aber Kapp hatte neulich zu so einem bunkertraumatisierten Mörder gesagt: *Ich schrei auch jede Nacht und dresch trotzdem niemanden tot.*

Danach machte Paul sich ein Marmeladenbrot und setzte sich an die Reinschrift. Er zog Tinte in den Füller, strich das Papier glatt, machte sich noch ein Marmeladenbrot, trank eine Tasse Muckefuck, sah in den Eisschrank, aß zwei Löffel Marmelade, trank eine weitere Tasse Muckefuck und rupfte ein paar welke Blätter vom Petersilienpflänzchen auf dem Fensterbrett. Dann strich er erneut den Briefbogen glatt, nahm einen anderen, da waren Marmeladenflecken drauf, der neue war irgendwie krumplig, weshalb er auch diesen wegwarf und noch ein Glas Wasser trank, dann spülte er gleich das Glas, den schmutzigen Teller, und weil er neben seinem Bett eine alte Teetasse vermutete, sah er schnell nach, sie war allerdings nicht mehr dort, so dass Paul sich nun endgültig unter die elektrische Lampe setzte und in Sonntagsschrift die Worte *Mein Kleines* zu Papier brachte. Aber was, wenn Carl die Entschuldigung nicht annahm? Dann war er ein Vollidiot, der Briefe mit *Mein Kleines* begann. Besser etwas Neutrales, das war gegebenenfalls weniger peinlich. *Carl?* Nein, das ging auch nicht – so begann er zwar gewöhnlich schriftliche Aufforderungen an ihn, wie beispielsweise bitte endlich den verlorenen Knopf in der Reinigung zu reklamieren oder die Köchin auf den Mehrverbrauch von Kaffeepulver anzusprechen, aber für diesen Anlass war es zu unpersönlich.

Paul nagte am Füller und litt wie seinerzeit, als man ihn in der Deutschreifeprüfung zwang, zu erklären, warum das Kaiserreich der Kolonien bedurfte.

Paul holte Luft, nahm einen neuen Bogen und schrieb: *Lieber Carl, bitte verbrenne diesen Brief, gleich nachdem du ihn gelesen hast.* Das klang gut, und mit Schwung setzte er erneut an, als das Telephon ihn durch heftiges Lärmen erlöste.

Endlich. Das war Carl. Gott sei's gedankt. Endlich, endlich!

»Verdammt, Kleines. Ich bin so froh, dass du anrufst. Ich sitz jetzt echt seit meinem Rauswurf hier und versuch dir zu schreiben, aber ich krieg's nicht hin. Lässt du mich kommen?«

Am anderen Ende lachte Kapp schmutzig. »Sorry, wenn ich stör, Roter, aber warum soll's dir bessergehen als mir? Wollt dich nur informieren, ich hab deinen Pastor. Angeschossen, aber schon auf dem Weg in die Charité. Kriegen ihn vielleicht durch. Papiere und Geldbörse, alles noch da, war also kein Überfall. Tatort ist gesichert, wenn er's überlebt, kannst den Pastor eh erst morgen oder so verhören, ich brauch dich eigentlich hier nicht. Reicht, wenn du dich morgen drum kümmerst. Weißt, ich …«

»Nein! Schick mir den Wagen. Ich will mir das selbst ansehen.« Und mit einer Mischung aus schlechtem Gewissen und Dankbarkeit schob Paul seine Notizblätter und Briefentwürfe auf einen Haufen und räumte das Ganze zu seinem Reifezeugnis in die alte Munitionsschachtel, den preisgekrönten

Aufsatz über die Notwendigkeit der deutschen Kolonien, den legte er noch obendrauf, und dann schob er alles ans hinterste Ende seines Kleiderschranks.

—

Benjamin Morgenstern, der vermutlich erfolgreichste Manager von Berlin, ebenjener Benjamin Morgenstern saß zwischen schmutzigen Hemden, Fanpost und einer Kiste voll Puderblöcken der Farbe Braun 5,0 in von Bäumers Künstlergarderobe und dachte voll Sehnsucht an seinen Bruder, der war Herr über eine stille Arztpraxis in Blankenese. Wenn sein Bruder aus dem Fenster sah, dann fiel sein Blick auf das Dunkel alter Kastanien. In der Ferne der weiße Glanz der Elbe. Immer wenn Benjamin seinen Bruder besuchte, roch es nach Jod und frisch gemähtem Gras, spielte seine Nichte am Klavier leise »Für Elise« – sie hieß Judith und war ein märchenhaft blasses Geschöpf.

Der Bäumer erbrach sich noch immer würgend in das Waschbecken.

Manchmal führte Benjamin seine Nichte ins Ballett aus, dann trug sie ein pastellrosa Kleid aus hingehauchter Spitze, und ihre kleine Hand lag kühl auf dem Ärmel seines Smokings. Besonders Tschaikowski liebte sie sehr.

Der Bäumer sank auf den Boden, blass, mit kaltem Schweiß auf der Stirn. Augenringe hatte der wieder, aber wenigstens die Hände heilten gut ab, da würden keine Narben bleiben.

»Bub, was ist los? Hast du was genommen? Morphium?«

Der blonde Kopf schwankte kraftlos hin und her. Diese Stars!

Dabei war der Bäumer am Anfang so ein nettes Kind gewesen, hatte einen Macbeth zum Niederknien hingelegt, und als Morgenstern dann hinter die Bühne ging, ihm seine Karte gab, fragte, ob es für nach der Schule schon wo unterschrieben habe, da sagte das Kind, und seine Stimme klang stolz: *Beim Schiffbauerdamm. Für fast ein halbes Kommissarsgehalt.*

Morgenstern hatte gelacht und erwidert: *Du bist genau, was die UFA sucht! Du bist zehn Kommissarsgehälter wert!*

»Nein, Herr Morgenstern. Ich habe nichts genommen. Also schon, aber nur Kokain. Ich habe kaum geschlafen, ich musste doch wach werden.« Der Bub zündete sich eine Zigarette an. »Es ist wegen des Kuchens von Herrn Genzer.«

Der Manager nickte, er verstand wirklich nicht, was los war. Gut, wegen der Bierkutschersache war das Unschuldsbekenntnis des von Bäumer auf Seite drei gerutscht, und dafür würde Morgenstern der FAZ noch die Hölle heißmachen, aber musste man sich deshalb so aufführen?

Sah der die FAZ und begann zu spucken.

Sollte der Herrn Genzer doch auch mal eine Schlagzeile gönnen. Da teilte der Bengel seit Jahren schon Tisch und Bett mit »Berlins mutigstem Kommissar«, aber wenn es um die Presse ging, hörte die Liebe auf. Dabei mochte Morgenstern den Herrn Genzer wirklich gern, der hatte seinen Kleinen damals zur Vertragsunterzeichnung begleitet, draußen vor der Tür gewartet, und weil Morgenstern lange genug im Geschäft war, um die Bedeutung dieser begleitenden Freunde für seine Schauspieler zu kennen, besonders für die androgynen, bat er schließlich Herrn Genzer kurz dazu. Er hatte da grundsätzlich nichts gegen, der wurde wenigstens nicht im falschen Moment schwanger, aber Morgenstern war ein altmodischer Herr, er wollte nicht, dass sich seine Klienten mit Kriegsdienstverweigerern oder sonstigem vaterlandslosem Geschmeiß abgaben. Und so stellte er Herrn Genzer nur eine Frage: *Wo haben Sie gedient?* Herr Genzer antwortete zufriedenstellend und machte auch ansonsten einen sauberen, gesunden Eindruck – da war Morgenstern heikel, er hatte schon mal ein Talent an die Syphilis verloren. Das wollte er nicht noch einmal erleben.

»Der Kuchen war wegen der Verhaftung, verstehen Sie? Und ich habe nicht gefragt. Ich wusste es doch nicht, ich wusste es doch wirklich nicht! Und ich hatte mir auch solche Sorgen gemacht. Ich hab gedacht …, ach, ich weiß nicht, was ich gedacht hab, aber ich dachte, es sei was passiert. Was Schlimmes.«

»Du hast schlechten Kuchen gegessen?« Morgenstern nickte, das war mal wieder typisch. Am Tag vor einem entscheidenden Gespräch fraß der Bengel zweifelhaftes Gebäck. Nicht einen Funken von Verantwortungsgefühl. Dabei war es gerade beim Höfgen so wichtig, dass der Bub hübsch aussah. Hübsch sollte er aussehen, dann konnte er auch den Text vergessen, der Höfgen schiss doch auf den Text, der wollte einen scharfen Arsch an seinem Dimitri Karamasow. »Dann immer raus damit. Zeig mal deine Hände. Sehen schon viel besser aus.« Ein zufriedenes Lächeln malte sich jetzt auf Morgensterns Gesicht. »Haben wir die Scherben noch rechtzeitig rausgeholt. Dein armer Herr Genzer, der hat's gerade auch dick, was? Erst du und dann der Klingenberg.«

»Was ist mit Herrn Klingenberg?«

»Hat er's dir nicht erzählt? Ja, ja, der kriegt den Mund nicht auf.« Morgenstern lachte gemütlich, und weil es auf neun zuging, befand er, dass der Tag reif für eine Zigarre war. »Der ist am Sonntag beinah an einer Überdosis hopsgegangen. Und dein Herr Genzer hat ihn in die Charité gebracht, sich da die halbe Nacht um die Ohren geschlagen. Anita hat mir erzählt, der Klingenberg hätte wüsten Liebeskummer, er will nun nur noch schwarz malen, und sein Galerist ist wohl in heller Panik, weil schwarz doch keiner kauft. Die Leute wollen bunte Bilder für ihre weißen Salons!« Leider wusste der Bub die schöne Geschichte nicht zu würdigen, der kotzte schon wieder. Morgenstern seufzte entnervt, in dem Zustand stand der Bengel das Gespräch mit dem Höfgen niemals durch, wie der aussah, besetzten die ihn bestenfalls als Leiche, und deshalb entschied Morgenstern: »Ich schick nach dem Arzt. Die sollen dir Morphium spritzen, das beruhigt die Nerven. Und vielleicht dazu ein belegtes Brot? Aber jetzt mach erst mal die Zigarette aus. Rauchen ist ungesund.«

—

»Ick hab doch nur Briefe einjeschmissen! Nur zwee Briefe!« Trotzig schob Bertie die Unterlippe vor. »Dat is doch nich verboten. Und dat Jeld, dat war für deinen Jeburtstag! Für ans Meer! Dat is nich richtich, dat du mir schimpfst. Und der arme, arme Winnetou!« Bertie hatte das Vieh auf dem Arm, streichelte beruhigend über das glänzende Fell. »Brauchst dir jar nich uffspielen. In meinen Sachen haste jewühlt.«

Pix nickte und wusste nur eines: Er würde verhindern, dass man seinen kleinen Bruder wegen Mordes hängte.

Er musste jetzt ganz logisch vorgehen.

»Schon recht, schon recht. Es tut mir leid.« Er lächelte breit, legte eine tröstende Hand auf die massige Schulter. Er würde nicht zulassen, dass irgendjemand seinem kleinen Bruder etwas tat. »Aber jetzt lass mich einen Moment nachdenken.«

Ganz ruhig, nicht die Nerven verlieren.

Sie konnten seinen kleinen Bruder nicht wegen Mordes verurteilen, Bertie hatte doch nicht gewusst, was er tat.

Bertie war eben etwas langsam, aber Bertie war ein herzensguter Mensch.

»Soll ick dir Teewasser uffsetzen?«

Man musste doch nur mal das Rattenbettchen sehen!

»Nee, lass mich einfach nachdenken.«

Man musste doch nur mal Berties Vorstrafen sehen.

Baby Bert, Muskel-Adolfs Lieblingsschläger.

Für Richter zählten keine Rattenbettchen.

Ganz ruhig, ganz logisch.

An wen konnte Pix sich wenden?

An den dicken Gennat?

Im Leben nicht!

Den Roten?

Nein, der hatte zwar Verständnis, aber der mochte Bertie nicht.

Was sollte Pix nur tun? Wer würde ihm glauben?

Er konnte doch nicht zulassen, dass Max Bayer für eine Tat verurteilt wurde, die er nie begangen hatte.

»Weeßte noch, Mami hat immer jesagt: Wellen, dat hört sich an wie Verkehrslärm und Jewitter, nur schöner.«

Pix nickte, lächelte und wusste sich nicht zu helfen.

Alles, was er wusste, war: Niemand hängt seinen kleinen Bruder!

—

»Ich denke, in der heutigen Zeit ist Treue nicht länger eine gesellschaftliche Konvention. Es ist eine freie Willensentscheidung, gewissermaßen ein Vertrag, den zwei Menschen miteinander eingehen. Jedes Paar für sich, jedes Paar nach den eigenen Regeln. Für mich persönlich ist Liebe ohne bedingungslose Treue allerdings nicht vorstellbar ...« Paul las nicht weiter, er starrte Carls Photographie an: die neue Rasierwasserreklame, halbseitig neben dem Artikel prunkend – Carls Gesicht, Carls Schlüsselbein, eine Ahnung des berühmten Morgenrocks und ein Blick, halb spöttisch, halb fordernd. Ihn sah Carl nie so an, so wissend. Da war Paul froh drüber, bei einem Safeknacker oder einem Arzt, da mochte Erfahrung was Schönes sein, und Pix schwor bekanntlich auch auf gut eingerittene Mädchen, aber er selbst hatte da nie viel bei gefunden, für ihn hatte das immer etwas von Frontpuff gehabt. Dieser Schlafzimmerblick durfte getrost der Republik gehören. Schon auf dem Weg ins Revier war Paul an vier Litfaßsäulen mit Carls Gesicht vorbeigekommen, darüber in leuchtendem Rot der Schriftzug *Fräulein, pardon*.

Schlafzimmerblick oder keiner, die Frage blieb: Würde Carl ihn jemals wieder ansehen?

»Na, Roter?« Kapp stand gähnend in der Tür, die beiden dampfenden Kaffeetassen in einer Hand. »Den trink ich noch mit dir, aber danach geh ich nur noch ins Bett. Bei Chefe ist übrigens ein Kuchen für uns, Geschenk von Muskel-Adolf für unsere überragenden Leistungen in der Bierkutschergeschichte. Laut beigelegter Karte garantiert strychninfrei. Wenn du was davon willst, beeil dich, du kennst unseren dicken Gennat. Der muss sein Kampfgewicht halten.«

Paul begann die Post auf seinem Schreibtisch mit dem Brieföffner aufzureißen: »Warst du da noch im Krankenhaus, als Muskel-Adolf die Schwarzwälder Kirsch mit der Schokoladenfeile drin geschickt hat?«

»Ja, fand ich top. Mich schießt dem sein Gorilla an, und ihr fresst Torte.« Kapp gähnte. »Wann gehst du in die Charité? Die Pastorengattin ist schon da. Macht wohl alle ganz verrückt, nervt die Doktoren, flennt rum.«

»Soll sich nicht so anstellen, haben Ihren Gatten doch wieder zusammengeflickt gekriegt.« Paul schob den Brief zur Seite, ein Gratulationsschreiben seines Boxclubs zur Ergreifung des Bierkutscherschlächters, das las er später. »Die Oberschwester ruft mich an, wenn der Pastor vernehmungsfähig ist. Vermutlich aber nicht vor morgen. Hast du inzwischen eine Ahnung, warum den einer erschießen sollte? Also, ohne ihm sein Geld zu klauen?«

»Herr Kriminalkommissar Genzer, ich bin nur

Kriminaloberwachtmeister, wenn ich vor Ihnen eine Ahnung hätte, wäre das eine Umkehrung der gottgewollten Ordnung. In diesem Sinne: verfickte Scheiße, nein.« Kapp riss abermals den Mund zum Gähnen auf. »Aber ich hab auch keine Ahnung, wie die ganze Scheiße zusammenhängen soll, der Mord am alten Straumann, der Mord an seiner nuttigen Witwe ...«

»Der auch Selbstmord oder ein Unfall gewesen sein kann«, warf Paul ein.

»Genau, und dann der Tod Lenchen Schneiders und nun der Anschlag auf Thomas Leiser. Mir ein Rätsel, wie es Kurt Flamm gelungen sein sollte, Bernice das gepanschte Kokain unterzuschieben, und warum Max Bayer seinen Dienstherrn mit einer Duellpistole hätte ermorden sollen. Und wie unser Mörder nach Max Bayer das Zimmer hätte verlassen können, ist mir alles ein großes Geheimnis.« Desinteressiert knallte Kapp die leere Tasse auf den Tisch. »Aber jetzt lass ich dich wirklich allein spielen. Weißt du, deine Kleine ist das inzwischen gewohnt, dass du nur zum Ficken und Schlafen vorbeikommst, nur so weit bin ich mit meiner noch nicht. Ich muss da etwas Einsatz zeigen. Man sieht sich morgen.«

»Bis morgen«, sagte Paul, und nach einigem Nachdenken erklärte er halb der geschlossenen Tür, halb dem soeben geöffneten Brief: »Stimmt doch gar nicht, ich komm nicht nur zum Ficken und Schlafen vorbei. Vollidiot.« Und schließlich arbeitete er ja nicht zum Spaß! Carl war auch mächtig stolz auf seine Erfolge, und von der Bierkutscherschlächterprämie würden sie jetzt Samstag essen gehen, das hieß ..., wenn Carl mit ihm essen gehen würde. Warum rief Carl denn nicht einfach an? Er musste es doch inzwischen aus der Zeitung wissen. Womöglich war Carl richtig sauer? Das war natürlich auch eine Glanzleistung gewesen, *wir wissen nicht, wie wir Ihnen jemals danken können – Ihre Berliner Brauereiinnung,* warum sortierte diese Greta eigentlich seine Post nicht vor? Diesen Carlbrief musste er auch noch schreiben. Schade, dass man nicht Greta bitten konnte, da was Nettes aufzusetzen, *Bezug nehmend auf Ihre Spesenabrechnung vom 13.3.,* war ja klar, dass die nicht so durchgingen, Paul seufzte, da kümmerte er sich auch später drum. *Sehr geehrter Herr Kriminalkommissar Genzer, der Baron von Orls hat Sie mir empfohlen ...* Paul schauderte, na das würde was sein. Er hatte diesen dekadenten von Orls zwar nur einmal gesehen, aber das hatte ihm gereicht, *und ich möchte auch Herrn Carl von Bäumer als meinen Leumund anführen. Ich bitte Sie deshalb, mein Schicksal und meine Lebensgeschichte so weit als möglich mit wohlwollender Diskretion zu betrachten. Dies ist ein Geständnis: Ich bekenne hiermit im Vollbesitz meiner geistigen und körperlichen Kräfte ohne äußeren Zwang und aus freien Stücken: Ich, Alfons Buchholz, habe am 5.5.1925 in den frü-*

hen Abendstunden Thomas Leiser erschossen. Ich tat dies in einem Zustand geistiger Verwirrung und ohne weiteres Motiv. Ich bitte Sie als deutschen Offizier und als Ehrenmann, dies so hinzunehmen und bei Ihren weiteren Schritten stets daran zu denken, wie viel Gutes durch die Buchholzstiftung geschehen konnte.

Ich kann jedoch mit dieser Schuld nicht länger leben und werde deshalb nach Beendigung dieses Briefes freiwillig aus dem Dasein scheiden. Wenn es Ihnen irgend möglich ist, verbrennen Sie den Inhalt von Gottlieb Straumanns Sekretär, der eine Jugendsünde von mir enthält.

Mit der aufrichtigen Bitte um Ihr Verständnis.
Herzlichst,
A. Buchholz.
P.S.: Meine sterblichen Überreste finden Sie im Wintergarten meines Grunewalder Hauses.

Paul ließ den Brief auf seinen Schreibtisch sinken. Der Tag wurde immer furchtbarer. Er würde diesen Fall nie lösen können! Er verstand so gar nicht, wie all das zusammenhängen sollte.

Das Haustelephon schrillte. »Dr. Häßling lässt ausrichten, die zerhackte Nutte mit dem zerhackten Freier und dem erhängten Zuhälter sind immer noch fertig. Ob Sie sich die nun endlich ansehen wollen? Ich soll Ihnen sagen, Sie seien nicht sein einziger Spielkamerad.«

Und während Kommissar Paul Genzer noch versuchte zu erklären, dass er gerade einen ermordeten Bankier reingekriegt hatte, stand irgendein namenloser Kriminalassistent in der Tür, sagte: »Der dicke Gennat meint, Sie hätten noch Kapazitäten für eine Messerstecherei in Pankow? Sie sollen sich den Dörflein mitnehmen und auf dem Rückweg gleich noch ins Männerwohnheim, da haben 'se einen totgetreten. Das geht aber schnell. Außerdem schulden Sie mir immer noch die fünfzig Pfennig für den Trauerkranz vom Reilland. Und in die Liste für den Betriebsausflug haben Sie sich bisher auch noch nicht eingetragen!«

Paul Genzer senkte schuldbewusst den Kopf, nahm sein Sakko, zahlte gleich eine Mark, der nächste Trauerkranz kam bestimmt, bestätigte seine geplante Teilnahme für den Ausflug in den Luna Park, versicherte, den saumseligen Kapp gleichfalls hartnäckig daran zu erinnern, und obwohl er wusste, dass es nicht richtig war, obwohl er wusste, dass Carl Besseres verdient hatte, griff er dann das Telephon und rief bei seiner Zimmerwirtin an.

—

Sie wartete darauf, dass Thomas wach würde.

Isabella saß auf dem schmalen Krankenhausstuhl und sah ihren beiden Männern beim Schlafen zu. Mit der ehrfurchtsvollen Vorsicht, die ein Dreijähriger vor Verletzungen aller Art empfand, hatte

Hans sich an die gesunde Schulter seines Onkels gekuschelt, holte leise schnarchend die unglückselige letzte Nacht nach.

Isabella fand, dass ihr Hans nicht nur ungewöhnlich klug und ungewöhnlich hübsch, sondern auch außergewöhnlich einfühlsam war.

Nachher, auf dem Weg nach Hause, da würde sie ihm den Verkehrsampelturm am Potsdamer Platz zeigen, und dort gab es auch ein Geschäft, in dem konnte man Kartoffelpuffer mit Zimt und Zucker aus einem Fenster zur Straße kaufen. Vielleicht würde sie in dem Laden für Strickjumper vorbeigehen, wo sie einmal gearbeitet hatte, und dann würde ihre ehemalige Chefin sehen, dass aus der gefallenen Kassiererin Isa keine Bordsteinschwalbe, sondern eine angesehene Pastorengattin geworden war.

Sie würde Thomas eine gute Ehefrau und Jakobs Kind eine gute Mutter sein.

Ihr Kind sollte das Kind eines angesehenen Pastors sein.

Manchmal musste man als Frau solche Entscheidungen treffen. Manchmal durfte man nur an das Wohl des Kindes denken.

Isabella richtete den schlaffen Flieder in der Vase, und weil sie wusste, dass niemand sie hörte, hauchte sie: »Toujours l'amour, wenn ich dich sehe, mein Schatz, dann denk ich nur eines, mein Schatz: Toujours l'amour. Ich verzeihe dir alles, mein Schatz, nur küss mich, komm küss mich die ganze Nacht.«

Aber dann bewegte sich Thomas etwas, und sie sang »Danke für diesen guten Morgen«.

Sie fand, dass sie auch allen Grund besaß, ihrem Schöpfer zu danken, und sie fand es sogar noch, als Thomas schließlich aufwachte und leider völlig wirres Zeug erzählte, ein Engel nämlich habe ihn gerettet. Das glaubt sie ihrem Mann sofort, aber dass der Engel barfuß, nur in Hosen gewesen sei und wüst auf die Pflichterfüllung, den Regen sowie preußische Erziehung geflucht habe, das hielt sie doch für einen Wachtraum.

—

Carl las Fanpost, rauchte und riss Fetzchen von seiner Unterlippe. Er mochte Fanpost, meistens war sie nett, und oft lagen kleine Geschenke bei, schlechte Porträts von ihm in Kohle und Öl, selbstgestrickte Socken und einmal ein Kaffeekannenwärmer, hin und wieder auch Wäsche, da wusste er allerdings nie, was mit anfangen, ob die glaubten, er trüge rote Büstenheber? Die Wäsche gab er den Requisitenmädchen, den Kaffeewärmer benutzten sie – aber nur sonntags, weil Paul ihn zu gut für alle Tage fand. Die Briefe waren meistens sehr süß, mit Herzchen als i-Punkt und mit Buntstift gemalten Rosenranken, die schönsten nahm er Paul mit, die anderen, deren Inhalt nicht so süß, sondern eher ziemlich explizit war, die warf er gleich weg. Er nahm es den

Schreibern nicht übel, genau wie er es Herrn Höfgen nicht übelnahm, dass er ihm mit der Hand über die Wange gefahren war und das Knie tätscheln wollte. Das gehörte eben dazu, aber Claudio Pauls hatte ihn schon instruiert, wenn der Höfgen das Kneifen anfing, sollte er ihm wortlos eine schießen, das hatte bei Claudio Wunder gewirkt.

Lass mich dein Stallhase sein – das klang unanständig, das ging in den Müll. Carl hätte gern Paul angerufen und ihm gesagt, dass er die Rolle hatte. Paul lag viel an so ernsten Rollen, Paul fand den Comte LeJuste eine Verschwendung von Carls Talent, auch wenn Paul das Automobil natürlich gern fuhr und zugegeben hatte, dass sie von seinem Kommissarsgehalt nie nach Paris hätten reisen können. Aber vermutlich war Paul noch sauer wegen der Szene gestern Abend. Er hätte doch einfach kurz anrufen können? *Kleines, ich komme etwas später. Ich habe heute den Bierkutscherschlächter gefasst, und wir gehen das noch feiern. Ich liege nicht zusammengeschlagen rum, ich habe keine Affäre mit Klingenberg, und ich liebe dich. Kuss* Das war doch jetzt wirklich nicht kompliziert!

Nächster Brief: *Ich verehre Ihre blauen sanften Himmelsaugen* – das war nett, das kam auf den zubeantworten-Stapel. *Du kannst mit mir machen, was du willst. Ich bin dein kleines Inselmädchen.* Da war Carl unschlüssig, sollte Herr Morgenstern entscheiden. Das Nächste war ein in Zeitung geschlagenes Paket, bei der Rezeption abgegeben, kein Poststempel, keine Marke. Pakete waren immer spannend. Das hier war ziemlich leicht. Vielleicht ein zweiter Kaffeewärmer? Oder ein schönes Sofakissen? Bestickt und mit weißen Bündchen? Das wäre top, Paul mochte Sofakissen. Unter dem Papier war allerdings eine alte Munitionsschachtel, schon ganz ramponiert.

Es klopfte. »Ich lasse bitten.«

In der Tür stand ein Mann, den Carl vage kannte. Er war noch ein bisschen langsam im Kopf, er vertrug Morphium nicht gut. Aber es war auf jeden Fall jemand Unwichtiges. Der Kohlelieferant? Der Portier vom Pariser Platz? Ein Fan? Wie war der nur an den Türstehern vorbeigekommen?

»Sie wünschen?«

»Es ist wegen meinem Bruder.« Vielleicht war der Bruder der Portier? »Sie erinnern sich doch an mich? Ich bin Pix, Herr Genzers Photograph.«

»Natürlich, natürlich. Wir sind uns bei der Witwe Straumann vorgestellt worden.« Angesichts der Tatsache, dass die Witwe zu diesem Zeitpunkt schon tot gewesen war, war das vielleicht eine etwas unglückliche Formulierung, aber das ließ sich jetzt nicht mehr ändern. »Was führt Sie zu mir?«

Ungebeten ließ sich dieses Subjekt auf den Haufen mit Bügelwäsche fallen. So dreckig, wie der aussah, konnte man die nun noch mal waschen. Außerdem kratzte der sich dauernd.

»Es geht um meinen kleinen Bruder.«

»Ach ja?« Womöglich hatte der Flöhe! Oder Wanzen! Proletarier hatten oft Parasitenbefall, wofür sie aber nichts konnten, weil das war die Schuld von Carls Vater. Oder genauer die Schuld der Düngemittel- und Backsteinfabrik von Carls Vater, obwohl Carl nicht wirklich verstand, was Backsteine mit Flöhen zu tun haben sollten. Es hatte ihn auch nie interessiert, für das Gespräch mit Paul hatte es immer ausgereicht, betroffen dreinzusehen.

»Ich wollte Sie um einen kleinen Gefallen bitten.«

»Nur zu.« Carl lächelte höflich, stand auf und öffnete das Fenster einen Spalt. Offensichtlich rochen die immer. »Womit kann ich Ihnen behilflich sein? Nein, nein, bleiben Sie ruhig sitzen!« Das fehlte noch, seine Läuse im ganzen Raum verlieren. »Ich höre Sie gut. Ich bleibe nur lieber am Fenster. Wegen der frischen Luft.«

»Wie Sie meinen.«

Jetzt hatte er bestimmt Pix' Gefühle verletzt. Das mit den Proletariern war alles sehr schwierig. Carl wünschte fast, er hätte in der »Roten Sichel« nicht immer nur die hübschen Bilder angesehen.

Paul musste ihm das Ganze mal in Ruhe erklären. Oder noch besser, er las selbst den Marx, das würde Paul gefallen, und sie konnten dann ernsthafte politische Diskussion betreiben. Er könnte sich ein rotes Halstuch kaufen und Selbstgedrehte rauchen? Das wäre top. Wenn das bloß nicht zu kompliziert geschrieben war, es nervte Carl kolossal, wenn man beim Lesen die Hälfte nicht verstand. »Herr Pix, mochten Sie Marx?«

Pix glotzte ihn verwundert an: »Ich gehe leider nur selten ins Kino. Aber ich will ihn mir noch ansehen. Also, hören Sie, wegen meines Bruders ...«

Sollte der Marx womöglich auch verfilmt sein? Kaum vorstellbar, so langweilig, wie das Buch aussah. »Wie kann ich Ihnen denn nun behilflich sein?«

»Also, Sie müssen wissen, Bertie ist ein sehr lieber Mensch ...«

Ach, darum ging es.

Carl strahlte, riss den Deckel von der Munitionsschachtel, griff sich den Füller, schrieb *Für Bert...* »Mit i oder y?«

»Mit ie, aber ...«

»Also für Bertie, und was soll ich weiter schreiben?« Carl blickte erwartungsvoll in das leere Gesicht. Hätte der sich auch mal vorher überlegen können, erst um ein Autogramm bitten und dann nicht wissen, was man als Widmung will. »Vielleicht *meinem größten Fan*? Beliebt ist auch *Zur Erinnerung*.«

Pix schien nun vollkommen verwirrt. Carl kannte das schon, das ging vielen so, wenn sie mit einem Filmstar reden sollten, und um die Peinlichkeit etwas zu mildern, blickte Carl diskret nach unten, in die Munitionsschachtel. Die war voll mit Papieren.

Das war Pauls Handschrift!

Das war Pauls Abituraufsatz zu den deutschen

Kolonien. Er schob den Aufsatz beiseite. Darunter lag Pauls Reifezeugnis – überall sehr gut, nur in Singen genügend – und darunter lauter Notizen: *Mein Kleines,* und dann nichts weiter, *Entschuldigungsbedürftiges Verhalten: Spott über Frisselhaare; Witze über Lieblingslied von Scheiß Jack Jackson; Premierenaffäre (!!!!!!); vergessener Klingenberg; vergessener Geburtstag (!!!!!), auf Bahngleis vergessen (!!!!); Warum ich ein Idiot bin: weil ich nichts im Kopf habe, Vater war auch schon ein Idiot; Bruder auch; liegt also in Familie; Scheißtemperament; zu gut für mich; Krieg (???), Warum ich trotzdem zurückgenommen werden sollte: eventuell altruistische Neigung; darauf hinweisen, dass ich ihn nie betrügen würde; mache gutes Rührei und guten Kaffee; solide und sparsam; Schlafzimmer (aber Mangel an Vergleichsmöglichkeiten); schöner Urlaub letztes Jahr; Samstag Essen im Adlon; wenn Samstag essen, dann vorher zum Boxen; fett und rothaarig, seh bald aus wie Willi; Pensionsansprüche; brauche ihn ...*

Carl schluckte trocken. Paul Genzer, der Mann, der nie mehr schickte als ein Telegramm, Paul Genzer, Meister des genuschelten *Ichdichauch,* dieser Paul, sein Paul eben hatte ihm geschrieben. Und er hatte ihm nicht nur geschrieben, er hatte sich sogar entschuldigt! Paul Genzer hatte sich entschuldigt, schriftlich! Das war einfach kolossal top, das war besser als top, das war ...

»Also nein, ich möchte kein Autogramm, Herr von Bäumer.«

Was machte dieser Pix überhaupt noch hier? Verteilte Flöhe und war lästig!

»Herr von Bäumer, ich brauche Ihre Hilfe.«

Der ging ihm auf die Nerven. Was wollte der bloß? Geld? Geld besaß Carl auch keins, von seinen Eltern bekamen sie gar nichts, die fanden, ein Schauspieler konnte sich gefälligst selbst versorgen, also lebten sie weitgehend von Pauls Gehalt, seine Gage steckte in der Wohnung, und den Rest hatten sie in Aktien angelegt. Willi beriet sie, der hatte da ein untrügliches Gespür – einmal war ihm sogar der Hagenström von *Hagenström Getreide* im Traum erschienen und hatte ihm geraten, gleich nach Markteröffnung zu kaufen und unbedingt am kommenden Dienstag vor zwölf wieder zu verkaufen. Damals hatte Willi dann Paul noch mitten in der Nacht angerufen, und sie verdienten genug für ein langes Wochenende an der Ostsee. Das hatte sie beide schwer beeindruckt, Paul meinte sogar, Willis Aktieninstinkt sei fast schon kriminell.

Jedenfalls fiel dieser stinkende Proletarier Carl lästig. Carl wollte sich jetzt freuen. Er wollte in Ruhe Pauls Briefe lesen, überlegen, was zu tun sei, und im herrischen Ton des alten Herrn von Bäumer erklärte Carl deshalb: »Kommen Sie zum Punkt. Ich kann kaum den ganzen Tag vertändeln.«

»Aber ich versuche es Ihnen doch die ganze Zeit

zu erklären. Mein Bruder Bertie ist in Schwierigkeiten. Sie werden ihn zu Unrecht wegen Mordes hängen, oder sie werden zu Unrecht Max Bayer hängen, aber Bertie ist mein Bruder, und deshalb kann ich nicht zur Polizei. Verstehen Sie doch! Herr Genzer wird ihn mit Freude baumeln sehen. Der wartet da nur drauf.« In hilfloser Verzweiflung zeigte der arme Pix seine Handflächen. »Sie müssen wissen, Bertie ist ein bisschen langsam, aber ein herzensguter Kerl, das müssen Sie mir glauben. Nie würde er wissentlich etwas Unrechtes tun, wirklich nicht. Aber am Freitag des ersten Straumannmordes, da kam Muskel-Adolf mit einem Mann zu ihm, und der Mann sagte, er hätte Arbeit für meinen Bruder. Leicht verdientes Geld, es ging um zwei Briefe, die Bertie einwerfen sollte.«

»Ganz langsam! Bertie, Baby Bert ist Ihr Bruder?«

»Ja.« Gequält stöhnte die geschundene Seele auf. »Jetzt verstehen Sie. Herrn Genzers Pflichtbewusstsein und seine Integrität in allen Ehren, aber er hat ein völlig falsches Bild von meinem kleinen Bruder. Und ich dachte, weil Sie doch auch im Mordfall Straumann ermitteln ...«

»Ihr Herr Bruder hat Herrn Genzer angedroht, ihm jeden Wirbel einzeln einzutreten. Außerdem noch eine Menge anderer Dinge, die ich hier nicht wiedergeben möchte.«

»Ach, Bertie ist eben erst neunzehn. Er sagt manchmal dummes Zeug.« Pix winkte ab. »Und Herr Genzer hat ihn eben etwas aufgebracht, weil er Herrn

Grönland verhaftet hat. Herr Grönland war wie ein Vater für Bertie.«

»Wir reden aber schon von dem Herrn Grönland, der das mit dem Kolonialwarenhändler gemacht hat? Nicht, dass wir uns falsch verstehen.«

»Das ist doch nun vollkommen gleich! Es geht hier nicht um Herrn Grönland und auch nicht um Kolonialwarenhändler. Es geht um meinen kleinen Bruder. Und ich lasse nicht zu, dass man ihn hängt, nur weil er etwas langsam ist. Aber wenn Sie mir nicht helfen, muss ich es eben anders versuchen.«

Pix sprang auf, doch Carl machte ihm ein Zeichen, sich wieder zu setzen. Seinen eigenen Bruder Fritz kannte Carl kaum, der war erst auf dem Internat, später im Krieg gewesen, wollte dann eine Kunsttänzerin heiraten, saß jetzt in Neu York und fing sich dort ständig Krankheiten ein, über die man bei Tisch nicht sprach. Letzten Herbst hatte er an einem einzigen Abend den Gegenwert von Pauls Jahresgehalt verspielt, worüber sich der Herr Vater und Paul ungewohnt einträchtig aufgeregt hatten.

»Nein, bleiben Sie, Herr Pix. Ich habe selbst einen Bruder.« Carl hielt ihm das Zigarettenetui entgegen. »Und ich mochte Bernice Straumann sehr. Na, erzählen Sie schon.«

»Danke. Also, wie gesagt, da kam ein Mann zu Bertie und sagte ihm, er solle Briefe einwerfen. Den ersten, sobald er in der Zeitung vom Tod Bernice Straumanns lesen würde, und den zweiten, den sollte er tags darauf bei der Buchholz Privatbank abgeben.«

»Na ja, das ist schon seltsam.« Carl zuckte hilflos die Schultern. »Nur verstehe ich Ihre Sorge um Ihren Bruder nicht.«

»Aber sehen Sie«, Pix war erneut aufgesprungen, lief rauchend auf und ab, »der Mann, der Mann, der ihm die Briefe gab, der Mann war Herr Straumann.«

Und auf einmal war Carl alles klar.

Die ganze Mordserie so simpel, ganz einfach gelöst.

Sein Paulproblem gleichfalls gelöst.

Er lächelte, wie er es für die Hexenszene als Macbeth eingeprobt hatte, verschlagen und voll Freude an der eigenen Schlechtigkeit: »Bedaure, aber Ihr Bruder ist schon fast tot. Ich denke, er hat keine Chance. Man wird ihn hängen.« Pause. Das ließ Carl seinen Gegenüber erst einmal verdauen, dann fuhr er fort: »Nein, das ist falsch. Es gibt eine winzige, eine wirklich kleine Chance, aber wenn es mir gelingt, Ihren Bruder vor dem Galgen zu bewahren, dann steht Ihr Herr Bruder in meiner Schuld. Und ich möchte als Gegenleistung für die Mühen, die ich auf mich nehme, und diese werden beträchtlich sein, dass er Herrn Genzer, sollte er ihm jemals begegnen, nicht ein Haar krümmt. Nicht einmal schief ansehen darf er ihn. Habe ich Ihr Wort?«

Pix nickte, alle Farbe war aus seinem aknenarbigen Gesicht gewichen.

»Gut, ich kümmere mich darum.« Carl winkte in Richtung Tür. »Und noch eines: Richten Sie Herrn Genzer bitte von mir aus, dass ich nicht länger im Straumannfall ermittle. Sagen Sie ihm, die Sache sei mir zu hoch.«

Er wusste nun, was er zu tun hatte.

—

»Und nimm's nicht tragisch, das passiert uns allen beim ersten Mal.« Paul legte Kriminalassistent Mutzke die Hand auf die Schulter, stieß mit der anderen seine Bürotür auf. »Irgendwann schaust du dir so ein Gemetzel an und denkst: *Auf Gulasch hätte ich auch mal wieder Appetit.*« Der Junge blickte unsicher zu ihm hinauf, und Kommissar Genzer nickte väterlich. »Als wir, 23 war's, glaube ich, jedenfalls, als wir so ein zerhacktes kleines Mädchen hatten, da bin ich abends nach Hause und in der Tür riech ich schon, es gibt Wiener Geschnetzeltes. Da hab ich's auch gerade noch ins Bad geschafft. Meine Kleine wusste gar nicht, was mit mir los war, die hatt's gut gemeint. Normalerweise esse ich das nämlich am liebsten.«

»Danke, Herr Kriminalkommissar Genzer.« Sehr zackig schlug Kriminalassistent Mutzke seine Hacken zusammen. »Vielen Dank auch, dass Sie mich mitgenommen haben. Trotzdem.«

Paul winkte ab, so ein Kind, der war bestimmt nicht älter als Carl. Carl hätte aber vermutlich auch gekotzt. Da musste man erst wie Kapp und er im Krieg gewesen sein, um Witze drüber reißen zu können: *Heutiges Tagesessen im Café Dallas? Vorspeise: Fleischsalat nach Ludenart. Hauptgang: wahlweise zerhackte Nutte oder zerhackter Freier an blauen Bohnen; und zum Dessert: in Schnaps eingelegter Lude, gut abgehangen. Dazu empfehlen wir: Schwarzgebrannten.*

»Meinen Sie, der hat es aus Eifersucht getan? Weil der Mann das Mädchen heiraten wollte?«

Paul zuckte die Schultern, auf seinem Schreibtisch lag ein Brief. Das Briefpapier war ihm unangenehm vertraut. Das war Carls Papier – oben links das eingeprägte Wappen – und auf der Rückseite des Umschlags in Carls schwungvollen Linien *Paul Genzer, persönlich.*

»Und bei dem anderen Fall, bei Herrn Alfons Buchholz, meinen Sie, Herr Buchholz hat sich wirklich umgebracht, weil er geistig verwirrt war?« Das Kind stand noch immer in der Tür. »Ich fand den einen top Menschen. Wie der sich für die Kriegsopfer eingesetzt hat.«

Paul nickte vage. So ein Brief verhieß nichts Gutes. Carl hielt sich zwar selten an das Verbot, Paul zu schreiben, aber normalerweise tat er es nur, wenn es einen triftigen Grund dafür gab. Das Gastspiel in Wien war so ein Grund gewesen, und obwohl Carl bis zu vier Briefe täglich schickte, blieb der Inhalt stets lobenswert neutral. Es waren halbe Heimatkundeaufsätze, eingefasst in krud blumige Beschreibungen. Allerdings gab es da noch die Sorte Brief, die Carl meist um vier Uhr früh in etwas undeutlicher Schrift und grenzenlosem Vertrauen auf das Postgeheimnis verfasste – gefährliche Briefe, über die Paul sich verdammt aufregte, auch wenn er sie vor dem Verbrennen immer ein zweites Mal las.

Aber jetzt war Carl nicht auf Gastspiel.

Jetzt hätte Paul sich sehr gern über ein Zuviel an Gefühl und Sehnsucht und Vermissen geärgert, sogar über eine weitschweifige Beschreibung des Praters wäre er froh gewesen.

»… meine Brüder sind beide gefallen, der eine bei Verdun, der andere bei Toter Mann. Ich war aber zu jung, da war meine Mutter sehr froh …«

Paul nickte. Die Nutte in Einzelteilen vorhin im Leichenschauhaus, die hatte ihm nichts ausgemacht, der erschossene Alfons Buchholz, da bekam er keinen harten Puls, aber jetzt war ihm schlecht. Vielleicht hätte er doch einen richtigen Brief schreiben sollen? Hätte aber vermutlich auch nichts gerettet, wenn Carl nicht mehr wollte, wollte Carl nicht mehr. Ostpreußischer Dickschädel. Mit dem Finger riss Paul den Umschlag auf. Es war nur ein Bogen darin. Gab ja wohl nicht mehr viel zu sagen.

»… ich habe auch noch eine Schwester …«

Die Welt stand still.

Lieber Paul,
ich habe versucht, dich telephonisch zu errei-

chen, aber du warst im Leichenschauhaus. Ich muss dringend nach Königsberg, Standphotos, ich telegraphiere, sobald ich dort bin, und komme Freitag mit dem Zug um 22:45 Uhr zurück. Bitte lass die Zaubererkarten auf <u>gar keinen Fall ungenutzt,</u> nimm doch Willi oder Herrn Klingenberg mit? Herr Morgenstern sagt, Herr Klingenberg könne etwas Aufheiterung vertragen, er hat sich wohl bei einem seiner Strichjungen irgendetwas Hässliches eingefangen. Sprich ihn aber bloß nicht drauf an, es ist ihm bestimmt unangenehm. Herr Morgenstern meint, es sei sehr ansteckend und ist wohl unheilbar. Vielleicht bringt ihn dieser Zauberer ja auf andere Gedanken?

Ich habe deinen Marx für die Zugfahrt ausgeliehen.

C.

P. S.: Ich bring dir für Freitagabend Aale mit.

P. P. S.: Denk an dein Eisentonikum! Und lass bloß die Zaubererkarten nicht verfallen, wenn meine Schwester uns schon mal was schenkt ...

Paul Genzer griff in seine Schreibtischschublade, füllte seine Kaffeetasse randvoll mit Eisentonikum und trank in tapferen Schlucken, dann unterbrach er den noch immer plappernden Kriminalassistent Mutzke: »Ich hab Feierabend, aber wenn Sie mir weiter erzählen wollen, begleiten Sie mich doch. Ich würde mich freuen, ich hab zwar um 19 Uhr Berlitz, aber vorher muss ich mir ein Hemd kaufen, und es sollte meiner Kleinen gefallen. Ich bräuchte auch noch ein Geschenk für sie, eine Schallplatte oder so was. Sie ist in Ihrem Alter. Würden Sie mich beraten?«

Donnerstag, 7. Mai 1925

Michail von Orls schloss für einen Moment die Augen, und als er sie wieder öffnete, war die Welt eine andere. Ihm war, als sähe er diesen Nachtclub das erste Mal. Zum ersten Mal sah er den Goldglanz der Buddhas, der Drachen und Tempelkrieger; das Schimmern der kristallenen Leuchter, das blendende Funkeln des Brillantschmucks der Triademädchen. Er hörte das Orchester nun wieder spielen, es spielte Jack Jacksons *Toujours L'amour*, weckte die Illusion, im Berliner Westen und nicht in Shanghai zu sein, am Ende der Welt, wo die Bedienungen Schlitzaugen hatten und lächerlich winzige Parodien von Reisbauernhüten trugen. Er warf seinem britischen Diplomaten einen Blick durch den Saal zu, einen Blick, der sagen sollte, dass es ein harmloser Anruf war, der dieses Geburtstagsdinner störte, dass von Orls gleich wieder zu Austern und Champagner zurückkehren würde. Und John nickte, zwinkerte ihm zu, keine politische Krise, keine neuen deutschen oder britischen Toten im Opiumkrieg, lächelte beruhigt, und dieses Lächeln kam von Orls auf einmal dumm vor, genau wie er den weißen Smoking mit der roten Knopflochnelke plötzlich geschmacklos fand. Wusste John denn nicht, dass man einen dunklen Teint für so einen Smoking brauchte? Carl wäre so ein modischer Fauxpas nie passiert, Carl hatte im Smoking immer blendend ausgesehen.

»Michail? Bist du noch dran?«

Von Orls nickte sinnlos, Carl konnte ihn natürlich nicht sehen. Carl war viele tausend Meilen entfernt, lag vermutlich auf einem Möbel, naschte gelangweilt Konfekt, oder vielleicht rauchte er? Aber vielleicht kaute Carl auch Nägel, war blass vor Aufregung und Sorge über den Ausgang des Gesprächs?

Carl hatte an von Orls fünfunddreißigsten Geburtstag gedacht.

Von Orls Soldaten hatten ihm nachgesagt, er habe sein Herz für Schlachtenglück wahlweise an die wilde Jagd oder den Teufel persönlich verkauft, und er hatte oft gewünscht, es wäre so gewesen, aber nun schlug es von innen heftig gegen seine Rippen.

»Ja, Carl. Ich bin da.«

»Störe ich?« Carls Stimme, zum ersten Mal seit bald drei Jahren: Glück, so scharfkantig, als zerbeiße man Glas. »Dein Diener hat mir die Nummer gegeben.«

»Nein, Carl, du störst nicht.« Das Elfenbein des Hörers wurde von Orls feucht zwischen den Händen, die Seide seines Hemdes begann unter den Achseln zu kleben. Carl hatte sich die Mühe gemacht, ihm hinterherzutelephonieren. Carl, der jede Anstrengung hasste.

»Gut. Ich habe nämlich eine Frage.«

Von Orls war nicht fromm, aber in diesem Moment lernte er beten. Und obwohl er wusste, wie albern es war, wie unwürdig eines von Orls, flehte er, worum auch jedes Dienstmädchen, jeder Erntehelfer in dieser Situation gefleht hätte.

»Frag.«

»Du hast mir einmal von Alfons Buchholz erzählt ...« Alfons Buchholz? »... und dass der ein Verhältnis mit Gottlieb Straumann hatte, erinnerst du dich? Du hast behauptet, das sei eine unbedeutende Geschichte gewesen, aber das war nicht die Wahrheit, oder?«

»Straumann und Buchholz?« Von Orls schluckte trocken. »Nein, ich glaube, Buchholz hat viel an ihm gelegen. Vielleicht zu viel. Warum fragst du?«

»Für Paul, wir brauchen's für seine Ermittlungen. Du hast uns wirklich sehr geholfen. Dank dir.« Carls Tausende Meilen entfernter Atem drang durch die Leitung, kitzelte verführerisch über von Orls Schläfe. »Auf Wiederhören.«

Und mit diesen Worten, ohne auch nur auf von Orls Abschiedsgruß zu warten, unterbrach Carl die Verbindung. Von Orls spürte Johns spülwasserfarbenen Blick im ausrasierten Nacken, setzte ein Lächeln auf, und an den Tisch zurückgekehrt, griff er einen Moment nach Johns Hand, flüsterte in das verblüffte Gesicht: »I really can't tell you what you mean to me! You'll never understand. Never!«

Freitag, 8. Mai 1925

Viktor Klingenberg schwallte.

Er nippte an seiner zierlichen Champagnerschale und schwallte über das Moment der Unmittelbarkeit in der Kunst des Expressionismus unter besonderer Berücksichtigung von *Der Blaue Reiter*. Wenigstens während der Vorstellung würde er still sein müssen, zumindest hoffte Paul das inständig. Er hätte ja lieber Willi mit zu diesem Zauberer genommen, aber Willi konnte nicht, dem hatte sein Schwiegervater ein Veilchen verpasst, wegen der Friedelgeschichte oder vielleicht auch einfach, weil Willi es schon lange verdient hatte. Jedenfalls saß Willi heute brav zu Hause, las erst seinen Söhnchen vor und machte vermutlich im Anschluss daran Gusta noch ein Kind.

Wenn dieser Zauberer nur rechtzeitig aus war, Paul hatte wirklich an alles gedacht. Willi hatte ihm allerdings helfen müssen, aber jetzt hatte er rote Rosen – zwanzig Pfennig das Stück! –, ein neues Hemd, ein neues Rasierwasser – das, für das Carl Werbung machte –, kaltgestellten Sekt und Willis absolute Geheimwaffe: Kerzen. Da war sich Paul unsicher gewesen, bei Carls Eltern auf dem Gut hatten sie erst seit 18 Strom, aber Willi schwor bei allen Heiligen auf die unwiderstehliche Wirkung von Kerzen. Wenn er nur pünktlich rauskam, noch mal würde Carl es ihm nicht verzeihen, wenn er ihn auf dem Gleis warten ließ.

»Stört es Sie nicht, dass Herr von Bäumers Gesicht an jeder Litfaßsäule hängt? Noch dazu mit so einem Blick?«

Was ging das Viktor an? Der sah im Übrigen noch ganz gesund aus. Paul hätte zu gern gewusst, was genau der sich eingefangen hatte. Von einem Strichjungen, da bekam man ja Gänsehaut. Paul blickte sich suchend im Foyer um, vielleicht kannte er jemanden? Dann könnte er Viktor loswerden. Nein, natürlich alles Fremde. War wieder typisch.

»Ich wüsste nicht, warum es mich interessieren sollte, wo Herr von Bäumers Gesicht herumhängt. Ich bin ja nicht sein Manager.« Hoffentlich machte Viktor sich jetzt nicht wieder Hoffnungen, aber es ging nicht an, dass der ihn mit Carl in unanständige Verbindung brachte. Wenn der das womöglich seinen Strichjungen erzählte? Bah, er konnte den gar nicht ansehen, Strichjungen waren das letzte Elend Berlins. Paul hatte ja versucht, Kapp zu überreden, aber der besuchte dieses Wochenende seine kranke Mutter, der ging es wohl furchtbar schlecht, konnte sogar sein, dass Kapp am Montag deswegen frei brauchte. Tat Paul schon leid für Kapp, der hatte beim Erzählen ganz feuchte Augen bekommen, aber er selbst tat sich noch mehr leid.

Sogar seine letzte Hoffnung, Pix, war schon beschäftigt gewesen. Der machte dieses Wochenende auf Familie und war mit seinem Bruder ans Meer gefahren – alle ließen sie ihn im Stich!

Und Bauchweh hatte er auch noch, das war dieses verdammte Eisentonikum.

»Sollen wir vielleicht reingehen? Die Show beginnt sicher jeden Augenblick.« Drinnen musste man sich wenigstens nicht unterhalten. Das war so lästig mit diesem Zauberer heute Abend. Eigentlich hätte Paul gern noch etwas gearbeitet – er kam mit dem Straumannfall einfach keinen Schritt weiter. Die Vernehmung des Pastors hatte gar nichts gebracht, der konnte sich auch nicht erklären, weshalb Alfons Buchholz ihn hatte erschießen wollen.

»Wir sitzen ja Loge! Und nur wir zwei.« Viktor wirkte hocherfreut, Paul wäre inzwischen sehr gern bereit gewesen, Urte das Geld für die Karten zurückzugeben. Wenn der ihn anfasste, schlug er ihm die Zähne ein, der mit seinen Strichjungen.

»War keine Absicht. Ich habe die Karten selbst geschenkt bekommen.« Und um jeden Zweifel auszuschließen, fügte Paul noch hinzu: »Von der Schwester meiner Freundin.«

Die Erwähnung einer Freundin schien bei Viktor einige Verblüffung auszulösen, aber Paul ignorierte es geflissentlich. Er tat, als wäre er von der Schönheit der Loge vollkommen in Anspruch genommen. Die Loge war wirklich nett, sehr rotplüschig und stuckschwer, änderte allerdings auch nichts daran, dass

Paul sich im Smoking wie ein Depp vorkam. Hoffentlich schaffte er es noch vorher nach Hause, um sich umzuziehen und – ganz wichtig – sich zu rasieren. Vielleicht reichte die Zeit sogar noch für eine schnelle Dusche? Pix hatte heute wieder so gestunken, Kapp hielt schon demonstrativ Abstand, aber Paul tat der leid, vielleicht hatten die im ganzen Haus kein Wasser? Oder es war was Gesundheitliches?

Die Lichter gingen aus. Jetzt sah man eigentlich gar nichts mehr, vor allem konnte Paul die Zeiger seiner Armbanduhr nicht mehr erkennen, das machte ihn ganz nervös. Carl würde ihn vor dem gesamten Stettiner Bahnhof ohrfeigen, wenn er nicht pünktlich kam, oder noch schlimmer, Carl würde nicht warten. Aber es waren jetzt noch fast drei Stunden, die Show ging anderthalb, das musste reichen.

Der Samtvorhang hob sich, die reizende Assistentin war vor zwanzig Jahren bestimmt noch reizender gewesen. Das hätte Carl Spaß gemacht, der hatte Sinn für so was.

Paul rutschte etwas auf seinem Stuhl zur Seite, möglichst weit weg von Viktor.

Die Assistentin trug ein Kleid glänzend wie eine Schmeißfliege und reichte unter Trommelwirbel dem großen Meister der Magie eine Schachtel. Der große Meister sah im Smoking mindestens so doof aus wie Paul, wobei beim Meister der Magie dieser Effekt noch durch eine Kanarie unterstrichen wurde, die ihm auf dem Zylinderrand herumhüpfte.

Die Kiste wurde nun einer Dame aus dem Publikum zur Prüfung gezeigt. Die Dame, übrigens die einzige mit Brille in der ganzen ersten Reihe, betrachtete die Schachtel eindringlich, hielt sie sich sehr dicht vor die kurzsichtigen Augen.

Irgendetwas stimmte nicht.

Nicht mit diesem dummen Zaubertrick, generell. Paul hatte so ein komisches Gefühl. Wenn bloß Carl nichts passiert war.

Die Dame reichte die Schachtel zurück an den großen Meister, bestätigte wortreich die Massivität der geschmacklos bedruckten Kiste. Es war diese Schachtel, die Paul störte. So eine Schachtel hatte Kommissar Paul Genzer schon einmal gesehen!

Aber wo?

Wo nur hatte er schon einmal so eine Schachtel gesehen?

Die Kanarie sprang vergnügt in die Box, sang dabei noch das Haarmannlied. Einmal auf den Deckel geklopft, großer Trommelwirbel: Leer!

Am Tatort Straumann.

Bei Herrn Straumanns Einkäufen, bei den Einkäufen in den Tüten hinter dem Sessel, da hatte er so eine gesehen. Kommissar Paul Genzer schluckte trocken, dann sagte er: »Entschuldige bitte, Viktor. Ich muss weg.«

—

»Herr von Bäumer, warten Sie am Gleis. Sie werden abgeholt. Herr von Bäumer, warten Sie am Gleis. Sie werden abgeholt.«

Kapp tauschte mit dem Gepäckträger einen Blick, die Durchsage kam nun bestimmt schon seit fünf Minuten immer wieder.

»Ist das dieser Schauspieler? Der, dessen Gesicht an jeder Litfaßsäule klebt? Der Comte LeJuste und Hörmann-Haarpomaden-Mann?« Der Gepäckträger zuckte die Schultern, aber weil Kapps Professorentochter sehr hübsch war, fügte er ein gebrummtes »Schon möglich« hinzu. Kapp war ziemlich stolz auf die Wirkung seiner Begleiterin, und während er ihr beim Einsteigen in den Zug half, kam er nicht umhin, sich zu seinem hervorragenden Geschmack zu beglückwünschen. So angemalte Mäuschen fand man überall, aber sein Mädchen, das war naturschön. Und nicht nur das, sie war auch schlau – wenn er ihr was erzählte, kam sie immer mit, fragte kluge Fragen, brachte niemals etwas durcheinander. Ja, Kapp gab es ungern zu, aber es kam sogar vor, dass sie ihm mit spöttischem Blick etwas mehrfach erklären musste.

»Sie haben Schlafwagenabteil 2B.« Auch der Schaffner wurde beim Anblick von »Frau Kapp« gleich viel freundlicher. »Wir wünschen eine angenehme Reise.« Und der Gepäckträger, der vielleicht um sein Informationsmonopol, vielleicht um sein Trinkgeld bangte, erklärte ihnen vorauseilend: »Das ist eine polizeiliche Anordnung, das mit der Durchsage für Herrn von Bäumer.«

Kapp schüttelte den Kopf, was für ein ausgemachter Blödsinn. Für diese Lüge gönnte er dem, dass der sich an »Frau Kapps« Koffer den Rücken verrenkte. Beim Versuch, dieses Ledermonstrum ins Netz zu hieven, verzog der dann auch sehr gequält sein Gesicht. Das war doch nicht ihr Ernst?

»Du hast deine Bücher mitgenommen?« Kapp konnte es nicht glauben, und nachdem der Gepäckträger sie allein gelassen hatte, fasste er zusammen: »Du brennst für ein Wochenende mit mir an die Ostsee durch, aber du nimmst deine Bücher mit. Das ist also die Romantik von euch neuen Frauen.«

»Ach, Fred!« Sie ließ sich auf die durchgelegene Matratze sinken, begann ihren Schuh aufzuschnüren. »Du findest doch auch überall Leichen. Und ich dachte eben, vielleicht komm ich zwischendurch zum Lernen? Ich meine, du wirst demnächst dreißig, du brauchst mehr Schlaf als ich, und im Juni sind die Prüfungen.«

»Jetzt bin ich also schon der altersschwache Liebhaber einer Frau Doktor in spe.« Kapp setzte sich neben sie, seufzte gut hörbar. Ein bisschen schlechtes Gewissen war immer von Vorteil. »Wenn ich dich heirate, darf ich mich dann auch Doktor nennen? Bei den Frauen ist das so, oder?«

»Red doch nicht immer vom Heiraten! Kaum bin ich den einen los, kommt der andere. Warum willst du heiraten? Ich liebe dich jetzt nicht weniger als mit Trauschein, und es würde dir auch nichts bringen, ich bleib nicht zu Hause und stopf deine Söckchen.« Sie lachte dieses unwiderstehliche Lachen, kickte sich die Schuhe von den Füßen. »Zeig du mir erst mal, dass du nicht der Herzensbrecher bist, für den dich mein Herr Vater hält. Du, mein Bester, du hast einen miserablen Ruf.«

»Das hast du also schon rausgefunden.« Er machte ein Knautschgesicht, zündete ihr eine Zigarette an, und während er noch einmal aufstand, um den Vorhang vor dem Fenster zu schließen, erklärte er: »Sonntag, Sonntag frag ich noch mal!«

Samstag, 9. Mai 1925

Es gibt tatsächlich Dinge im Leben eines jeden Menschen, die sich niemals ändern. Das Adlon war für Carl so ein Brandungsfels – weiß und golden, rotes Wurzelholz und glänzender Marmor, das leise Plätschern des Elefantenbrunnens und das Wissen, dass einem hier niemals Schlimmes zustoßen konnte.

Carl war mächtig stolz auf seinen breitgebauten Begleiter. Alle drehten sich nach ihnen um.

Heute hatte Paul unter der Überschrift »Der Fluch des Gottlieb Straumann« Seite neun der »Vossischen« gemacht, zwar zusammen mit einem dressierten Pudel, der irgendwie Charleston tanzen konnte, und einer halbseitigen Reklame gegen Fußpilz, aber dafür mit Bild! Das war leider etwas dunkel geraten, na ja, Paul sah trotzdem rasend gut aus, und die Photographie war sogar untertitelt gewesen: »Paul Genzer, Berlins jüngster Erfolgskommissar und seine rechte Hand, Alfred Kapp.« Den Kapp hätte man auch getrost weglassen können, der interessierte doch eh keinen, außerdem waren die Namen noch verkehrt herum gesetzt worden. Machte aber nichts, man erkannte Paul auch so – schon als sie nach ihrem reservierten Tisch fragten, sah der Ober sie ganz seltsam an, kontrollierte dann sein Goldschnittkantenbuch, und als Paul dann seinen Nachnamen buchstabierte, da sagte dieser Blindfisch gar nichts mehr, nickte nur, verschwand und kehrte schon nach wenigen Sekunden unter Entschuldigungen zurück. Ein Oberkellner begleitete ihn, sich gleichfalls für dieses unfähige Subjekt entschuldigend, man hätte sie nicht sofort erkannt, man habe bei der Reservierung einen Fehler gemacht, Greta Garbo habe heute Abend den Prominententisch gebucht, und Paul erklärte fest, er habe nicht den Prominententisch reserviert und sei auch nicht bereit, für etwas Derartiges zu zahlen, und der Oberkellner war ganz blass vor Ehrfurcht geworden, und Carl hatte dann gesagt, sie würden eh lieber irgendwo intimer sitzen, damit sie nicht alle zwei Minuten von einem Gratulanten gestört würden, und der Oberkellner und der Kellner hatten sie dann gemeinsam, sich immerzu verneigend, an einen Ecktisch am Fenster geführt.

Im Saal war anerkennendes Gemurmel laut geworden, überall drehten sich dezent Köpfe, stießen Fräuleins ihre Begleitungen an. Ein Tisch voll Schieberwitwen glotzte besonders frech und begehrlich – tja, Pech, er war zuerst da gewesen. Sein Paul! Im Smoking sah Paul aus wie ein Killer aus dem Film, richtig top. Er selbst war aber auch ganz ansehnlich, er hatte nämlich ein neues Hemd an. Sein Londoner Schneider hatte es gerade noch rechtzeitig liefern können. Carl war deswegen schon ziemlich in Sorge gewesen, gerade wo Paul doch so viel daran lag, dass er zu jedem ihrer besonderen Abende ein neues Hemd trug. Carl persönlich fand das ja ein wenig sinnlos, Herrenhemden sahen schließlich alle gleich aus, aber wenn es Paul freute ...

»Ich dachte mir schon, heute wird es unangenehm.« Paul verzog unglücklich das Gesicht. »Wir hätten zu Hause bleiben sollen, bis sich der Rummel etwas gelegt hat. Das ist diese verdammte Rasierwasserreklame.«

Carl strahlte das Tischtuch an. Paul war so bescheiden, erst den erwiesenermaßen unfähigen Kapp mit aufs Bild nehmen und jetzt das. Was war schon eine doofe Rasierwasserreklame gegen einen dreispaltigen Artikel in der »Vossischen«!

»Jetzt erzähl doch endlich, du hast es mir versprochen. Ich will alles wissen. Jedes Detail!« Wenn Carl nicht sowieso mehr als Paul gewusst hätte, er wäre vermutlich inzwischen vor Neugier geplatzt. Als Paul ihn gestern dann um elf Uhr am Bahnhof abholte, sehr abgehetzt, im Smoking und seit Tagen nicht rasiert, da hatte er nur kurz erklärt, er hätte den Mörder von Gottlieb Straumann gefasst, übte sich ansonsten aber in Selbstkritik, wegen der Verspätung und im Generellen. Zu Hause war es dann ziemlich drollig gewesen, ganz offensichtlich hatte Willi bei den Vorbereitungen geholfen – anders konnte Carl sich jedenfalls diese scheußlichen Rosen nicht erklären. Carl mochte auch keinen Sekt, er trank grundsätzlich nur Champagner, und dann nur Moët, und Kerzen erinnerten ihn an das muffige Gut seiner Kindheit. Einen Moment hatte ihn die Vision geplagt, Willis Eifer könnte so weit gegangen sein, Paul von den romantischen Vorzügen delikater Spitzenwäsche zu überzeugen, aber vielleicht gab es das nicht für Männer, oder vielleicht hatte Paul sich nur erfolgreich gewehrt, jedenfalls trug er Schiesser, wie gewöhnlich, und war auch nicht undankbar, als Carl schließlich vorschlug, den Sekt für einen wirklich großen Anlass aufzuheben. Gin passte doch viel besser zum mitgebrachten Aal, und man bekam kein Kopfweh davon. Überhaupt normalisierte Paul sich sehr schnell, rutschte am Morgen dann so lange nervös auf der Bettkante herum, bis Carl von sich aus vorschlug, Paul solle doch einmal auf dem Revier nach dem Rechten sehen. Natürlich war es Pauls freier Tag, aber in der Berliner Unterwelt herrschte mal wieder eine ungesunde Aktivität, diesmal weil die Flüsterparole ging, Baby Bert zöge sich aus dem Geschäft zurück.

Und als Paul dann zurückkam, war es für jedes Gespräch zu knapp, da reichte die Zeit gerade noch, Paul in den Smoking zu stopfen und ins Adlon zu rennen. »Los, Paul, bitte. Du musst mir alles genau erklären. Ich bin kolossal gespannt.«

»Bist du das?« Paul blickte gar nicht von der Speisekarte auf, er schien sehr konzentriert. »Komm, Kleines – willst du mir nicht lieber von Königsberg erzählen? Wer hat denn die Bilder gemacht?«

Normalerweise interessierte Paul sich nie dafür, wenn Carl photographiert wurde. Nur wenn man ihn damit wirklich nervte, blätterte er die fertigen Bilder irgendwann durch, sagte dabei Sachen wie *Oh, da lehnst du an einer Mauer* oder *Hübsch bist du wieder*. Deshalb hatte Carl sich ja für diese Lüge entschieden. Paul sah ihn jetzt sehr aufmerksam aus diesen sehr dunklen Augen an.

»Weißt du noch, als du auf der Schauspielschule warst und ich dir jeden Tag Geld fürs Mittagessen mitgegeben habe?«

Carl nickte, seine Wangen wurden heiß. Daran dachte er nicht so gern.

»Und jeden Abend hab ich dich gefragt, ob es gereicht hat, ob du auch satt geworden bist. Du warst doch so dünn – und jeden Abend hast du mir geschworen, du hättest dir Plunderteilchen davon gekauft. Plunderteilchen mit Puddingfüllung, um genau zu sein.«

Carl starrte nun aus dem Fenster. Da gab es zwar nichts zu sehen, außer einer fetten Dame mit fettem Spitz an der Leine, aber es war besser als der Blick dieser spöttischen Augen. »Ich habe die Schallplatten aber dringender gebraucht als doofe Plunderteilchen! Egal ob mit oder ohne Puddingfüllung. Ich hatte auch gar keinen Hunger«, brach es aus ihm heraus. »Du schwärmst doch immer so von geistiger Nahrung. Außerdem ist das jetzt zwei Jahre her.«

»Kleines, ich hab heute mit dem straumannschen

Gut telephoniert.« Paul klappte die Karte zu. »Ich wollte den Inhalt von Gottlieb Straumanns Schreibtisch bergen, aber man hat mir gesagt, der Vertreter der Polizei wäre bereits da gewesen, man habe die Briefe abgeholt. Ein ganz junger Vertreter sei das gewesen. Ganz jung und, das wird dich freuen zu hören, sehr hübsch.« Inzwischen konnte Paul seine Mundwinkel kaum mehr in ernster Position halten. »Kleines, du lügst so miserabel. Und deine Begeisterung in allen Ehren, Jack Jackson ist keine geistige Nahrung. Der ist noch nicht mal ein geistiges Plunderteilchen ohne Füllung und ohne Glasur.«

Paul lächelte dem an ihren Tisch getretenen Ober zu, und nachdem er für sie beide bestellt hatte und Carl den Wein hatte aussuchen dürfen, fragte er: »Was hättest du gemacht, wenn ich den Trick mit der Kiste nicht durchschaut hätte?«

Carl zuckte die Schultern: »Ich wusste, du bräuchtest die Nummer nur zu sehen und wüsstest es. Du bist ein top Kommissar, Paul.«

»Danke schön.« Pauls Grübchen blitzten für einen Augenblick auf. »Du auch, Kleines. Du auch! Also, warum erklärst nicht du mir die Zusammenhänge?«

»Wirklich?« Jetzt wäre eine Zigarette gut gewesen, aber vor dem Essen sah Paul das nicht gern: »Na ja, ich bin über eure zerhackte Nutte darauf gekommen. Die Reaktion dieses Zuhälters schien mir sehr natürlich. Erst die beiden anderen erschießen, zerhacken oder von mir aus auch in Säure einlegen und dann sich selbst aufhängen. Und ich konnte ja verstehen, dass Gottlieb Straumann nichts tat, solang die Untreue seiner Frau nur ein sehr hartnäckiges Gerücht war. Das ist eine Erziehungssache, aber dass er Max Bayer nicht entließ, dass er nicht wenigstens irgendetwas tat, um die Sache zu unterbinden, das leuchtete mir nicht ein. Er kannte doch seine Frau, er hätte die hässliche Geschichte im Keim ersticken müssen.« Der arme Viktor Klingenberg fiel Carl plötzlich ein, aber wer wusste schon, ob der nicht tatsächlich mit Strichjungen rummachte, und außerdem, wen konnte man heute noch gesund nennen? Man fing sich schließlich dauernd irgendwelche Bazillen. Carls Nichte zum Beispiel, die hatte aktuell Schnupfen.

»Ich fand Herrn Straumanns Reaktion gar nicht so sonderbar.« Paul schüttelte den Kopf. »Ich meine, wenn jeder aus Eifersucht Schranktüren eintreten würde, gäbe es in Berlin bedeutend mehr Tischler. Ich hatte ihn lange im Verdacht, dass er seine Frau nur schmoren lassen wollte und leider vorher verstarb.«

»Das hat Max Bayer auch gesagt. Er meinte, er hätte seiner Frau Zeit zum Nachdenken gegeben – allerdings während er den Liebhaber vom Hof prügelte.« Die Suppe kam, und einen Moment musste Carl aufpassen, dass Paul nicht den falschen Löffel nahm und gleichzeitig auch nicht merkte, dass er im Begriff war, mit dem großen Dessertlöffel zu essen, doch nachdem diese kleine Unstimmigkeit zu voller

Zufriedenheit aller Beteiligten gelöst war, fuhr Carl ziemlich stolz fort: »Ich habe es wie bei Edgar Wallace gemacht und mich einfach gefragt: Wer profitiert von den ganzen Morden? Max Bayer? Kaum – der saß ja ein und wartete im Grunde nur noch auf den Tod. Bernice Straumann? Die war natürlich zunächst ihren Gatten los und erbte, aber ich hatte nicht das Gefühl, dass sie der Typ Frau war, dem an Geld lag. Ich glaube, Bernice wollte immer nur geliebt werden, als Frau, aber vor allem als Mensch. Dazu kam, dass die Zeitungen ihren Ruf vollkommen zerstört haben, darunter litt sie, wie es jeder getan hätte. Und sie fühlte sich deshalb gezwungen, den kleinen Hans wegzugeben. Du hättest hören sollen, wie sie von ihm sprach! Dieser Schritt ist ihr nicht leichtgefallen. Bernice schied also für mich aus. Ebenso Alfons Buchholz. Weißt du, ich habe den doch mal getroffen, damals wegen Holger. Das war ein feiner Mensch. Ein bisschen altmodisch vielleicht, jemand, der Gedichte liebt, einfach weil sie schön sind. So jemand begeht keine Morde, und wenn er es doch tun muss, dann schießt er derart schlecht, dass der Pastor überlebt. Blieb also nur noch der Pastor. Der wurde schwerreich, der bekam mächtig Geld für seine Wohltätigkeit, aber der hatte ja ein Alibi, sowohl für den Mord an seinem Bruder als auch für den Mord an seiner Schwägerin, wobei Letzteres vielleicht etwas wacklig war. Seine Frau würde für ihn lügen. Ich glaube, sie mag ihn sehr.«

»Das glaube ich auch.« Paul lachte und ließ den Löffel klirrend in den Teller fallen. »Aber er ist auch eine echte Verbesserung zu ihrem guten Bruder Jakob, unserem Safeknacker Jackjack. Obwohl ich sagen muss, optisch hat Jakob natürlich seine Vorzüge. Ich kann das beurteilen, ich hab Donnerstag mit ihm gesprochen. Er meinte, dieses Wohltätigkeitsfest, das, auf dem Pastor Leiser Isabella kennenlernte, das habe Buchholz eigens veranstaltet, damit Jakob sich Gottlieb Straumann einmal ansehen kann. Jakob ist Profi, der bricht nirgendwo ein, wenn er sich nicht gründlich vorbereitet hat.«

»Das kommt von zu viel Pflichtgefühl.« Vollkommen geräuschlos ließ Carl seinen eigenen Löffel in den Teller gleiten. »Hätte er mal seine Kleine zu Hause gelassen. Na, jedenfalls hatte ich den Pastor ziemlich lang unter Verdacht.«

»Wirklich? Ich hätte auf Kurt Flamm gewettet.« Paul schüttelte amüsiert den Kopf. »Dann wäre diese Greta wenigstens einmal von Nutzen gewesen. Und im Diktat hat sie gestern Geburtenkontrolle mit d und nur einem l geschrieben.«

»Das ist ja peinlich. Gut, dass du es noch gemerkt hast. Was hätte das für einen Eindruck gemacht?« Carl zog einen entsetzten Mund und begann mit großem Genuss, seinen soeben servierten Spargel zu zerteilen. Solche Schlampereien mochte Paul gar nicht, sollte die ruhig viele Fehler machen, die deutsche Sprache war ja voller Tücken, vor allem wenn jemand so ungeduldig diktierte wie Paul. »Aber Kurt Flamm hätte niemals die geistigen Fähigkeiten besessen, ein solches Verbrechen zu planen und durchzuführen. Von der gesundheitlichen Verfassung ganz abgesehen. Wie geht es jetzt mit ihm weiter?«

»Ich hab ihn wegen der versuchten Kindesentführung und des Verdachts auf Drogenhandel abräumen lassen. Dafür kriegt er nicht besonders lang, aber ich vermute, dass er danach in eine Irrenanstalt gesteckt wird. Da ist er besser aufgehoben als im Café Dallas.« Ausgesprochen misstrauisch begutachtete Paul die Schnecken auf seinem Teller, schien zu erwarten, dass diese jeden Moment aus dem Pfännchen sprangen und unter Hinterlassung einer Schleimspur flohen. »Na komm, Kleines. Ich rede die ganze Zeit, dabei war es doch dein Fall. Also, gewissermaßen dein Fall.«

»Na ja, ich finde, es war *unser* Fall.« Carl sagte kolossal gern *uns* und *wir*. »Jedenfalls wusste ich mir nicht zu helfen. Weil irgendeiner musste es ja gewesen sein, und keiner profitierte wirklich von den Morden. Jetzt ist mir schon klar, dass es Verbrechen gibt, die einfach im Affekt oder aus simpler Brutalität begangen werden, bei denen niemand in irgendeiner Weise profitiert, aber die Straumannmorde schienen mir von langer Hand geplant und auf perverse Weise durchdacht. Und dann fiel mir wieder deine zerhackte Nutte ein.«

Das war gelogen, aber er hatte Pix schließlich versprochen, Baby Berts Beteiligung an der ganzen Geschichte zu verheimlichen, besonders wo Baby Bert doch jetzt heiraten und Obst auf dem Winterfeldtplatz verkaufen wollte, ganz ehrlich oder zumindest so ehrlich, wie man es von einem Obsthändler erwarten konnte.

»Das ist eine saubere Leistung.« Paul nickte anerkennend. »Ich habe die Parallelen nicht gesehen.«

»Na ja, so machen normale Leute das eben. Erst Frau und Liebhaber beseitigen, dann sich selbst aus dem Weg räumen. Aber wenn man die Reihenfolge umdreht, erst sich selbst und dann die beiden anderen, dann hatte man plötzlich viel mehr davon. Das war viel grausamer als ein schneller Tod. Du hast mir selbst erzählt, wie Bernice bei dir im Büro zusammengebrochen ist, weil sie mit den Anfeindungen nicht klarkam, und denk doch, was in Max Bayers Kopf vorgegangen sein muss. Eingesperrt für ein Verbrechen, das er nie begangen hatte, dazu die Aussicht auf den Tod durch den Strang. Und dann dachte ich an die Befriedigung, die es Gottlieb Straumann verschafft hatte, Buchholz mit diesen alten Briefen zu erpressen. Jahr um Jahr, nie bekam Buchholz seinen Frieden.«

»Was stand eigentlich drin?«

»Ich habe sie doch nicht gelesen!« Carl fasste sich empört an die Brust, wobei seine Empörung mehr dem zweifelnden Zucken von Pauls Mundwinkeln als der Unterstellung selbst galt. Er hatte sie tatsächlich nur überflogen, er las zwar grundsätzlich Pauls Post, man wusste schließlich nie, aber fremder Leute Briefe interessierten ihn nicht weiter. Es gab wenig Ermüdenderes als das postalische Geschmachte Verliebter, zumindest wenn man nicht selbst Adressat oder Absender war. »Ich finde, das geht uns gar nichts an. Es reicht zu wissen, dass Alfons Buchholz bereit war, so ziemlich alles zu tun, um den Inhalt geheim zu halten. Und Straumann wusste, dass es so war.«

»Buchholz hat größten Wert auf seinen Ruf gelegt.« Und um die Bedeutung seiner Worte zu unterstreichen, brachte Paul seine Beine unter der Tischdecke außerhalb der Reichweite von Carls Beinen. »Er war ein sehr vernünftiger, vorsichtiger Mann.«

»Na ja, wenn Buchholz etwas mutiger gewesen wäre, dann wären all diese Morde nicht passiert.« Carl rutschte entschieden vor, jetzt musste er zwar auf der Kante des Stuhls balancieren und hatte die Kante des Tisches schmerzhaft unter den Rippen, aber er sah das gar nicht ein. Die Tischdecken waren hier eindeutig lang genug. Die fluteten sogar über den Boden. »Ich denke, er hat es gut gemeint. Er wollte Straumann schützen, aber er war trotzdem feige. Seine Feigheit hat so viele Leben zerstört. Ich hasse Feigheit.«

»Kleines, du bist zu jung, um den Unterschied zwischen Feigheit und Vorsicht zu verstehen.« Aber Pauls Beine fanden wieder ihren angestammten Platz rechts und links von Carls Knien. »Und jetzt setz dich bitte richtig hin, das muss ja weh tun.«

Carl schwieg einige Momente trotzig, erst nachdem der Ober ihnen ihr Lamm auf Mangold und mit Möhren gebracht und nachdem Paul noch ein »Carl, komm schon« hinzugefügt hatte, erst dann fuhr er fort: »Na ja, ich habe es eben wie Sherlock Holmes gemacht, ich habe alle unmöglichen Lösungen ausgeschlossen, und was übrig blieb, musste die Wahrheit sein, und übrig blieb als Täter eben nur Gottlieb Straumann selbst.«

»Gottlieb Straumann, das vermeintlich erste Opfer.«

»Ja, er war doch wirklich der Einzige, der von den Taten profitierte. Er rächte sich an seiner untreuen Gattin, zunächst indem er sie zur Klytämnestra von Berlin machte, dann indem er sie umbrachte. Er rächte sich an seinem betrügerischen Gutsverwalter, indem er ihn öffentlich entehrte, indem er plante, Max Bayer als Mörder hinrichten zu lassen. Straumann rächte sich an seinem Bruder, dafür, dass dieser mehr Glück im Leben hatte, und dafür, dass der Pastor geliebt wurde. Und an Buchholz rächte er sich, indem er ihn zum Mörder machte und anschließend in den Selbstmord trieb. An seinem eigenen Leben lag Straumann ja nichts mehr, er wusste, wie todkrank er war. Als ich das Warum begriffen hatte, musste ich nur noch das Wie verstehen.« Er machte eine kleine Pause, schob sich ziemlich eilig etwas Lamm in den Mund. Vor lauter Reden kam er nicht zum Essen. »Aber das war nicht weiter schwierig.«

»Zumindest nicht für einen Mann mit Gottlieb Straumanns Phantasie. Wobei ich glaube, wenn ich dich mit, sagen wir, meinem Bruder auf unserem Sofa vorfände, da würde ich vermutlich auch etwas Kreativität entwickeln. Carl, alles in Ordnung?«

Carl nickte, hustete, nickte. Beim Gedanken an die fette, rotbekrauste Pracht eines nackten Willi Genzer musste man sich ja verschlucken. Das war zu kolossal widerlich. »Ich glaube, Herr Straumann hat schon vorher mit dem Gedanken gespielt. Er wusste von dem Betrug, er wollte nur den finalen Beweis. Deshalb die verfrühte Rückkehr von der Reise, deshalb seine beherrschte Reaktion. Aber danach war er fest entschlossen. Bernice hat mir erzählt, dass nach der Entdeckung sein Morphium nicht mehr wirkte. Sie erklärte es sich mit den psychischen Qualen, aber in Wahrheit nahm er es einfach nicht mehr. Er hat das Gift gespart.«

»Für den Mord an seiner Frau.«

»Es muss ihm perverse Genugtuung bereitet haben, die Morphiumtabletten unter die Kopfschmerzpillen seiner Frau zu mischen.« Carl nahm sich eines von Pauls Möhrenstückchen, erklärte mit vollem Mund: »Er wusste ja, sie schluckte immer zwei auf einmal. Er wusste, eines Tages würde sie eine tödlich hohe Dosis erwischen, und bis zu diesem Tag würde sie Gelegenheit haben, für ihre Untreue zu büßen. Angefeindet und gemieden.«

»Dass Lenchen die Drogen ihrer Herrin einschließlich vermeintlicher Kopfschmerzpillen futtern würde, das konnte Straumann allerdings nicht ahnen. Das war wirklich ein tragischer Unfall.« Paul seufzte, legte dann einen beschützenden Arm um seinen Teller. »Genauso wenig, wie er ahnen konnte, dass der letzte Flirt seiner Witwe seine Drogen ausgerechnet bei Georgie Flamms Bruder kaufen würde.«

»Meinst du, er hat Georgie Flamm absichtlich ruiniert?«

»Nein, wie ich den guten Georgie einschätze, hat der tatsächlich falschgespielt. Ich vermute, diese Geschichte brachte Straumann auf die Idee mit dem Rufmord. Diese Geschichte und natürlich Buchholz' Panik vor einer gesellschaftlichen Bloßstellung. Diese Panik hatte Straumanns Leben zerstört, vermutlich fand er es nur gerecht, jetzt die anderen dadurch leiden zu lassen.« Paul gab dem nahenden Kellner ein Zeichen, ihre Gläser vorerst nicht neu aufzufüllen. »All die Opfer hatten eines gemeinsam, sie hatten Gottlieb Straumann in irgendeiner Form echtes oder, wie im Falle seines Bruders, auch nur vermeintliches Unrecht getan. Dafür sollten sie büßen.«

»Und dabei ging Straumann ganz systematisch vor. Zunächst zeigte er Max Bayer seine Pistolensammlung, wobei er penibel darauf achtete, dass der Gutsverwalter seine Fingerabdrücke auf der zukünftigen Tatwaffe hinterließ. Wenn wir etwas schlauer gewesen wären, hätte uns die Tatwaffe schon die Hintergründe des Verbrechens enthüllt. Wir hätten uns mehr mit der Frage beschäftigen müssen: Warum eine Duellpistole? Es schien zunächst vollkommen sinnlos, doch Straumann brauchte natürlich zwei genau identische Waffen, allerdings mussten sie leicht und klein sein. Eine Mauser hätte zu viel gewogen, die Gefahr, dass Bayer sie in seiner Aktentasche entdeckt hätte, wäre viel größer gewesen. Ich glaube, auch der Perlmuttgriff reizte Straumann, da sah man die Fingerabdrücke so schön. Sherlock Holmes hätte vermutlich gleich vom Perlmuttgriff geschlussfolgert, dass hier jemand wollte, dass der Täter entlarvt wurde. In dieselbe Richtung ging ja auch, dass das Verbrechen in Berlin begangen wurde. Wäre es tatsächlich um die Ermordung Straumanns gegangen, hätte er problemlos auf seinem Gut einem Reitunglück zum Opfer fallen können. Nur in Berlin war die Polizei so gut ausgebildet, dass sie sofort die vermeintlichen Hintergründe der Tat durchschauen würde. Dann die dilettantisch verbrannten Briefe, auch hier ging es nur darum, die Spur auf Max Bayer zu lenken. Sie sollten gefunden werden und Bayers Tatmotiv demonstrieren. Sherlock Holmes hätten vermutlich bereits die fehlenden Fingerabrücke Bayers im Schlafzimmer Straumanns stutzig gemacht. Wenn Bayer die Briefe gesucht hätte, hätte er dort Spuren hinterlassen müssen.«

»Gönn Sherlock den Erfolg.« Paul lächelte, und weil gerade in dem Moment die allgemeine Aufmerksamkeit durch eine Champagnerkorken knallen lassende Geburtstagsgesellschaft abgelenkt war, griff er rasch nach Carls Hand, flüsterte: »Ich habe mir sagen lassen, Dr. Watson sei im Schlafzimmer keine große Erfüllung, deshalb auch diese Hassliebe zu Professor Moriarty. Und angeblich lässt Sherlock im Bett diese karierte Mütze auf.«

»Paul, unterbrich nicht und schon gar nicht mit so einem Quatsch. Jetzt kann ich das nie mehr lesen, ohne mir den nackt mit Deerstalker auf dem Kopf vorzustellen.«

»Nicht auf dem Kopf, du Naivchen.« Vor Vergnügen blitzte wieder das Grübchen auf. »Du erklärtest gerade, warum das Verbrechen in Berlin passieren musste.«

»Ja, genau. Aber es musste nicht nur wegen der gut ausgebildeten Polizei in der Hauptstadt stattfinden. Ein toter Junker in der ostpreußischen Pampa hätte nie in diesem Maße die Presse begeistert, und Straumann brauchte schließlich die Empörung der Zeitungen, um seine Frau zu strafen.«

»Möchtest du noch einen Wein? Du musst doch Durst haben, du redest ja in einem fort.«

Carl nickte eifrig, das war wirklich das erste Mal in ihrer Beziehung, dass Paul ihm von sich aus zu einem zweiten Glas riet. »Die Tat als solche war eigentlich nicht weiter kompliziert. Nachdem Gottlieb Straumann die Tabletten seiner Frau vertauscht und die Briefe Max Bayers eingepackt hatte, fuhr er also mit dem Gutsverwalter unter dem Vorwand, eine neue Landmaschine erwerben zu wollen, nach Berlin. Hier angekommen, kaufte er zunächst einmal Max Bayer eine neue Aktentasche, eine schön schwere, deren Eigengewicht das Gewicht der zukünftig darin zu deponierenden Duellpistole verschleiern sollte. Auch die Unterlagen dienten nur diesem Zweck. Ich unterstelle Bayer auch, dass er der Typ ist, der es grundsätzlich nicht mit Akten hat, und Straumann davon ausgehen konnte, dass der Gutsverwalter sich diese nicht freiwillig ansehen würde, die Pistole war also darin gut aufgehoben. Wann genau sie hineinkam, kann ich aber nicht sagen, vermutlich bei Bayers letztem Besuch in der Suite Straumanns, viel früher wäre riskant gewesen, später war nicht möglich. Ich denke, Straumann nutzte die Gelegenheit, als Bayer einmal das Bad aufsuchen musste.« Carl strahlte erst das neugefüllte Glas vor sich, dann Paul an. »Danke schön. Ich krieg aber trotzdem einen Chartreuse Grün zum Nachtisch, oder?«

»Ja, kriegst du. Keine Sorge. Nur jetzt erklär mir erst mal, wie hat Gottlieb Straumann es angestellt? Aktuell ist er ja noch quietschvergnügt und am Plaudern mit dem Liebhaber seiner Frau.«

»Na ja, quietschvergnügt wohl kaum, aber zumindest am Leben. Und um diesen Zustand zu ändern, schmeißt er Max Bayer auch recht rasch raus. Die

Duellpistole ist zu diesem Zeitpunkt bereits in der Aktentasche, abgefeuert und mit den Fingerabdrücken des Verwalters. Kaum ist die Tür hinter ihm ins Schloss gefallen, entwickelt unser Mordopfer hektische Betriebsamkeit. Als Erstes entzündete er wohl die Briefe, wobei er also größte Sorgfalt walten lässt, nicht zu viel zu verbrennen, damit der Inhalt auch erhalten bleibt und Max Bayers Tatmotiv enthüllt. Und danach machte er sich an seinen ›Mord‹. Zuallererst verschiebt er den Sessel. Es war ein schwerer Sessel, es muss ihn viel Kraft gekostet haben, todkrank wie er war, aber es musste sein. So, wie das Möbel nun stand, ließ sich die Badezimmertür nur noch in einem Winkel von etwas über vierzig Grad öffnen. Zwischen die Außenseite der Tür und dem Sessel platzierte er nun eine magische Box mit doppeltem Boden, fast genau die gleiche wie im Theater. Die Box war in einer geöffneten Tüte, eine von vielen Tüten mit den harmlosesten Inhalten, mit Einkäufen, mit Geschenken. Nachdem Box und Tüte genau platziert sind, zieht der Magier ein Gummi durch den Abzug der Pistole und hängt das andere Ende des Gummis über die Klinke der Badezimmertür. Dann setzt er sich in den Sessel, spannt das Gummi, indem er die Waffe von oben gegen seinen Schädel hält, und drückt ab, seine tote Hand erschlafft, sinkt herab, ihre Kraft hindert nicht länger die mit dem Gummi und über die Waffe verbundene Tür am Zuschlagen. Durch das Schließen der

Tür wird die Pistole aus den Fingern der Leiche gerissen, schrammt am Holz der Sesseleinfassung entlang, hinterlässt diesen seltsamen Kratzer im Holz, von dem ich dir berichtet habe und der, so vermute ich, nur zufällig entstand, rutscht dabei aus dem nur lose durchgezogenen Gummi und fällt schließlich, wie zuvor genau berechnet, direkt in die magische Schachtel. Der Mechanismus setzt sich in Gang, der doppelte Boden klappt auf und über der Waffe wieder zu. Resultat: Eine leere, sehr massive Box und ein Ermordeter. Es klingt beinahe unglaublich, aber Straumann hat das perfekt geplant.«

»Das Gummi ist leider nicht wieder aufgetaucht, vermutlich hat es ein Dienstmädchen eingesteckt. Ich bin ja schon froh, dass wir die Box selbst noch hatten. Und dass die Waffe auch noch drin war. Neulich ist aus der Asservatenkammer ein ausgestopftes Nashorn verschwunden.« Paul seufzte. »Aber wie ging es dann weiter?«

»Ganz einfach, Max Bayer habt ihr natürlich verhaftet. Es folgte die Hexenjagd auf Bernice Straumann, und dann kam der Tag, an dem sie beim Russisch Roulette mit ihren Kopfschmerzpillen Pech hatte. Ich vermute, dass Gottlieb Straumann es als Selbstmord erscheinen lassen wollte. Selbstmord aus Verzweiflung über die Anfeindung der Öffentlichkeit oder aus schlechtem Gewissen. Dass sie sich Emil Braunzer mit aufs Zimmer nahm, konnte ihr Mann allerdings nicht ahnen. Das verkomplizierte alles unnötig. Genau wie der Diebstahl der Drogen durch Lenchen Schneider und ihr daraus resultierender tragischer Tod. Wo wir schon bei Drogen sind, krieg ich noch ein Glas? Bitte! Es ist doch Samstag.«

»Bestell dir – du bist schließlich erwachsen. Aber denk dran, wir sind morgen bei Willi zum Essen. Gusta nimmt es dir übel, wenn du beim Anblick ihres berühmten gespickten Schweinebratens grün anläufst. Und wir müssen auch rechtzeitig da sein, nicht wieder dreißig Minuten zu spät.«

»Pünktliche Paare sind mir suspekt. Die ficken zu wenig.« Paul hasste es, wenn Carl unanständige Worte verwendete, kniff auch erwartungsgemäß den Mundwinkel ein, aber besser ein empörter Blick zum Thema Wortwahl, als Paul erklären, wie kolossal widerlich er es fand, wenn Willi, das gealterte Milchschwein, und Gusta, das feiste Ferkelchen, sich mit Appetit auf einen Schweinebraten stürzten, da hatte er immer die Tendenz, erst mal Pauls Neffen und Nichten nachzuzählen, nicht dass da aus Versehen einer in den Topf gewandert war. Stattdessen fuhr er also fort: »Jetzt wurde die Tat etwas komplizierter. Gottlieb Straumann aber hatte gut vorgeplant. Irgendein Kleinkrimineller war von ihm instruiert worden, die Zeitung gründlich zu lesen und sobald er vom Tod Bernice Straumanns erfuhr, einen ihm vorher ausgehändigten Brief an Pastor Leiser einzuwerfen. Der Brief hatte nur den einen Zweck: Thomas Leiser in die Hauptstadt und zu Alfons Buchholz zu locken. Zeitgleich erhielt der Bankier ein Schreiben, angeblich vom Pastor. Vermutlich stand darin, dass der Pastor plante, Anzeige bei der Sittenpolizei zu erstatten. Und wie von Gottlieb Straumann vorausgesehen, entschloss sich Alfons Buchholz zum Äußersten. Er lockte den Pastor in eine dunkle Gasse und erschoss ihn. Oder versuchte es zumindest – wenn auch etwas halbherzig. Ich glaube nicht, dass er Thomas Leiser wirklich töten wollte. Er fühlte sich dazu verpflichtet, aber am Ende konnte er es nicht.« Und an den Ober gewandt, der soeben wieder am Tisch erschien, sagte Carl: »Ich hätte gern Chartreuse Grün zum Dessert. Herr Genzer nimmt Grießbrei mit Himbeersoße.«

»Entschuldigen Sie tausendmal, Herr von Bäumer. Wir haben keinen Grießbrei.«

»Dann machen Sie bitte einen. Aber passen Sie auf, dass er nicht zu süß gerät.« Und ohne den Kellner weiter zu beachten, wandte er sich wieder Paul zu. »Also, wo war ich?«

»Ich denke, du warst fertig. Zumindest, wenn du mir nicht sagen möchtest, was genau in den Briefen stand, die Baby Bert eingeworfen hat. Oje, jetzt hast du doch zu viel getrunken. Du bekommst plötzlich einen ganz roten Kopf.«

»Dieser Pix ist ein Arschloch.« So ein verlogenes Stück. Grässlich, auf niemanden war heute noch Verlass. »Ich glaub das nicht, dass der dreiundzwanzig Zentimeter hat, wie er immer behauptet.«

»Wir können ja mal Greta fragen, die weiß es ziemlich sicher. Die habe ich heute im Hintergrund gehört, da, als Pix und Bertie angerufen und uns zur Lösung des Straumannfalls gratuliert haben. Sie wollte aber nicht ans Telephon kommen. Pix und Bertie sind übrigens ganz begeistert von dir. Bertie meinte sogar, dass wir unser Obst in Zukunft auf dem Winterfeldtplatz kaufen sollen, er käme uns mit dem Preis entgegen.«

»Gut, dass du mich daran erinnerst.« Carl stellte sein Likörglas ab. »Kapp hat heute Mittag angerufen. Er wollte auch gratulieren, klang aber gar nicht gut. Seine Mutter ist wohl sehr schlecht dran. Vermutlich braucht er die ganze nächste Woche Sonderurlaub.«

»Ich hab irgendwie immer gedacht, der wäre Vollwaise. Keine Ahnung, wie ich darauf gekommen bin. Dachte, er hätte mal so was erzählt. Danke schön.« Letzteres galt dem kunstvoll garnierten Grießbrei. »Weißt du was, Kleines? Ich glaube, ich werde dich nicht länger Kleines nennen können. Das passt gar nicht mehr zu dir.«

»Doch! Ich bin schrecklich gern dein Kleines.« Carl schüttelte entschieden den Kopf: »Doch, doch! Wirklich, ganz ehrlich, Paulken.«

Danksagung

Mein besonderer Dank gilt all meinen unermüdlichen Testlesern, die sich teilweise tapfer durch alle vier Fassungen gekämpft haben. Namentlich und in alphabetischer Reihenfolge zu erwähnen wären:

Dorrit Bartel, die so wunderbar kritisch liest und nebenbei noch die Kommasetzung beherrscht; Andreas Brenner, der es vermutlich gar nicht weiß, aber der mir den finalen Tipp gab; Marianne Cebulla, die immer »artig« und korrekt meine Fragen zum Text beantwortete; Isi Delakowitz, die sich im Turbo durch die dritte Fassung kämpfte; Lisa-Marie Dickreiter, die mir unglaublich viel beibrachte und sich bei jeder Gelegenheit für mich einsetzte, sowie die ganze Truppe von der Romanwerkstatt Fischerbach – ihr seid einfach super!

Verena Harbich-Prägitzer, die mir, wann immer sie konnte, Kommata setzte und Mut zusprach, wenn es nötig war; Miriam Hermsen, die sich klaglos durch wirklich alle (!) Fassungen kämpfte, manchmal fragte, wie es Carl heute so gehe, und mir vertraute, auch wenn ich mit Tränenkrisen drohen musste; – Danke!; Ursula Langjahr, die mir half, die Handlung zu erarbeiten, und der ich immer vorlesen durfte. Ich hoffe, du bist nicht zu traurig, dass Carl uns nicht länger allein gehört; Margit Laissle, die für mich ebenfalls mit den Kommata kämpfte; Kristin Ment, der ich das Ende auf einer Rolltreppe verriet und die mir, zur Feier des Buchvertrags, einen Champagner bei Subway ausgab – wo wir sind, ist Breuninger!; Viktor Nepumuk, der Carl oft besser kannte als ich und mir bei all meiner Arbeit eine unersetzbare Stütze war; Claudia Sawicka-Ebert und Ruben Ebert, auf deren Sofa die Idee für Carl von Bäumer geboren wurde; Jana und Jochen Wagner, die testlasen, mitdachten, mitfieberten, nachfragten und wirklich immer an mich glaubten – ohne euch wäre es oft schwer gewesen!; Margit Weng, die den Mut fand zuzugeben, wenn sie etwas nicht verstand, und nicht zuletzt Jacky Weng, die zwar nicht las, aber mich durch schlafende Anwesenheit am Aufstehen hinderte.

Ein Dankeschön geht an meinen Vater, der damit leben musste, dass seine Vorschläge nicht alle gut aufgenommen wurden – danke, dass du sie trotzdem weiter anbringst! Und danke, dass ihr mich immer unterstützt habt, emotional und nicht zuletzt materiell; Dank auch an meine Schwägerin, die mir jeden schriftstellerischen Erfolg mit Blumen und Gebäck versüßte, und Dank auch an meinen Bruder, der lieber etwas mit Zombies gehabt hätte, sowie an meine sehr geliebten Männer Poriag und Horatz, ohne die ich nie auf die Idee gekommen wäre, dieses Buch überhaupt zu schreiben.

Für meinen Strubbelkopf reicht ein »Danke« nicht aus, nimm es deshalb in Großbuchstaben als Versuch: DANKE für wirklich ALLES! Danke für die Unterstützung, das Vertrauen und vor allem dafür, dass du kein Problem damit hattest, als ich plötzlich mit zwei neuen Mitbewohnern ankam.

Ganz zum Schluss, denn das Beste kommt bekanntlich zum Schluss, ein riesiges Dankeschön an meine Agentin Conny Heindl und meinen Agenten Gerald Drews, deren Vertrauen dieses Buch überhaupt erst möglich machten. Danken möchte ich auch meiner Lektorin, Lisa Kopelmann, für die wirklich sehr gute Zusammenarbeit – von ganzem Herzen: Danke!
   Und als Allerletztes ein besonders, besonders, besonders dickes Mammutdanke an meine großartige Ulrike Renk – we will rock them! Und zwar weil wir es können!

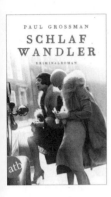

Paul Grossman
Schlafwandler
Kriminalroman
Aus dem Amerikanischen von
Wolfgang Thon
368 Seiten
ISBN 978-3-7466-2620-8
Auch als E-Book erhältlich

Mörderische Tage

Berlin im Winter 1932. Inspektor Kraus ist bei der Berliner Polizei eine Legende. Im Weltkrieg war er ein Held, und nun hat er einen gefährlichen Kinderschänder gefasst. Doch als Jude sieht er die Entwicklung in Deutschland mit größter Besorgnis, zumal er Kontakte zu den höchsten Kreisen hat und weiß, was von Hitler zu erwarten ist. Als in der Spree eine Frauenleiche gefunden wird, ruft man Kraus. Die junge Frau ist schon länger tot. Auffällig sind die Wunden an ihren Beinen. Man hat ihr die Knochen unter dem Knie abgetrennt. Wenig später verschwindet die Prinzessin von Bulgarien aus dem Hotel Adlon, und Kraus erhält von Hindenburg persönlich den Auftrag, sie zu finden. Er glaubt an einen eher harmlosen Kriminalfall – doch er wird auf dramatische Weise eines Besseren belehrt.

Ein spannender Kriminalroman voller Atmosphäre über das Deutschland der dreißiger Jahre.

Regelmäßige Informationen erhalten Sie über unseren Newsletter. Jetzt anmelden unter: www.aufbau-verlag.de/newsletter

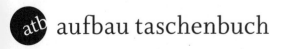